붕괴하는
The Desolations of Devil's Acre
악마의 영토 1

붕괴하는
The Desolations of Devil's Acre
악마의 영토 1

랜섬 릭스 지음 | 변용란 옮김

폴라북스

야수 사냥꾼 조디 리머를 위하여

가끔은 오래된 사진 한 장, 오래된 친구 한 명, 오래된 편지 한 통 때문에
내가 더 이상 과거의 내가 아님을 깨닫는다.
그들과 함께 살았던 나, 이것을 귀하게 여겼던 나, 그것을 선택했던 나,
저렇게 썼던 나는 더 이상 존재하지 않기 때문이다.
스스로도 모르는 사이에 이미 먼 거리를 건너온 것이다.
어느새 이상한 것이 익숙한 것이 되었고, 익숙한 것은 이상하지는 않더라도
흡사 작아진 옷처럼 어색하거나 불편한 것이 되었다.

리베카 솔닛, 『길 잃기 안내서』 '먼 곳의 푸름' 중에서(반비 출판사, 김명남 옮김)

제 1 장

chapter one

오랜 시간 동안 존재하는 것은 어둠, 멀리서 들려오는 천둥소리, 추락하고 있다는 아득한 감각뿐이다. 그 외엔 자아도 이름도 없다. 기억도 없다. 한때는 나에게도 그런 것들이 있었다는 걸 희미하게 알았는데 지금은 모두 사라져 이제 나는 거의 아무것도 아니다. 희미해져가는 한 조각 빛줄기가 굶주린 허공을 맴돈다.

그마저도 이젠 오래가지 않을 것이다.

영혼을 잃어버렸는데 두렵게도 어쩌다 그랬는지 기억할 수가 없다. 떠오르는 것이라고는 느리게 으르렁거리던 천둥의 굉음 사이로, 무엇이었는지는 몰라도 나의 이름이 한 음절씩 울리다 결국 들리지 않게 되던 기억뿐이다. 그러고는 아주 오랫동안 사방이 어둠뿐이다가 드디어 다른 소음이 천둥소리와 뒤섞인다. 바람 소리다. 빗소리도 들린다. 바람과 천둥과 비와 추락이 있다.

한 번에 감각이 하나씩 돌아오듯, 무언가 생겨나고 있다. 구덩이에서 솟아오른 내가 허공을 벗어나는 중이다. 희미한 빛줄기가 번쩍이는 빛의 덩어리로 커진다.

얼굴에 무언가 거친 것이 닿는 느낌이 든다. 밧줄이 마찰하는 소리가 들린다. 바람에 무언가 펄럭거린다. 아마 배를 타고 있는 건지도 모르겠다. 폭풍에 이리저리 흔들리는 배의 깜깜한 선체 안에 갇혀 있는지도.

한쪽 눈이 끔벅거리며 뜨인다. 희미한 형체들이 휘몰아치듯 코앞으로 다가든다. 흔들리는 시계추들의 돌진. 맞지 않는 시계태엽을 너무 감아 부품이 부러질 것처럼 삐걱거리는 소리.

눈을 깜박이자 시계추들은 교수대에 매달려 몸을 비틀며 발버둥을 치는 인체로 변한다.

나는 고개가 돌려진다는 걸 깨닫는다. 흐릿했던 형체가 또렷해지기 시작한다. 질감이 거친 초록색 천이 얼굴에 닿는다. 내 위에서 째깍째깍 소리를 내며 흔들리던 인체들은 낡은 고리버들 바구니에 담긴 채 서까래에 줄 지어 매달려 폭풍에 흔들리는 화분이 되었다. 그 뒤로는 벽처럼 자리 잡은 방충망이 전율하듯 펄럭거린다.

나는 베란다에 누워 있었다. 베란다의 거친 초록색 바닥에.

난 이 베란다를 알아

난 이 바닥을 알아

시선을 더 멀리 돌리자 비바람에 흔들리는 잔디밭 가장자리에 어두운 장벽처럼 서 있는 꺾인 야자수.

난 저 잔디밭을 알아

난 저 야자수를 알아

여기 얼마나 있었던 걸까? 몇 년이나?

시간이 또다시 속임수를 부리고 있어

몸을 움직이려 애를 써보지만 고개만 돌아갈 뿐이다. 나의 시선은 카드놀이용 테이블과 두 접이식 의자로 향한다. 몸을 일으킬 수만 있다면 틀림없이 테이블에 놓인 돋보기안경을 보게 될 거란 갑작스런 확신이 든다. 절반쯤 하다가 만 모노폴리 게임. 아직 뜨거운 김이 모락모락 나는 커피가 담긴 머그잔.

방금 전까지 누군가 여기 있었다. 방금 전에 들려온 이야기. 그 말소리가 아직도 허공을 맴돌며 메아리처럼 떠오른다.

"**어떤** 새요?"

남자애의 목소리다. 내 목소리.

"파이프 담배를 피우는 커다란 송골매." 이 목소리는 귀에 거슬리게 쉰 데다 억양이 독특하다. 노인의 목소리.

"할아버진 제가 바본 줄 아세요?" 남자애가 대꾸한다.

"할아버진 절대 네가 바보라고 생각하지 않는단다."

다시 남자애. "왜 괴물들이 할아버지를 해치려고 했는데요?"

노인이 의자를 밀치고 일어나느라 바닥이 긁히는 소리. 그는 나에게 보여줄 무언가를 가지러 다녀오겠다고 말한다. 어떤 사진들을.

그게 얼마 전 일이었더라

1분

1시간

바닥에서 일어나지 않으면 할아버지가 걱정할 거야. 내가 속임수를 쓰는 거라고 생각하시겠지, 근데 할아버지는 속임수를 싫어하셔. 언젠가 한번은 숨바꼭질을 하다가 할아버지 몰래 숲에 숨었는데, 나를 찾지 못해 너무 화가 난 할아버지는 얼굴이 시뻘개져서 고래고래 욕을 했다. 나중에 말씀하시기를 너무 무서웠기 때문이라고 했는데 뭐 때문에 무서웠는지는 말해주지 않았다.

맹렬하게 비가 쏟아지고 있다. 폭풍은 살아 있는 생명체처럼 화를 내며 방충망을 이미 왕창 찢어버려, 강풍에 펄럭이는 깃발처럼 너덜거린다.

나 어딘가 이상해

팔꿈치를 딛고 몸을 일으켜보지만 가능한 몸놀림은 그게 고작이다. 나는 바닥에서 이상한 검은 흔적을 발견한다. 내 몸을 따라 그린 것처럼 주변에 그려진 불에 탄 자국.

나는 바닥을 밀며 일어나 완전히 앉는 자세를 취한다. 눈앞에 검은 동그라미가 떠다닌다.

그러다가 요란한 충격음. 눈이 멀 듯 사방이 새하얗게 변한다.

너무 밝아   너무 가까워   너무 시끄러워

폭발음 같지만 폭발은 아니다. 집 밖 바로 가까이 내리꽂힌 번개 탓에 번쩍하는 섬광과 천둥소리가 동시에 울린다.

이제 나는 쿵쾅거리는 심장 소리를 들으며 똑바로 앉아 있다. 떨리는 손을 눈앞으로 들어 올린다.

손이 이상하다. 너무 크다. 손가락은 너무 길다. 손마디마다 검은 털이 솟아 있다.

남자애는 어디 갔지   내가 그 애 아니었나?   난 속임수 싫어하는데

손목엔 빨간 줄이 선명하게 남아 있다.

손목 결박   현관 난간에 묶여 있었어   폭풍 속에서

테이블이 눈에 들어왔지만 상판 위는 텅 비어 있다. 커피 잔은 없다. 유리잔도 없다.

할아버진 돌아오지 않으실 거야

그러나 그때 말도 안 되게도 할아버지가 돌아온다. 저기 바깥에, 숲 가장자리에 있다. 나의 할아버지. 어두운 야자수를 배경으로, 바람과 맞서느라 등을 구부리고서 선명하게 도드라져 보이는 노란색 비옷을 입은 할아버지가 눈을 찌르는 빗줄기를 막으려고 모자를 깊이 눌러쓰고서 무성한 풀밭을 걸어가고 있다.

저기서 뭘 하고 계신 거지   왜 들어오시지 않고

그가 걸음을 멈춘다. 너무 무성하게 높이 자란 풀밭에서 무언가를 내려다본다.

나는 손을 들어 올린다. 할아버지의 이름을 부른다.

그의 등이 똑바로 펴진 다음에야 비로소 나는 깨닫는다. 전혀 다른 사람이다. 체구가 너무 가늘다. 고관절염을 앓는 노인치고는 걸음걸이가 너무 유연하다.

할아버지가 아니니까 그렇지

그가 나를 향해서, 집을 향해서, 찢어져 펄럭거리는 방충망을 향해서 달려온다.

폭풍 때문에 찢어진 게 아니었어

어떤 괴물이었더라?

피부가 썩어가고 눈이 검은색이고 꿈틀거리는 몸집을 웅크리고 있던 끔찍한

그가 방충문을 활짝 열고 문설주에 버티고 선 순간 나는 일어서 있다.

"넌 누구냐?" 그가 묻는다.

긴장한 그의 목소리엔 높낮이가 없다. 그가 비옷 모자를 젖힌다. 중년 남자는 뾰족한 턱에 붉은 수염을 잘 다듬어 길렀고 눈은 선글라스에 가려져 보이지 않는다.

다른 사람의 존재가 나와 겨우 두 발짝 거리에 서 있다는 사실이 너무도 이질적인 경험이어서, 그가 폭우 속에 선글라스를 쓰고 있다는 기묘함을 거의 알아차리지 못한다.

자동적으로 내가 대답한다.

"야콥이요." 내가 이름을 이상하게 발음했다는 걸 소리 내어 말한 이름을 들은 다음에야 겨우 깨닫는다.

"난 부동산 중개인이야." 그의 말이 거짓말이라는 걸 나는 안다. "폭풍우를 대비해서 창문에 널빤지라도 대려고 왔다."

"그러기엔 좀 늦으셨네요."

그는 겁 많은 동물에 접근하듯 천천히 집 안으로 들어온다. 방충문이 슉 소리를 내며 닫힌다. 그는 바닥에 새겨진 탄 자국을 흘끔거리더니 다시 차가운 시선으로 나를 본다.

"너로구나." 그는 카드놀이용 테이블을 손가락으로 쓸며 무거운 검은색 부츠를 신은 발로 쿵쾅쿵쾅 내게 다가온다. "제이콥 포트먼."

내 이름. 진짜 내 이름. 구덩이에서, 어둠 속에서 무언가 용솟음치며 올라온다.

소용돌이치는 구름 속에서 생겨난 끔찍한 입에서 천둥처럼 울리던 내 이름

새까만 머리를 한 아름다운 소녀가   내 옆에서   비명을 지르고

"너도 내 친구와 안면이 있을 거다." 남자가 말한다. 그의 미소에는 사악함이 깃들어 있다. "이름이 여럿이지만 넌 그 친구를 골란 박사로 알고 있었지."

끔찍한 구름 속 입

잔디밭에서 몸부림치던 여인

갑작스럽고 무딘 타격처럼 그 이미지가 머릿속으로 파고든다. 나는 뒷걸음질을 치다 미닫이 유리문에 부딪친다. 남자는 주머니에서 무언가를 꺼내들며 앞으로 다가선다. 뾰족한 금속 침이 튀어나와 있는 작은 검은색 물체.

"돌아서라." 그가 명령한다.

돌연 나는 엄청난 위기에 빠져 있으며 스스로를 방어해야 한다는 사실을 깨닫는다. 그래서 항복하듯 순순히 양손을 들어 올리고 있다가 그가 가까워졌을 때 주먹으로 그의 얼굴을 후려친다.

선글라스가 날아가고 그가 고함을 지른다. 선글라스에 가려졌던 두 눈은 두개골에 박혀 있는 투명하고 빛나는 안구일뿐이지만 눈빛엔 살의가 담겼다. 그가 들고 있던 검은색 물체의 뾰족한 침 사이에 푸른빛이 원호를 그리면서 따닥 소리가 들려온다.

그가 내게 몸을 던진다.

그가 내 셔츠를 태우며 전기 충격기를 몸에 대자 찌릿한 충격이 느껴져, 나는 날아가듯 유리문에 가서 부딪친다. 다행히 유리는 깨지지 않는다.

그가 내 몸 위에 올라와 있다. 전기 충격기에 다시 전기가 흐르는 마찰음이 들린다. 그를 떨쳐내려 해보지만 나는 아직 기력을 회복하는 중이고 여전히 힘이 빠진 상태다. 어깨와 머리에 통증이 로켓처럼 폭발한다.

그러다 그가 돌연 자지러지며 비명을 지르더니 축 늘어지고, 나는 목에 무언가 축축한 것이 흐르는 걸 느낀다.

내가 피를 흘리고 있다. (내가 피를 흘리는 건가?)

남자는 무언가 때문에 헐떡거리며 나에게서 멀어진다. 그 무언가에는 청동 손잡이가 달리고 놈의 목에서 15센티미터쯤 튀어나와 있다.

이제 그의 뒤에는 새로이 이상한 어둠이, 살아 있는 어둠이 존재하고, 그 안에서 손이 하나 튀어나와 할아버지의 묵직한 재떨이를 집어 들어 남자의 머리를 후려친다.

남자는 신음하며 쓰러진다. 소녀가 그림자에서 걸어 나온다.

그 소녀다. 전에 보았던, 길고 까만 머리는 비에 젖어 헝클어져 있고, 검은색 롱코트는 흙이 묻어 얼룩덜룩하고, 두려움에 휩싸인 깊고 검은 눈을 크게 뜨고 내 얼굴을 살피더니 이내 나를 알아본 듯 반짝거린다. 정보의 조각들이 아직은 전부 표면으로 올라오지 않았고 머릿속은 멍하지만 나는 지금 일어나고 있는 일이 기적임을 안다. 우리가 살아 있고, 다른 곳이 아니라 여기 있다는 사실이.

맙소사

도저히 입에 담을 수도 없는 엄청난 공포

소녀는 이제 나와 함께 바닥에 무릎을 꿇고서 나를 끌어안는다. 나는 생명줄이라도 되는 듯 두 팔로 소녀의 목을 껴안는다. 소녀의 몸은 너무도 차갑고, 서로를 꼭 껴안아주며 나는 소녀의 전율을 느낀다.

포옹을 풀지 않은 채로 소녀가 내 이름을 부른다. 거듭 되풀이해 부르는 내 이름을 들으며, 이름이 반복될 때마다 현재가 한 움큼씩 무게를 잡아가며 점점 더 단단해진다.

"제이콥, 제이콥. 나 기억할 수 있겠어?"

바닥에 쓰러진 남자가 신음한다. 베란다 방충망의 알루미늄 새시가 신음을 울리고, 폭풍도, 우리가 다른 곳에서 함께 가져온 것 같은 성난 날씨도 신음을 흘린다.

그리고 기억이 돌아오기 시작한다.

"누어." 내가 말한다. "누어. 너는 누어야."

순식간에 모든 것이 떠올랐다. 우리는 살아남았다. 붕괴하는 V의 루프에서 탈출한 거였다. 그리고 우린 지금 플로리다의 할아버지 댁 베란다에 깔린 초록색 인조 잔디 위에, 현재로 돌아와 있었다.

충격. 나는 아직 충격에 빠져 있다는 생각이 든다.

우리 몸을 뒤흔드는 전율이 잦아들기 시작할 때까지, 우리 둘은 성난 폭풍우가 몰아치는 가운데 바닥에 웅크려 앉아 서로를 붙들고 있다. 노란색 비옷을 입은 남자는 미세하게 오르내리는 가슴팍을 제외하고는 미동도 없이 누워 있다. 그가 누워 있는 곳 주변의 인조 잔디는 끈적하게 흘러나온 피로 젖어 있다. 남자의 목에는 누어가 그를 찌르는데 사용한 무기의 황동 칼자루가 튀어나와 있고.

"저건 우리 할아버지 편지 칼이야." 내가 말했다. "여긴 할아버지 집이고."

"너희 할아버지." 누어는 나를 쳐다볼 수 있을 정도로만 몸을 떼냈다. "플로리다에 사셨다는 분?"

나는 고개를 끄덕였다. 천둥이 울리며 벽을 뒤흔들었다. 누어는 믿어지지 않는다는 듯 고개를 저으며 주변을 둘러보고 있었다. **이건 현실일 리가 없어.** 누어가 지금 어떤 기분일지 나도 안다.

"어떻게?" 누어가 말했다.

나는 바닥에 그려진 탄 자국을 가리켰다. "난 저기에서 깨어났어. 정신을 얼마나 오래 잃고 있었던 건지도 모르겠어. 오늘이 며칠인지도 감이 안 잡혀."

누어는 눈을 문질렀다. "머리가 어질어질해. 모든 게 엉망진창이야."

"마지막으로 기억나는 게 뭐야?"

정신을 집중하느라 누어가 이마를 찌푸렸다. "우린 내가 살던 아파트에 갔었어. 그러고 나서는 차를 몰았고……." 막연한 꿈의 조각을 맞추듯이 누어는 천천히 말을 이어갔다. "그러고는 루프에 들어갔어……. 우린 V의 루프를 찾았어! 폭풍을 피해 달아나고 있었지. 아니, 토네이도였어."

"토네이도가 두 개였어, 그렇지?"

"그러다가 그분을 찾았어! 맞지? 그분을 우리가 찾아냈어!" 누어가 내 손을 붙잡고 꽉 눌렀다. "그런 다음엔……."

누어의 손에 힘이 빠지더니 얼굴이 멍해졌다. 입술이 벌어졌지만 아무 말도 나오지 않았다. 공포가 되돌아와 누어를 후려치고 있었다.

나도 마찬가지였다.

무르나우. 칼을 손에 쥐고 잔디밭에서 V를 굽어보며 쭈그려 앉아 있던 모습. 거대한 소용돌이를 향해 달려가며 승리감에 번쩍 들어 올리던 팔.

열기가 가슴으로 휘몰아치며 나는 순간적으로 숨이 막혔다. 누어는 무릎 사이에 얼굴을 파묻고 몸을 흔들기 시작했다. "오 맙소사." 누어가 신음했다. "오 하느님, 하느님, 하느님." 나는 누어가 내 눈앞에서 사라져버리거나 불꽃으로 타버리거나 실내의 빛을 모두 빨아들일 거라고 생각했다.

그러나 잠시 후 누어가 고개를 홱 들어 올렸다. "우린 왜 안 죽은 거지?"

나도 모르게 온몸에 전율이 흘렀다.

어쩌면 죽은 건지도 몰라.

내가 아는 것이라고는 카울이 의도했던 그대로 우리가 붕괴된 V의 루프에 깔렸다는 것뿐이었다. 지금 내가 경험하고 있는 이 상황이 연옥에서 맞이한 기억을 지우는 장소라든지, 죽어가는 뇌가 마지막 순간에 만들어낸 불꽃놀이 같은 게 아니라는 유일하고도 확고한 증거는 누어뿐인 것 같았다.

아니야. 나는 그런 생각을 물리쳤다. 우린 분명 여기 있고, 살아 있다.

"V가 무슨 수를 써서 우리를 내보냈나 봐. 이곳으로 보낸 거지." 내가 말했다.

"일종의 비상 탈출구 같은 걸 통했겠지. 발사 버튼을 누르듯이." 누어가 고개를 끄덕이며 양손을 주물렀다. "그것밖엔 설명할 길이 없어."

우리 할아버지의 집, 멘토이자 상사의 집으로. 할아버지는 V를 훈련시켰고 나란히 함께 일했다. 충분이 납득이 가는 추측이었다. 납득이 안 되는 것은 이곳에 루프가 없다는 사실이었다. 그런데 V는 그걸 어떻게 해냈을까?

"우릴 내보냈다면 어쩌면 본인도 빠져나왔을지 몰라." 누어가 말했다. 희망이 깃든 목소리였지만 그건 칼날 위에서 균형을 잡듯 도를 벗어난 희망이었다. "그분도 여기 있을지 몰라. 그럼 아직은 가능성이……."

누어는 차마 핵심 되는 말을 꺼낼 수 없었다. **살아 있다**는 말.

"그자가 심장을 가져갔어." 내가 나직이 말했다.

"심장이 없어도 살 수 있어. 아주 잠깐이긴 하겠지만……." 누어는 손을 휘저었다. 그 손이 덜덜 떨리고 있었다.

우리는 현실감각을 이제 막 간신히 찾던 중이었는데, 누어는 이미 그걸 다시 잃어버리고 있었다.

"어서, 어서 서두르자, 일단 찾아보자고." 빠르게 말을 내뱉으며 누어는 벌써 자리에서 일어났다. "가능성이 조금이라도 있다면 우린 무조건……."

"잠깐 기다려, 아직 잘 모르잖아, 뭐가……."

저 바깥에, 라고 나는 말 할 작정이었다. **우리를 기다리고 있을지.**

그러나 누어는 이미 깜깜한 집 안으로 뛰어 들어갔다.

나는 벽을 한 손으로 짚고 비틀비틀 자리에서 일어났다. 이성을 잃은 상태인 누어를 내 시야 밖에 두는 건 있을 수 없는 일이었다. 누어는 자신을 망가뜨리려고 위협하는 절망을 밀어내고 스스로 기운을 차리려고 V가 살아 있을지 모른다는 희박한 희망에 매달리고 있었다. 그러나 돌이킬 수 없을 만큼 실망을 하게 되면 두 배로 더 낙담하게 될까 봐 염려스러웠다. 누어 프라데시가 무너지도록 내버려둘 순 없었다.

무르나우의 사악한 임무가 성공을 거두었다면, 내가 토네이도 속에서 목격한 광경이 진짜라면, 소용돌이치는 구름 속에서 카울의 얼굴이 나타나고 그의 목소리가 허공을 가르던 광경이 현실이라면, 그가 멀쩡한 모습으로 진정 **돌아왔다면**, 예언서의 가장 끔찍한 예언이 실현되기 시작한 셈이었다. 그건 모든 이상한 세계가 매장될 처지라는 의미였다. 영혼의 도서관에서 가장 막강한 영혼 단지의 능력을 흡입했으나 도서관이 붕괴되며 파멸했다가 부활한 카울이 이제는 어떤 능력을 갖게 됐는지는 신만이 알 노릇이었다.

다시 태어나다니.

나는 곧 죽음이니, 세상의 파괴자가 되리라.

그러나 그게 얼마나 나쁜 일일지는 몰라도 한 가지는 나도 알고 있었다. 이 세상엔 누어 프라데시가 필요하다는 것. 누어는 일곱 중 한 사람이었다. 출현이 예언되어 있으며, 이상한 종족을 해방시켜줄 수 있는 이상한 아이들 중 한 사람. 아마도 카울로부터? **문을 봉인**할 수 있는 사람. 어디로 향하는 문일까? 지옥? 하나같이 황당한 소리 같긴 하지만, 이미 실현된 선지자의 예언 내용보다 그다지 더 황당한 것도 아니었다. 나는 의구심 품기를 끝냈다. 내 눈을 의심하는 것 역시 끝이었다.

이건 꿈도 아니고 죽어가는 영혼의 마지막 환영도 아니었다. 거실로 통하는 미닫이문의 문턱에 걸려 넘어질 뻔해 비틀거리면서 더욱 확신이 들었다. 집은 불과 몇 주 전 친구들과 내가 마지막으로 들렀을 때의 모습 그대로였다. 거의 텅 빈 집 안을 재빨리 청소한 뒤, 할아버지가 미처 버리지 않은 책들은 선반에 다시 꽂아두었고, 바닥에 떨어져 있던 쓰레기들은 검은 비닐봉지에 담아 치웠다. 실내 공기는 텁텁하고 숨막혔다.

누어는 V를 찾느라 구석구석 빠르게 쏘다녔다. 소파에 씌워놓았던 먼지막이 덮개를 젖히고 직접 안을 들여다보았다. 창문으로 누어를 발견한 내가 "누어, 잠깐만."이라고 말을 하려던 찰나, 천둥소리가 내 말문을 막았고 우리는 둘 다 펄쩍 뛰며 놀랐다. 우리는 빗물로 흐려진 유리창으로 밖을 내다보았다. 마당엔 쓰레기가 나뒹굴었다. 막다른 골목 건너편의 집들은 모두 덧문을 닫은 채로 깜깜했다. 죽어가는 동네였다.

그리고 정지해 있는 곳.

"아마 저 와이트한테도 동료가 있을 거야." 내가 말했다. "언제라도 더 들이닥칠지 몰라."

"오라고 해." 누어의 눈빛은 얼음처럼 차가웠다. "방을 전부 뒤져보기 전까진 난 안 떠나. 청소도구함도 다 찾아볼 거야."

나는 고개를 끄덕였다. "나도 안 가."

침실엔 아무도 없었다. 침대 밑에도 없었다. 못된 아이를 데려간다는 전설 속 귀신이 있는지 확인해보는 아이들처럼 바닥에 무릎을 꿇고 침대 밑을 들여다보며 바보 같다는 기분이 들었지만, 어쨌거나 나는 확인에 나섰다. 할아버지가 오래된 시가 상자를 늘 놓아두던 곳에는 카펫에 직사각형 모양으로 눌린 자국이 남아 있었는데, 할아버지가 돌아가신 뒤 내가 찾아낸 그 상자엔 내 인생의 방향을 영원히 바꿔놓은 스냅사진들이 잔뜩 들어 있었다. 살아 있든 죽었든 V는 없었다. 벽장에도 없었다. 누어가 샤워 커튼을 확 젖혀보았을 때 보이는 건 말라가는 비누뿐이었던 욕실에도 없었다.

손님방에는 사용하지 않은 이삿짐 박스 뭉치와 카펫 곳곳을 검게 물들인 곰팡이 자국뿐이었다. 누어의 절박함이 점점 커가는 것을 나는 느낄 수 있었다. 차고 앞에 당도해 누어가 V의 이름을 소리쳐 부를 무렵엔 심장이 절반으로 쪼개질 것처럼 죽도록 마음이 아팠다. 나는 전등 전원을 켰다.

우리는 할아버지가 정리를 마무리하지 못했던 버려진 고물과 수리용품들이 어수선하게 쌓인 공간을 눈으로 훑었다. 발판이 하나씩 망가진 사다리 두 개. 화면에 금이 간 낡은 브라운관 텔레비전. 전선과 밧줄 뭉치. 각종 연장과 목공 잡지가 쌓여 있는 할아버지의 작업대. 작은 탁상용 자바라 램프에서 쏟아지는 불빛 아래 어깨를 나란히 하고서 빨간색 실을 압핀에 꽂아 지도에 연결하던 나와 할아버지의 환영이 그곳에 비쳐 보였다. 그러면서 줄곧 그것이 게임이자 이야기일 뿐이라고 생각하던 남자아이.

폭풍우가 방향을 바꾸며 문을 힘껏 차고 요란하게 흔들어 나는 소스라치듯이 현재로 돌아왔다. 나는 차고에서 유일하게 사람이 숨을 정도로 큰 가구인 할아버지의 총기함을 쳐다보았다. 누어가 몸을 움직여 나보다 먼저 총기함의 문을 확 잡아당겼다. 문은 손가락 한 마디쯤 열리더니 팽팽한 사슬로 가로막혔다. 누군가, 거의 틀림없이 우리 아빠가 캐비닛을 잠가둔 모양이었다. 문틈으로 기름칠이 잘된 장총이 줄지어 들어 있는 것이 보였다. 무기는 할아버지가 보관해놓았겠지만 나에겐 열쇠가 없었다.

놀란 누어는 뒤로 고개를 젖히더니 돌연 아무 말도 없이 방향을 돌려 집 안으로 뛰어갔다. 나는 누어를 따라 아직 우리가 뒤져보지 않은 유일한 방인 할아버지의 사무실로 향했다. 올리브가 무거운 신발로 쿵쿵거리며 걸어 다니다가 텅 빈 소리가 나는 지점을 알아차리고, 이어 카펫을 걷어 바닥에 난 문과 그 아래로 이어진 벙커를 발견했던 바로 그 방이었다. V는 아마도 그 벙커에 대해서 알고 있었을 테고 어쩌면 안에 들어갈 수 있는 비밀번호까지도 알고 있었을지 모른다.

여기 계세요? 엄마, 어디 계세요? 라고 소리치는 누어의 고함과 폭풍우의 요란한 소음을 이겨보겠다고 나는 누어에게 말을 걸려 애를 썼지만, 누어는 내 목소리를 들을 수도 없고 내가 눈에 들어오지도 않았다. 누어는 에이브 할아버지의 텅 빈 책상을 뒤지다가 또다시 달려가 작은 벽장을 쾅 소리를 내며 열어젖히느라 바빴으므로 나는 그만 단념하고 혼자 힘으로 묵직한 카펫을 밀어내려 힘을 썼다. 바닥에 경첩 달린 문이 있던 널빤지의 위치가 어딘지 가늠해보았지만 너무 겁에 질린 탓인지 찾을 수 없을 것 같았다.

그 방에도 V는 없었다. 그렇다면 지하 벙커에도 V는 없을 것이라는 결론을 내렸다. V가 우리를 밖에 내버려두고 고작 벙커에 숨어 있으려고 이곳으로 탈출했으리라는 상상은 아예 불가능했다. 그래서 누어가 방 밖으로 달려 나가자 나도 자리에서 일어나 쫓아갔다.

나는 거실 한가운데서 숨을 헐떡이면서도 정신을 집중한 채 동상처럼 가만히 서 있는 누어를 발견했다. 누어는 나에게 더 가까이 오라고 손짓했다.

"만약에 우리가 모두 함께 빠져나왔다면?" 누어는 거실 가장자리의 공간 한군데에 시선을 고정시킨 채 나직이 말했다. "우리는 V의 베란다에 있었던 위치와 똑같은 거리를 두고 누워 있었어." 누어가 팔을 들어 올렸다. "저기. 난 저기서 깨어났어." 누어는 할아버지의 낡은 안락의자가 놓여 있던 구석을 가리키고 있었다. 그 옆 바닥엔 희미하게 누어의 인체 모양대로 탄 자국이 남아 있었다. "넌 저기에서 깨어났지." 누어는 방충망이 달려 있는 베란다 문을 가리켰고, 내가 누워 있던 곳의 탄 자국은 와이트의 핏물이 번지면서 사라지는 중이었다. "V의 베란다에서 우리가 있던 거리와 정확하게 똑같아. 넌 저쪽 난간에 손이 묶여 있었고 난 이쪽에 있었어."

나는 감전된 듯 움찔하며 깨달음을 느꼈다. "V는 잔디밭에 있었지."

우리는 동시에 서로를 마주보다, 찢어져 펄럭거리는 베란다 방충망과 잔디가 웃자란 마당을 지나 노란색 비옷을 입은 남자가 멈춰 서서 아래를 내려다보던 키 큰 풀숲으로 재빨리 시선을 옮겼다.

"바로 저기." 내가 속삭였다.

굳어 있던 우리 몸이 풀렸다. 우리는 함께 폭풍 속으로 뛰쳐나갔다.

제 2 장
chapter two

V 의 시신은 대지가 삼켰다가 다시 뱉어놓은 것 같은 모양새였다. 팔은 만화처럼 활짝 벌리고 다리는 몸통 아래 깔린 채로 내팽개친 인형처럼 풀숲에 일그러진 모습으로 누워 있었다. 하얗게 센 머리칼은 진흙이 엉겨 붙어 엉망진창이고 빨간색 카디건 스웨터와 검은색 원피스는 피와 빗물로 흠뻑 젖었다. 장화가 벗겨져 덕지덕지 기운 모직 양말을 신은 한쪽 발이 드러나 있었는데, 뜬금없이 나는 〈오즈의 마법사〉에서 도로시의 집에 납작하게 깔린 마녀를 떠올렸다. 환각처럼 영화의 한 장면을 회상하며 V가 신고 있는 줄무늬 양말의 헤진 발끝에 고정된 시선은 차마 위쪽으로 옮겨지지가 않았다……

저 양말을 도대체 몇 번이나 기워 신었을까

차마 V의 가슴에 난 검은 구멍으로…….

물체

저 사람은 이제 그냥 하나의 물체다

빗물이 가득 고여 있는 벌어진 입으로…….

집 만한 곳은 어디에도 없지

누어는 울고 있었다. 머리를 앞으로 수그려 긴 머리칼이 얼굴을 가렸지만 나는 흐느끼며 오르내리는 그 애의 가슴을 볼 수 있었다. 내가 껴안아주려고 했지만 누어는 갑자기 나를 밀치고 빠져나가갔다.

"나 때문에 이렇게 됐어." 누어가 속삭였다. "내 잘못이야, 내 잘못이야, 내 잘못이야."

"네 잘못 아니야." 나는 다시 한 번 포옹을 시도했고 이번에는 누어도 뿌리치지 않았다. "그렇지 않아."

"아니야, 맞아." 누어가 속삭였다. 나는 더 꽉 안아주었다. 누어의 몸이 덜덜 떨렸다. "엄마는 아주 오랜 세월 그 루프에서 안전하게 지냈어. 그런데 내가 그 남자를 엄마에게 인도했어. 엄마가 세워놓은 모든 방어막을 다 뚫을 수 있도록 내가 들여보냈어."

"넌 몰랐잖아. 네가 그걸 알 방법은 없었어."

"그래서 지금 엄마가 죽었어. 나 때문에 엄마가 죽었다고."

우리 때문이지, 라고 나는 생각했지만 절대 그렇게 말하지는 않았다. 독버섯 같은 그 생각이 뿌리를 내리기 전에 어서 없애버려야 했다. 안 그러면 그 자책이 누어를 파멸시킬 테니까. 그건 나도 경험으로 아는 깨달음이었다. 비슷한 독에 나도 중독된 적이 있었다.

"그런 식으로 생각하면 안 돼. 그건 진실이 아니야." 나는 침착하고 논리적인 목소리를 내려고 애썼다. 그러나 V의 시신이 겨우 몇 걸음 떨어진 풀밭에 놓여 있는 상황에서는 그게 쉽지 않았다.

"난 이제 막 엄마를 찾았어. 맙소사. 이제 막 다시 엄마를 만났었다고." 누어의 목소리가 갈라지고 있었다.

"네 잘못 아니라니까!"

"그 말 좀 그만해!" 누어는 느닷없이 팔을 쭉 뻗어 나를 밀어냈다. 그러고는 좀 더 누그러진 목소리로 말했다. "그 말을 들으면 죽고 싶어진단 말이야."

말문이 막힌 나는 고개를 끄덕였다. **알겠어.**

우리 얼굴을 때린 빗줄기가 턱에서 뚝뚝 떨어졌다. 집이 굉음을 울리기 시작했다.

"1분만 기다려줘." 누어가 말했다.

"안으로 모셔 가야 해."

"1분만 기다려달라고." 누어가 다시 말했다.

나는 누어에게 시간을 주었다. 바닥에서 일어나 강풍에 밀려 몸이 앞으로 쏠린 채 숲 가장자리로 걸어가며, 나는 허리케인이 부는 데 바깥을 돌아다니는 짓이 얼마나 멍청한 일인지 생각하지 않으려고 애를 썼다. 그 대신에 할아버지를 생각하며 할아버지가 어디에서 어떻게 돌아가셨는지 떠올렸다. 바로 이 숲속이었다. 기묘하게도 할아버지의 마지막 모습과 겹쳐지는 그분의 제자. 할아버지가 우는 걸 딱 한 번밖에 보지 못했지만, 이번 상황에도 할아버지가 눈물을 흘리셨을 거라는 건 알겠다. 가슴과 뼈를 관통하며 열기가 치솟았다. 바로 지금 검게 젖어 흔들리고 있는 나무들 사이로 희끗희끗 모습을 드러낸 할아버지의 혼령을 거의 눈앞에서 보고 있는 것 같았다. **벨야, 벨야, 너마저,** 라고 비통해 하는 할아버지의 목소리가 거의 들리는 듯했다.

나는 돌아서서 쳐다보았다. 누어는 시신 옆에 무릎을 꿇고 V의 얼굴에서 진흙을 닦아내고 뒤틀려 있던 사지를 바로잡고 있었다. V를 찾았으나 곧 다시 잃어버리고 만 누어. 내가 아무리 설득하려 해도 분명 누어는 영원히 자책할 것이다. 하지만 그게 누어의 잘못이라면 똑같이 내 잘못이기도 했다. 우리는 바보처럼 굴었고 속임수에 넘어갔다. V도 틀림없이 입양했던 딸을 그리워했겠지만 누어의 안전을 위해 두 번 다시 딸을 보려 하지 않았다. 우리가 V를 찾아냈을 때 그분이 건넸던 인사말을 나는 지금도 기억했다. **도대체 네가 여기서 무얼 하는 거지?**

우리 실수 탓에 V는 목숨을 대가로 치렀다. 나는 그것으로 악마가 부활됐을까 봐 두려웠다. 우리에겐 속죄할 일이 많았지만 슬퍼할 시간은 거의 없었다.

세찬 강풍에 나는 거의 넘어질 뻔했다. 소름 끼치는 바람 소리가 들리더니 곧이어 옆집 마당에서 요란하게 뭔가 쪼개지는 소리가 나며 옆집의 지붕 일부가 벗겨져 머리 위로 날아가는 것이 보였다.

누어가 있는 곳을 다시 돌아보니, 기도를 올리는 듯 고개를 숙인 채 여전히 무릎을 꿇고 있었다.

잠깐만 더 기다리자, 나는 속으로 다짐했다. **딱 1분만 더 시간을 주자.** 누어에겐 작별 인사를 할 유일한 기회일지도 몰랐다. 혹은 **미안하다는** 말이라든지. 앞으로 어떤 미래가 펼쳐질지 나도 막막했다. V를 매장하고 장례식을 올릴 기회가 있을지 어떨지. 딱 1분만 더 시간을 준다면, 어쩌면 누어도 이번 일에 대해서 어느 정도 마음의 평화를 얻거나 최소한 독에 빠져 허우적대는 걸 막을 수는 있을지도 모른다. 그러면 우리도 앞으로…… 앞으로 뭘? 나는 현재의 순간에 벌어진 공포와 비극에 너무 함몰되어 있었던 나머지 그다음을 생각할 겨를이 없었다. 우리는 V의 시신을 덮어두어야 했다. 집 안으로 모시고 들어가야 했다. 카울이 아직 손을 뻗치지 않았다면 친구들과 동맹 집단을 찾아가 경고를 해주어야 했다. 내 마음의 가장자리에는 수천 개의 공포가 발톱을 세우고 할퀴고 있었지만, 나는 아직 그걸 받아들일 수가 없었다.

누어는 꼼짝도 하지 않았다. 폭풍은 더 심해지고 있었다. 더는 기다릴 수가 없었다.

누어를 향해 겨우 몇 발자국 떼었을 때, 무언가 뱃속을 강타해 나는 비틀거리며 무릎을 꿇었다. 숨을 쉬려고 헐떡거리며 내게 타격을 안긴 대상을 찾아 잔디밭을 살폈지만 아무것도 보이지 않았다. 그러자 이내 새로운 통증이 복부에서 피어올라 양쪽 다리로 빠르게 내려가면서 나는 헉 숨을 삼켰다.

이 고통이 뭔지 알아.

"무슨 일이야? 어디 아파?" 누어가 옆에 다가와 내 얼굴을 들어 올렸다. 나는 말을 하려 했지만 웅얼거림만 새어 나올 뿐이었다. 정신은 나를 강타한 실체에 집중되어 있었는데, 아니 그것은 전혀 실체가 아니라 느낌이라는 것을 깨달았다. 이젠 나의 뱃속에서 꼼짝 않고 있다가 뭔가 동력을 얻은 그 느낌은 다시 회전을 시작했고, 나는 그 느낌이 강요하는 대로 몸을 틀어 숲을 바라보았다.

"뭔데 그래?" 누어가 물었다.

나는 갑자기 섬광 같은 느낌을 받았다. 괴물 거미처럼 거대한 몸집에 썩어가는 검은 눈을 지닌 형체가 양치식물을 짓밟으며 우리를 향해 다가오고 있었다.

"노란 비옷 입은 남자." 쉰 목소리로 간신히 내가 말했다. 눈으로는 숲을 살피며 심장이 쿵쾅거렸다.

"그 남자가 뭐?"

그자가 죽은 걸 놈이 눈치챘어. 주인이 죽은 걸 느낀 거야.

"그 남자 혼자 온 게 아니었어."

차고에 있는 총기함이 퍼뜩 떠올랐지만, 그건 잠겨 있는 데다 쇠사슬까지 묶여 있어 할아버지가 돌아가셨던 밤과 마찬가지로 지금 우리에게도 쓸모가 없었다. 달아나거나 무기도 없이 여기 마당에서 놈을 맞닥뜨리는 건 소용없는 짓이거나 멍청한 대응일 테고, 그 외에 남은 옵션은 한 가지뿐이었다.

"할아버지 집에 지하 벙커가 있어." 이미 바닥에서 몸을 일으킨 나는 누어를 현관 쪽으로 잡아당기며 말했다. "사무실 바닥에."

현관으로 절반쯤 가다가 누어는 발을 버텨 둘 다 멈춰 서게 만들었다.

"안 모시고 갈 거면 싫어."

V를 의미한 거였다.

"숲에 할로개스트가 있어." 나는 실제로 그 낱말을, 위협의 정체를 입에 올리지 않았다는 걸 깨달았다. 나는 진행 방향으로 누어를 끌어당기려 했지만 누어는 움직일 마음이 없었다.

"난 할로개스트가 우리 같은 사람들에게, 특히 죽은 사람들에게 무슨 짓을 하는지 봤어. 놈들은 이미 엄마 심장을 가져갔어. 놈들이 눈까지 빼앗아가게 두진 않을 거야."

누어는 떨고 있지도 않았고 광분한 것도 아니었다. 나는 반박의 여지가 없음을 알 수 있었다.

누어는 V의 양팔을 잡고 나는 다리를 잡았다. 체구가 크지 않았지만 빗물에 젖은 V의 시신은 바윗덩어리처럼 묵직했다. 우리는 가까스로 베란다로 올라가 꼼짝 않고 누워 있는 와이트를 넘어 진흙탕 물이 떨어진 자국을 남기며 집 안으로 들어갔다. 우리는 걷어놓은 카펫 옆 사무실 바닥에 V를 내려놓았다. 아직 눈으로는 보이지 않았지만, 할로우의 위치를 특정하려고 뱃속의 나침반 바늘이 이리저리 열심히 움직이고 있는 것이 느껴졌다. 내가 아는 것이라곤 놈이 다가오고 있다는 것, 그리고 놈이 화가 났다는 것뿐이었다. 뜨거운 칼날이 찌르는 듯한 놈의 분노를 선연히 느낄 수 있었다.

바닥에 무릎을 꿇고 주먹으로 나무를 두들겨 공허한 메아리가 울리는 지점을 찾은 다음, 손바닥으로 널빤지를 더듬는 동안 누어에게 뭔가 문을 들출 만한 물건을 찾아와달라고 부탁했다. 내가 숨겨진 경첩을 찾은 순간 누어는 방금 전까지 죽은 와이트의 목에 꽂혀 있던 황동 손잡이가 달린 피 묻은 편지 칼을 들고 돌아왔다. 얇은 틈으로 칼날을 끼워 넣어 1미터 정도 너비의 마룻바닥을 들어 올리니 **요모조모 참 쓸모가 대단한 물건이로구나**, 하고 감탄하는 페러그린 원장님의 목소리가 귀에 들리는 것 같았다. 마룻바닥 아래로 육중한 벙커 출입문이 드러났다.

누어는 전혀 놀라는 기색이 아니었다. V는 자신만의 비밀 시간 루프를 만들어놓았다. 그에 비하면 지하 벙커쯤이야 한물 간 방편으로 보았을 게 틀림없었다.

잠긴 벙커 문에는 알파벳이 적힌 숫자판이 달려 있었다. 나는 비밀번호를 누르려고 했으나 머리가 완전히 멍해졌다.

"안 누르고 뭐해." 누어가 지적했다.

나는 숫자판을 멍하니 응시했다. "생일은 아니었어. 낱말이었는데……."

누어는 한 손으로 자기 얼굴을 긁었다.

나는 눈을 감고 머리를 두들겼다. "낱말이었어. **내가 아는 낱말.**"

나침반 바늘이 흔들리다 이내 멈추었다. 할로우가 숲을 찢듯이 헤치고 달려 나와 이젠 거의 수풀을 벗어났음을 감지할 수 있었다. 나는 숫자판이 흐려지기 시작할 때까지 맹렬하게 노려보았다. **폴란드어였어. 작은 무언가.**

"제발 좀 서둘러봐." 이를 악물며 누어가 말했다. "금방 다시 돌아올게."

방을 나갔던 누어는 잠시 뒤 할아버지 침대에서 짙은 갈색 담요를 걷어가지고 돌아왔다. 그러고는 V의 시신을 이불로 덮었다.

호랑이! 작은 호랑이. 할아버지가 나를 부르던 별명이었어. 근데 그게 폴란드어로 뭐더라?

누어는 V의 시신을 굴려 담요로 잘 감쌌다. 극세사 수의를 입은 미라(mummy는 '미라'와 함께 '엄마'의 뜻도 있기에 이중적인 뉘앙스로 사용되었음-옮긴이). 바로 그때 암호가 떠올라 나는 키패드를 두들겼다.

티-그-리-스-쿠(T-y-g-r-y-s-k-u).

자물쇠가 철컥 열렸다. 나는 다시 숨을 쉴 수가 있었다. 묵직한 문을 들어 열자 총성이 울리듯 철문이 바닥에 쾅 떨어졌다.

"천만다행이다." 누어가 한숨을 쉬었다.

사다리는 어둠 속으로 이어졌다. 우리는 담요로 감싼 V의 시신을 마룻바닥 가장자리로 밀어 넣었다. 내가 V의 발목을 한 팔로 감싸 안은 채 사다리 세 칸을 내려갔지만 혼자 안고 내려가기엔 너무 무거웠고, 우리 둘이 시신을 안고 한 칸씩 내려가 벙커 터널 안에 조심스레 V를 내려놓기엔 시간이 없었다.

베란다 쪽에서 요란한 금속성이 들려왔는데 그건 폭풍이나 할로우가 방충망을 완전히 찢어버린 소리일지도 몰랐다.

"그냥 떨어뜨리는 수밖에 없겠어. 미안해." 내가 말했다.

누어는 대꾸 없이 그냥 고개만 끄덕였다. 누어가 심호흡을 했다. 나는 앞으로 일어날 일에 대해서 V에게 속으로 사과를 한 뒤 잡고 있던 시신을 어둠 속으로 미끄러뜨렸다. 시신이 땅에 떨어지며 뼈가 부러지는 소리가 요란하게 울렸다. 누어는 움찔했고 나는 몸서리쳐지는 걸 참았다. 이윽고 우리는 V의 뒤를 따라 내려갔다.

누어가 우리 머리 위로 벙커 문을 잡아당겨 닫았다. 쾅 반향을 울리며 닫힌 문이 자동으로 잠기자 어둠이 우리를 삼켰다. 반대편에서 쿵쿵 소리가 메아리처럼 울려 퍼지더니 바람 소리가 아닌 확실한 울부짖음이 들려왔다. 나는 사다리를 마저 내려가다 V의 시신에 걸려 비틀거렸으나, 거친 콘크리트 벽을 따라 손을 움직여 마침내 전기 스위치를 찾아냈다.

벽을 파고 매립된 초록색 형광등이 깜박거리며 켜졌다. 폭풍우 속에서 아직 전기가 들어오다니 고마운 일이었다. 할아버지라면 지하 벙커의 전기를 어딘가 예비 발전기에 연결해놓았을 것이다.

집 안에서 들려온 쿵 소리가 터널 벽에 메아리를 울렸다.

"여긴 할로우가 못 들어온다고?" 천장 문 쪽을 올려다보며 누어가 물었다.

"그럴 거야."

"테스트해본 적은 있고?"

할로우가 바닥 문을 두들기기 시작하자 멀리서 종소리가 들리는 것 같았다.

"분명 있을걸."

거짓말이다. 작년 이전에 와이트들이 할아버지가 사는 곳을 알아냈다면 할아버지는 가족을 데리고 은신한 뒤 다시는 돌아오지 않았을 것이다. 그 말은 40년 된 이 지하 벙커의 성능이 바로 지금 역사상 처음으로 테스트당하고 있다는 뜻이었다.

"그래도 저 문에서 멀리 떨어져 있자. 혹시 모르니까." 내가 말했다.

벙커의 중심인 지휘 본부는 내가 기억하고 있는 그대로였다. 길쭉한 벽 쪽은 길이가 5, 6미터 정도. 한쪽 벽엔 군용 침상이 놓였고 그 반대편엔 군수품용 수납장이 있었다. 화학 처리식 변기. 큼지막한 나무 책상에 놓인 큼지막한 낡은 전신 타자기. 그 방에서 가장 눈에 띄는 물건은 V의 집에 있던 것과 똑같이 생긴, 천장에서 원통형 파이프로 연결되어 매달려 있는 잠망경이었다.

육중한 벙커 문을 벗어나 제법 긴 콘크리트 터널을 지나 이곳 지하실에 와 있는데도 지상에서 벌어지는 파괴의 소음이 생생하게 메아리로 전달되었다. 할로우는 난동을 부리고 있었다. 나는 놈이 집을 어떻게 망가뜨리고 있을지, 혹은 기회가 주어졌다면 우리한테 무슨 짓을 했을지 생각하지 않으려고 노력했다. 현재 상태로는 할로우를 길들이는 내 능력에 별 믿음이 없었다. 우리가 생존하기 위한 최선의 방법은 일단 놈한테서 떨어져 있는 것이었다. 할아버지가 할로우에게 살해당한 장소인 바로 이곳에서 할로우와 싸우는 것에 대해 이상하게 불길하다는 미신마저 들었다. 운명에 도전하는 것 같을까 봐서.

"무성하게 자란 풀밖에 안 보여." 누어는 잠망경에 얼굴을 대고 천천히 핸들의 방향을 돌렸다. "아무도 잔디를 깎지 않았기 때문에 너희 할아버지의 감시 시스템이 무용지물이 됐어." 누어는 잠망경에서 얼굴을 떼고 나를 쳐다보았다. "여기 계속 있을 순 없어."

"저길 올라가는 건 안 돼." 내가 대꾸했다. "저 할로우가 우릴 갈가리 찢어놓을 거야."

"놈을 해치울 무기를 찾으면 되지." 수납장에 다가간 누어가 문을 열자 깔끔하게 정돈되어 있는 생필품 선반이 드러났다. 치명적인 무기는 없었다.

"이 아래엔 무기가 전혀 없어. 내가 확인해봤어."

내 말에도 아랑곳하지 않고 누어는 수납장을 뒤지며 선반에 놓인 통조림들을 바닥에 내려놓았다. "차고에는 총기 협회 박람회를 열어도 될 만큼 총기가 있던데. 너희 할아버지가 만드신 **생존을 위한 지하 벙커**에는 어떻게 무기가 하나도 없을 수가 있지?"

"나도 모르지만 암튼 없어."

소용없는 짓이라는 걸 알면서도 나는 누어 옆으로 가서 일손을 도왔다. 나는 업무 일지와 절차 지침서, 다른 책들을 치우고 그 뒤쪽을 살폈다.

"**짜증 나!**" 수납장을 구석구석 다 뒤진 누어는 보급함에 기대어 서서 벽에 콩 통조림 하나를 던졌다. "어쨌거나 상관없어. 그래도 계속 여기 있을 순 없어." 마당에서 실내로 들어온 뒤로 놀랍도록 침착함을 유지하던 누어의 목소리에 공포가 스며들고 있었다.

"잠깐만 시간을 줘. 생각을 좀 해야겠어." 내가 말했다.

나는 회전의자에 털썩 앉았다. 물론 밖으로 나갈 다른 길은 있었다. 막다른 골목의 반대편에 있는 위장 가옥으로 이어지는 두 번째 터널로 빠져나가면 차고에 할아버지의 하얀색 쉐보레 카프리스 차량이 기다리고 있을 것이다. 하지만 그리로 나간다 해도 카프리스에 시동이 걸리는 소리를 들은 순간 할로우는 밖으로 뛰쳐나와 우리가 진입로까지 나가기도 전에 우릴 해치울 수도 있는 일이었다. 요점은 내 몸 상태가 아직 맹목적으로 긴급한 탈출을 감행할 만큼 준비되지 않았다는 사실이었다.

누군가 드릴로 집을 때려 부수는 것 같은 소리가 들렸다.

"어쩌면 놈이 지루해져서 그냥 갈지도 몰라." 내가 절반쯤 농담으로 말했다.

"지원군을 데리러 가는 게 아닌 한 어디로든 가버릴 리 없잖아." 누어는 좁은 바닥을 초조하게 오가기 시작했다. "바로 지금 지원군을 부르고 있는 건지도 몰라."

"할로우가 휴대전화를 들고 다닐 리는 없어. 지원군이 필요하지도 않고."

"여기서 **무얼 하고** 있었던 걸까? 와이트와 할로개스트가 너희 할아버지 집에 왜 왔지?"

"분명 우리가 올 걸 예상했을 거야." 내가 말했다. "혹은 **누군가** 올 거라고."

낙담한 누어는 얼굴을 찡그리며 군용 침상에 몸을 기댔다. "난 무르나우가 체포되지 않은 마지막 와이트인 줄 알았어. 할로우도 거의 전부 죽었다고 생각했고."

"임브린들 말로는 숨어 있는 놈들이 아직 있을 거라고 했어. 어쩌면 원장님들이 생각하고 있는 것보다 더 많은지도 모르지."

"음, 더는 숨어 있지 않기로 했나 보네. 적어도 여기 온 둘은 말이야. 그 말은 누군가 놈들을 불러 일을 시켰다는 뜻이야. 그 말은 곧……."

"그건 모르지." 그 말의 논리를 따라가기가 마뜩찮아진 내가 말했다. "우린 아무것도 알지 못해."

누어는 나를 향해 어깨를 폈다. "카울이 돌아왔어, 안 그래? 무르나우가 성공한 거야. 어디 있었든…… 그곳에서 되찾아 왔어."

나는 머리를 흔들었다. 누어의 눈을 마주볼 수가 없었다. "모르겠어. 어쩌면 그럴지도."

누어는 침대 기둥에 등을 대고 미끄러지다 바닥에 앉더니 무릎을 접어 껴안았다. "난 그자를 느꼈어. 정신을 잃기 직전에. 마치…… 마치 얼음 담요가 나를 뒤덮는 것 같았어."

나는 그자를 봤어. 폭풍의 한가운데에서 그자의 얼굴을 보았다. 그런데도 나는 "일단 우리는 모르는 거야."라고 말했다. 확신할 수 없는 일이기도 하고, 진실을 피할 수 없는 순간이 오기 전까지는 그토록 끔찍한 일을 인정하고 싶지 않기 때문이었다.

뭔가 퍼뜩 떠오른 듯 누어가 고개를 한쪽으로 기울이더니 벌떡 일어나 주머니를 뒤졌다. "시신을 덮다가 V의 손에서 이걸 발견했어. 돌아가실 때 이걸 손에 쥐고 있었나 봐."

내가 일어서자 누어가 손을 뻗었다. 누어는 망가진 스톱워치 같은 것을 들고 있었다. 바늘도 숫자도 없었다. 숫자판에는 이상한 상징과 룬 문자로 보이는 글씨가 적혀 있었는데 겉면 유리는 깨지고 불에 떨어뜨린 것처럼 부분적으로 연기에 그을어 있었다. 누어에게 물건을 받아든 나는 뜻밖의 무게에 깜짝 놀랐다. 뒷면에는 영문의 스탬프가 찍혀 있었다.

일회용. 카운트다운 5분.

메이드 인 동독.

"탈출 버튼이야." 경외감이 전신을 엄습하는 걸 느끼며 내가 나직이 말했다.

"우리가 나타났을 때 주머니 안에 갖고 계셨나 봐." 누어가 말했다. "어쩌면 무언가 자신을 찾아올 거란 걸 알고 있었던 것 같아."

나는 고개를 끄덕이고 있었다. "그게 아니라면 늘 몸에 지니고 계셨을 수도 있어. 그래야 순식간에 탈출할 준비를 갖출 수 있을 테니까."

도망자처럼, 이라고 나는 서글프게 생각했다.

"하지만 원하는 만큼 빨리 작동되진 않았어. 여기에도 적혀 있잖아, 카운트다운 5분이라고. 그러니까 무르나우가 나타난 순간 버튼을 눌렀다고 하더라도……."

누어는 나를 지나 아무것도 없는 벽을 멍하니 응시했다.

"우리를 구할 만큼은 충분히 빨랐어." 내가 말했다. "하지만 너무 느려서 본인까지 구할 순 없었지." 나는 스톱워치를 다시 돌려주었다. "속상하다."

누어는 떨리는 호흡을 내뱉으며 자신을 추스르더니 머리를 흔들었다. "앞뒤가 맞질 않아. 엄마는 준비를 철저히 하는 분이야. 계획가라고. 그래서 오랜 세월 침입에 대한 계획을 갖고 있었어. 탈출용 시계도 있었고. 집 안 가득 무기도. 그래, 나 때문에 놀라기는 했지만 엄마는 그것에 대한 계획도 분명 있었을 거야."

"누어, 무르나우는 그분의 가슴에 총을 쐈어. 어떻게 그것에 대한 계획을 세우겠어?"

"엄마는 그렇게 되도록 **내버려뒀어**. 내 말이 맞아. 엄마가 창문으로 몸을 던져 빠져나갔다든가 했더라면, 그자의 다음 행동은 우리 중 한 사람을 죽인 다음에 나머지 한 사람을 인질로 잡았을 거야. 그러니까 그러는 대신에 무르나우가 자기한테 총을 쏘도록 내버려둔 거야."

"하지만 본인의 **심장**이 부활을 위한 재료로 벤담의 목록에 올라 있었어. V는 틀림없이 그걸 알고 있을 거야. 그분이 스스로 루프 안에 자신을 가두었던 이유도 그 때문이라고 생각해. 와이트들이 자기 심장을 훔쳐가지 못 하도록. 우리를 구하려고 무르나우가 자신을 죽이도록 내버려두는 건 **모든** 사람들을 위험에 빠뜨리는 행동이야."

"우리가 그자를 막아야 했어." 누어는 엄지로 스톱워치의 얼룩을 닦았다. "그런데 우린 실패했지."

나는 이의를 제기하려 했지만, 누어가 내 말을 막았다. "이러는 거 쓸모없는 짓이야. 다른 사람들한테 경고를 하는 것 말고는 아무것도 할 일이 없어. 악마의 영토로 돌아가서 무슨 일이 있었는지 이야기해야 해. 그것도 빨리."

드디어. 무언가 합의에 도달할 수 있을 듯했다.

"그 방법은 내가 알 것 같아. 부모님 댁 뒷마당에 소형 루프가 있어. 악마의 영토 안에 있는 팬루프티콘과 직접 연결되는 통로야. 집은 도시 반대편에 있고."

"그럼 우리가 가야겠네. 지금."

"아직 작동이 된다면 말이야." 내가 덧붙였다.

"그건 확인해보면 되겠지."

잠망경 쪽에서 요란한 금속성이 울렸다. 갑자기 파이프에 달린 잠망경이 빙글빙글 돌더니 위로 딸려 올라가 천장에 꽝 부딪혔다. 깨진 유리가 바닥으로 흩어졌으므로 우리는 그 아래에서 몸을 피했다.

"우리 감시 시스템이 감당하기엔 무리가 있네." 누어가 말했다.

"놈이 열 받았어. 그냥 어디로 가버리진 않겠군."

"운에 맡기는 수밖에 없어."

"**내** 목숨이라면 운에 맡길 수 있어." 내가 말했다. "하지만 정말로 카울이 돌아온 거라면, 네 목숨은 함부로 운에 맡길 수 없어."

"어휴, 제발 **좀**……."

"아니야, 내 말 끝까지 들어. 그 예언에 뭐라도 진실이 담겨 있다면, 지금쯤은 우리도 그렇다는 걸 믿어야 할 것 같지만, 암튼 그렇다면 넌 우리가 가진 최고의 희망이야. 어쩌면 유일한 희망일지도 몰라."

"일곱 명 어쩌고저쩌고하는 거 말이구나." 누어는 얼굴을 찌푸렸다. "다른 여섯 존재와 나. 그렇다면 도대체 누가 그런……."

"넌 지금 안전해, 그리고 난 계속 너를 안전하게 지켜줘야 해. 너더러 결국 할로개스트의 뱃속에 들어가는 신세가 되라고 V가 자신을 희생하진 않았을 거야. 우리가 얼마나 오래 의식을 잃고 있었는지는 나도 모르겠다. 적어도 몇 시간은 됐겠지, 더 길었을 수도 있고. 그러니까 제발 몇 분만 더 기다리면서 저 개자식이 혹시라도 잡풀을 뜯어먹는 게 따분해지는지 지켜보자. 그런 **다음에** 움직이자고."

누어는 팔짱을 꼈다. "좋아. 하지만 기다리는 동안 다른 사람들한테 경고해줄 방법이 **뭐라도** 있을 거야. 전화 없어? 무전기라든지?" 누어는 방 안을 살폈다. "네 뒤쪽에 저건 뭐야?"

누어는 전신타자기를 말하고 있었다. "저건 구식이야. 박물관에나 가야 할 물건이라고."

"바깥세상과 연결될 순 있지 않을까?"

"더는 안 될걸. 다른 루프와 연락할 때 사용했다는데, 별로 안전하지가 않아서……."

"시도해볼 가치는 있어." 누어는 회전의자에 앉아 낡은 팩스 기기에서 톱으로 잘라낸 것처럼 생긴 키보드를 향해 곧장 다가갔다. "어떻게 켜는 거야?"

"몰라."

누어는 키보드를 후 불어 먼지를 허공으로 날린 뒤 아무 자판을 두들겼다. 모니터는 계속 어두운 채로 남아 있었다. 누어는 기계 뒤쪽으로 손을 뻗어 이리저리 더듬더니 스위치를 켰다. 모니터에서 퍽 정전기가 이는 것 같더니 잠시 뒤 노란색 커서가 화면에 나타났다.

"미치겠군. 작동이 되잖아." 내가 말했다.

단어 하나가 나타났다. 새까만 화면 맨 꼭대기에 한 줄로 나타난 한 단어.

명령어: ＿＿＿＿＿

누어가 휘파람을 불었다. "이거 진짜 **옛날** 거다."

"말했잖아."

"마우스는 어디 있지?"

"아직 발명 안 됐을 거야. 뭔가 명령어를 적어야 해."

누어는 **경고(Warn)**라고 적었다.

기계는 못마땅한 듯 삐 소리를 울렸다.

명령어 인식되지 않음.

누어는 이맛살을 찌푸렸다. 다시 메일(Mail)이라고 적었다.

명령어 인식되지 않음.

"'디렉터리(directory)'라고 쳐봐." 내가 말했다.

누어는 시키는 대로 했다. "아무 반응이 없어." 그러고는 누어가 **메시지, 루트, 도움, 루프**, 라고 차례로 시도했다. 그런 명령어로도 아무 반응이 없었다.

누어는 의자 등받이에 기대앉았다. "너희 할아버지가 설마 설명서를 갖고 계시진 않았겠지?"

나는 보급함으로 가서 책들을 뒤적였다. 대부분 스프링이 달리고 표지가 얇은 수제 책자로 보였다. 몇 권은 할아버지가 적은 옛날 업무 일지였는데 나는 언젠가 전부 다 읽어봐야겠다고 속으로 다짐했다. '할로개스트 피신처를 짓고 싶은가요?'라는 제목의 낡은 팸플릿과 할아버지가 즐겨 읽으시던 스파이 소설 몇 권 사이에서, 코팅된 표지에 작은 새 문양과 함께 FPEO 네 글자가 빨간색으로 인쇄된 소책자가 나왔다.

《이상한 아이들의 동화》책 어떤 판본 안쪽에서도 그런 글자를 본 적이 있었다. **이상한 종족만 열람 가능(For Peculiar Eyes Only)**의 약자.

나는 책자를 펼쳤다. 속표지엔 이렇게 적혀 있었다.

신드리소프트 유압식 전신타자기 OS 1.5 작동 안내서.

"누어! 찾았어!" 나는 누어가 깜짝 놀랄 정도로 크게 소리쳤다가 0.5초 만에 뭐가 그렇게 흥분할 일이었는지 모르겠다는 생각이 들었다. 전신타자기가 과거 어떤 곳과 연결되어 있었더라도 지금은 그 연결이 끊겼을 게 거의 확실했다.

우리는 묵직한 키보드를 뒤로 밀어 책상에 공간을 만든 뒤 매뉴얼을 펼쳤다. 머리 위에선 괴성과 함께 또 한 번 쿵 소리가 들려왔는데, 6미터 두께의 흙과 강화 콘크리트로도 소음을 그다지 막아주진 못했다. 할로우가 파괴 행위를 다 끝내고 나면 집이 과연 얼마나 남아 있을지 궁금해졌다.

우리는 지구의 종말이 온 것 같은 소음을 무시하려 애쓰며 매뉴얼을 넘겨보았다. 차례 페이지에 '커뮤니케이션과 연결'이라는 항목이 보였다. 나는 해당 페이지로 넘겨 큰 소리로 읽어주었고 누어는 타이핑을 담당했다.

"이번엔 이렇게 쳐봐." 내가 말했다. "**외부 연결 시도(Outgoing CC).**"

누어가 자판을 쳤다. 커서가 움직여 응답을 내놓았다. **외부 연결 끊김.**

나는 다른 명령어를 누어에게 더 읽어주었다. 누어는 **외부 연결선 검색**이라고 쳐 넣었다. 커서는 몇 초간 빠르게 깜박거리더니, **외부 연결 끊김**이라고 다시 응답했다.

"젠장." 누어가 말했다.

"어차피 큰 기대는 안 했잖아." 내가 말했다. "아마 이 기계는 수십 년간 사용하지 않았을 거야."

누어는 책상을 쾅 내리친 뒤 의자에서 일어났다. "더 오래 여기서 기다릴 순 없어. 저 할로우는 자발적으로 사라지지 않을 거야."

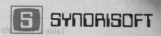

PNEUMATIC TELEPRINTER

OS 1.5

OPERATING INSTRUCTIONS

A. Portner, 6/7/89

93051002_01

SO YOU WANT TO

Build a Hollowgast Shelter?

Revised and Updated Edition

누어 말이 옳다는 생각이 들기 시작했다. 저 괴물은 절대 가 버리지 않을 것이다. 노란 비옷을 입은 남자를 보낸 사람이 누구든 결국엔 그도 놈이 돌아오지 않았다는 사실을 알아차리고 직접 확인하러 올 것이다. 우리가 여기 지하에 숨어 있는 1분 1초는 곧 카울이 준비하고 있는 학살에 대비하여 악마의 영토에서 탈출 계획이나 방어를 준비해야 할 동료들의 귀한 시간을 그만큼 빼앗고 있는 셈이었다. 누어를 보호하려다가 친구들이 기습 공격에 학살 당하는 결과를 낳는다면 그게 무슨 승리일까?

어쩌면. 가장 냉철한 계산법으로는 어쩌면 그렇다고 여길 수도 있을 것이다. 카울은 내가 사랑하는 이상한 아이들뿐만 아니라 이상한 종족 전체에 위협이기 때문이다. 사실은 온 세상에 대한 위협이었다.

하지만 다시 생각하면 나에겐 내 친구들이 **온 세상**이었다.

다 집어치우고 나가자, 라고 내가 막 말하려던 찰나 누어가 중얼거렸다. "말도 안 돼."

누어는 책상으로 되돌아가 케케묵은 모니터를 들여다보고 있었다. 커서가 제 맘대로 뭔가를 타이핑하고 있었다. 호박색 글자가 두 줄로 생겨났다.

위협이 감지됨.

가정 방어를 실행할까요: 예/아니오____

누어는 기다리지도, 내 의견을 묻지도 않았다. 누어의 검지가 Y 자판을 눌렀다.

화면이 먹통으로 변했다. 순간적으로 나는 기계가 잠깐 우리를 놀린 것뿐, 시스템이 꺼진 것이라고 생각했으나 이내 커서가

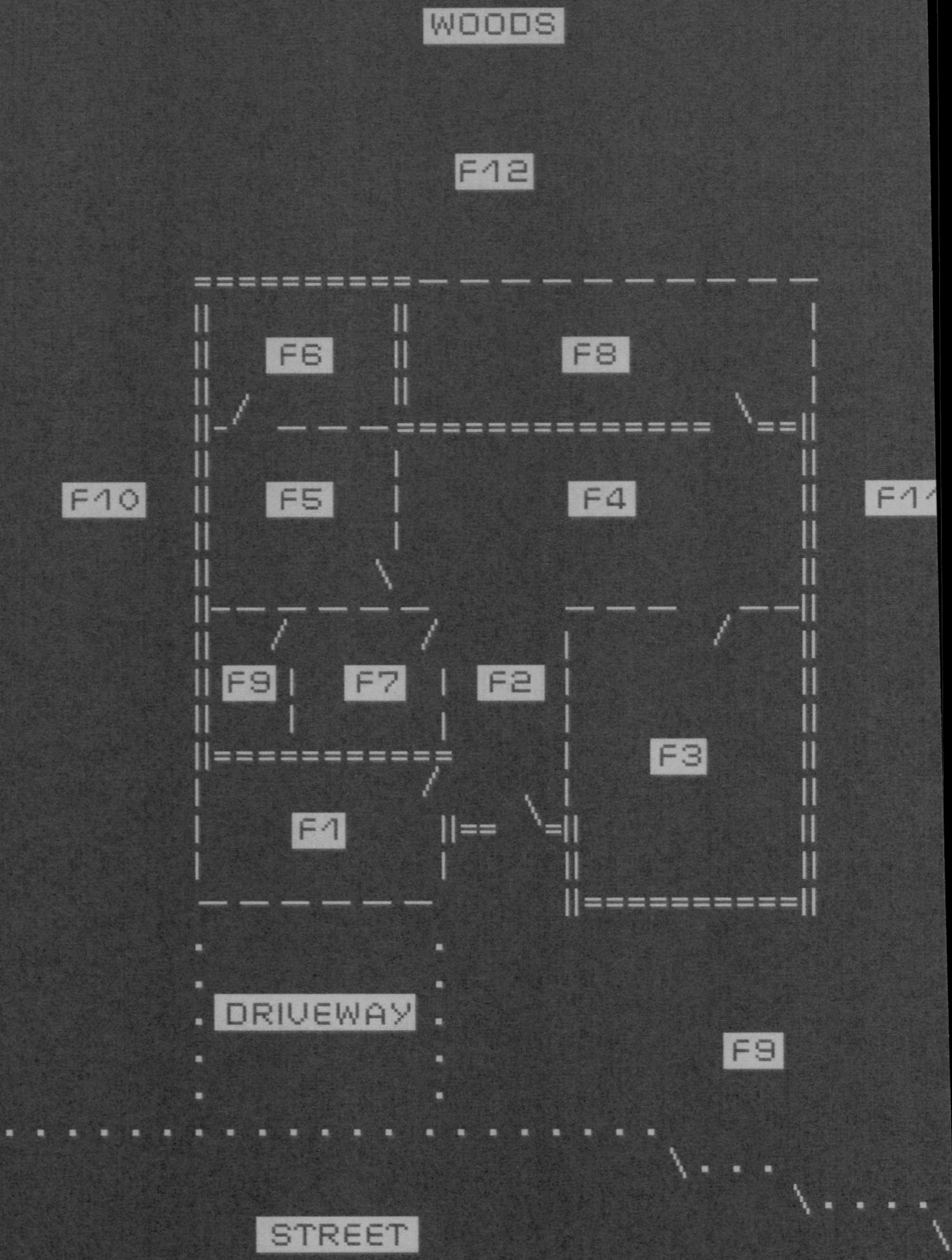
WOODS
F12
F6
F8
F10
F5
F4
F11
F9
F7
F2
F3
F1
DRIVEWAY
F9
STREET

다시 생성되며 새로운 화면을 그려냈다.

그것은 키보드 자판으로 엉성하게 그린 집의 평면도였다. 지도는 열두 구역으로 나뉘어 F1부터 F12까지 적혀 있었는데, 주택 부분이 여덟 구역이고 마당이 네 구역이었다. 키보드에도 열두 개의 기능키가 있었다. 커서가 화면의 맨 아래쪽에서 실행을 기다리며 깜박거렸다.

"뭘 하려는 걸까?" 누어가 물었다. "불덩이라도 쏘려나? 함정 문이라도 열리나?"

"은퇴자들이 모여 사는 변두리 마을에서?"

누어는 어깨를 으쓱했다. "확인해보자." 누어의 손가락이 기능키 위에서 머뭇거렸다. "놈이 아직 우리 위에 있을 것 같아?"

나는 할로우의 대략적인 위치를 감지했지만 놈이 정확히 어디에 있는지는 알 수 없었다. 나는 잠망경의 잔해로 다가가 핸들을 다시 잡아 내렸다. 투시경의 유리가 깨져서 마당 풍경이 왜곡되어 보였다. 할로우가 반사경을 짓밟아 집과 그 뒤쪽 도로 상황을 보기엔 충분했으나 놈의 모습은 보이지 않았다. 나는 잠망경을 한 바퀴 돌려보았다. 나는 마당을 훑어본 뒤 쓰러진 나무와 인도로 떨어져 스파크를 일으키고 있는 전선을 지나 지붕이 날아간 이웃집까지 살폈다. 그러다가 뱃속의 나침반 바늘이 떨리는 게 느껴지더니 날카롭고 요란한 짐승의 포효가 들리면서 잠망경이 세차게 위로 끌어올려져 다시 천장에 부딪쳤고, 나는 충돌 직전에 바닥에 넘어졌다.

누어가 의자에서 튀어 일어나 나에게 달려왔다. "맙소사, 괜찮아?"

"바로 우리 위에 있어!" 내가 소리쳤다.

누어는 내가 일어나는 걸 도와주었고, 우린 함께 절룩이며 구형 컴퓨터로 다가갔다.

"그게 마당의 어느 부분이야?" 모니터를 들여다보며 누어가 물었다.

나는 화면을 두들겼다. "저쪽…… 옆인 것 같아."

누어가 해당 자판에 손가락을 올렸다. F10. "공격의 영예를 내가 차지하면 안 될까?"

"아니! 된다는 말이야! 어서 누르기나 해!"

누어가 자판을 눌렀다.

처음엔 아무 일도 벌어지지 않았다. 그러다가 사방의 벽이 덜컹거리기 시작하더니 거대한 구형 라디에이터가 삐걱거리는 것 같은 소음이 울렸고 잠시 뒤 귀가 먹먹할 정도의 폭발음이 솟으면서 지하실이 흔들렸다. 군용 침상이 쓰러지고 우리가 아직 꺼내지 않았던 보급함의 내용물이 다 바닥으로 튕겨 나왔다.

내 안의 나침반 바늘은 팽글팽글 돌았다. 할로우가 얼마나 다친 건진 모르겠지만 방금 지상에서 벌어진 일로 상당한 거리까지 날아간 건 틀림없었다. 그 말은 곧…….

"놈을 맞혔어!" 내가 소리쳤다.

누어는 조심스럽게 귀에서 손을 뗐다. "죽었을까?"

"죽진 않은 것 같고 다쳤어. 하지만 그걸 확인하느라 꾸물대진 말자."

나는 벽 쪽으로 다가가 보급함 옆에 부분적으로 가려져 있던 문을 찾아 열기 시작했다. "또 다른 출구야." 내가 설명했다. "이건 다른 집으로 연결되고 거기 가면 우리가 쓸 차도 있어."

"V는 어떻게 하고?" 누어가 물었다.

부상을 입고 성난 할로개스트가 뒤쫓아 오는 상황에서 시신을 끌고 터널을 지나 사다리를 올라가는 모습을 상상해보았다. 그러나 이내 누어는 내가 설명하기도 전에 내 마음을 읽기라도 한듯이 머리를 흔들며 중얼거렸다. "신경 쓰지 마."

"우린 돌아올 거야." 내가 누어를 안심시켰다.

누어는 아무 말 하지 않고 문손잡이를 잡더니 확 잡아당겼다.

제 3 장
chapter three

우 리는 할아버지의 집 주변 외곽 도로 아래로 뚫린 천장
낮은 터널을 미친 듯이 달려 또 다른 사다리를 올라간
뒤 위장 주택의 침실로 이어지는 뚜껑 문을 열고 밖으로 나갔다.
할아버지 댁 건물이 얼마나 망가졌는지 창밖을 내다보며 확인할
시간은 없었다. 누어의 손을 잡아당기며 무조건 빠르게 다리를 움
직이는 것 이외에 허비할 시간은 없었다. 천만다행으로 그 집은
에이브 할아버지의 집과 구조가 똑같아서 고민할 필요도 없이 복
도를 지나 거실로 찾아갈 수 있었다. 거실은 으르렁거리는 폭풍우
에 흠뻑 젖은 채, 박살난 돌출형 장식 창문에 매달린 얇은 커튼은
미친 듯이 펄럭거리고, 쓰러진 참나무가 괴물의 손처럼 실내까지
가지를 뻗고 있었다.

얼핏 보니 길 건너편에서 불길도 일렁거렸다.

할로개스트의 징후는 보이지 않았다. 마음을 진정하려고 해

도 놈이 죽었을 거라는 희망이 마구 샘솟았다.

우리는 차고로 뛰어들었다. 차체가 배처럼 길쭉한 카프리스는 원래 있던 자리에 그대로 서 있고, 그 옆자린 비어 있었다. (그곳을 차지했던 애스턴 자동차는 몇 주 전에 브루클린에 방치되었으니 지금쯤 와이트 일당의 손에 들어갔거나 도난당해 낱낱이 부품으로 분해되었을 것이다.) 우리는 카프리스의 긴 문을 벌컥 열고 차에 탔다. 차 열쇠는 컵 홀더에, 차고 문 리모컨은 햇빛 가리개에 꽂혀 있었다. 문 열림 버튼을 누르려고 손을 뻗었지만 나보다 먼저 누어가 리모컨을 낚아챘다.

"한 가지 약속해." 누어가 말했다. 달리기 시작한 뒤로 내 시선이 무언가에 한참 고정된 건 처음이었다. 어둠침침한 카프리스 차체의 조명 아래서 보아도, 뼛속까지 흠뻑 젖어 머리칼이 엉망인데도 숨을 헐떡이고 있는 누어의 모습은 환상적이었다. 환영 같은 환상.

누어가 말했다. "넌 멈추지 마. 무슨 일이 일어나든 너는 악마의 영토로 돌아가야 해. 나한테 문제가 생기더라도."

누어의 말뜻을 이해하기까지는 시간이 좀 걸렸다. "널 두고 가는 일은 없어."

"잘 들어, 잘 들으라고." 누어의 몸은 긴장으로 똘똘 뭉쳐 있었다. 누어는 나에게서 시선을 떼지 않은 채로 내 손을 잡아 깍지를 꼈다. "누군가는 다른 사람들한테 위험을 알려야 하는데, 그럴 사람은 우리밖에 없어. 무슨 일이 있었는지 다른 사람은 아무도 모르잖아."

어떤 이유로든 누어를 버려두고 간다는 생각만 해도 몸서리가 처지면서 온 마음이 그런 가능성을 거부했다. 그러나 "싫어."라는 말 외엔 논리적인 반박을 생각해낼 수가 없었다.

누어의 손이 내 다리를 짚었다. "난 이미 V의 목숨을 희생시켰어." 누어의 손가락이 피부를 파고들었다. "나 때문에 우리 친구들도 죽게 만들지는 말자."

심장이 목구멍까지 튀어 올라 두근거렸다. "너도 똑같이 약속해줘." 내가 말했다. "멈추지 않겠다고."

누어의 시선이 아래로 향하더니 거의 보일 듯 말 듯 고개를 끄덕였다. "알겠어."

"알겠어." 내가 말했다.

그건 거짓말이었다. 나는 절대로 누어를 남겨두고 가지 않을 것이다.

누어가 리모컨을 내놓았다. 나는 버튼을 눌렀다. 차고 문 모터가 작동을 시작하며 삐걱삐걱 문이 말려 올라가기 시작했다. 할아버지가 카프리스를 후방 주차 해놓았으므로 우리는 도로를 마주보고 앉아 있었고, 차고 문 개방은 마치 연극이 시작될 때 커튼이 올라가는 것 같았다.

할아버지의 집이 불타고 있었다. 옆 마당은 새카맣게 타버렸다. 잔디밭에 난 구멍에서 연기가 피어올랐다. 집의 벽에도 구멍이 나 화장실의 분홍색 타일이 드러나 보였다.

나는 "아, 젠장."이라고 중얼거렸던 것 같고, 누어는 자동차 시동에 관해서 뭔가를 말했지만 갑자기 뱃속에서 느껴지는 예리한 통증이 온통 나의 주의를 끌었다. 통증은 눈으로 어디를 보아야 하는지도 알려주었다. 마당에 패인 구덩이에서 검은 혀가 무너진 분홍색 타일 더미를 뚫고 빗속으로 모습을 드러내고 있었다.

건물 잔해를 보고 있는 내 시선을 따라 누어도 그쪽을 쳐다보았다.

"제이콥?" 나직이 누어가 말했다. "놈이 살아남은 것 같아."

할로개스트가 돌 더미 속에서 솟아올랐다. 등을 구부리고 있는데도 엄청난 거구였던 괴물은 무너진 집의 잔해에 파묻혔던 것이 아니라 낮잠을 자다 걸어 나오는 것처럼 기지개를 켜며 목을 쳐들었다. 콘크리트 가루가 유령처럼 새하얗게 놈의 표면을 뒤덮어 누어에게도 형체가 보였다.

"시동 걸어." 누어가 손을 뻗어 나를 흔들고 있었다. "**시동** 걸라고, 제이콥!"

나는 열쇠를 돌린 다음 기어를 D에 놓고 액셀러레이터를 밟았다. 우리는 시선을 끄는 끽 소리를 내며 차고에서 튕겨 나와 진입로로 접어들었다가 급회전을 해 도로로 나갔다.

"나도 **보여**, 내 눈에도 **보여**, 달려!" 누어는 할아버지의 집 쪽으로 몸이 쏠린 채 소리쳤다.

나는 액셀러레이터를 힘껏 밟았다. 배처럼 길쭉한 쉐보레 카프리스에게는 어울리지 않게 자동차 엔진이 분노에 찬 굉음을 울렸다. 가속하는 힘이 너무 셌다. 젖은 포장도로 탓에 뒷바퀴가 미끄러지며 차체 뒤쪽이 옆으로 회전했다.

할로우는 껑충껑충 마당을 가로질러 이젠 거의 도로까지 도달했다. 놈은 그레이브힐에서 부활술사들의 루프에서 싸웠던 녀석보다도 키가 더 컸고, 괴성을 지르며 콘크리트 가루와 검은 피를 왕창 내뱉었다.

"달려, 달려, 달리라고!" 누어가 소리쳤다. "옆으로 가지 말고 앞으로 가야지!"

나는 뒷바퀴가 헛돌지 않을 때까지 페달에서 발을 뗐다가, 핸들을 다른 방향으로 돌린 뒤 다시 액셀러레이터를 밟았다.

"바로 뒤에 있어, 바로 뒤에……."

우리는 할로개스트의 혀가 올가미처럼 뒤 범퍼를 붙들기 직전에 빠져나갔지만 어쨌거나 혀가 차체를 때리며 요란한 금속성이 **탕** 하고 울려 퍼졌다. 잠시 후 또 다른 혀가 뒤 유리창을 가격했다. 창문이 산산조각 나면서 유리 파편이 뒷좌석으로 쏟아져 내렸다. 우리는 이제 도로를 달려가는 중이었는데, 놈은 부상을 입어 절룩거리면서도 여전히 빠르게 우리 뒤를 따라 달려왔다.

누어가 글로브 박스를 열고 안을 뒤졌다. 무기라든지, 어쩌면 제임스 본드 스타일의 비밀 병기 버튼을 찾고 있는 거였다. 그러나 그 안에는 자동차 등록증과 오래된 돋보기밖에 없었다. 젖은 도로 사정과 떨어져 내린 나뭇가지와 주변 집에서 뿌리째 뽑혀 길에 나뒹구는 정원 장식품 따위의 장애물과 끝없이 반복되는 서클 빌리지의 원형 교차로를 감안해 나로선 최선을 다해 달리고 있었다. 가속페달을 끝까지 밟고 싶어서 숨이 넘어갈 듯, 정말로 **죽을** 것만 같은데도 주변 도로는 온통 커브 길과 나선형 도로와 막다른 골목밖엔 없었으므로, 속도는 빠르지만 육중한 차로 저수지나 주택 담벼락으로 뛰어들지 않으려면 계속해서 브레이크를 밟으며 회전하고 또 브레이크를 밟아야 했다. 그런 상황에서도 할로우와 거리가 벌어지기 시작한 건 놈이 부상을 입어 혀 하나를 목발처럼 짚어야 했기 때문이었다.

그러나 곧이어 나침반 바늘이 확 방향을 트는 느낌이 들어 후방 거울을 보니 할로우가 도로에서 벗어나 어느 집 뒤로 사라졌다.

"놈이 지름길로 따라잡으려나 봐." 우리는 길 한복판에 뒤집혀 있는 골프 카트를 피하느라 핸들을 돌리며 동시에 몸을 뒤로 젖혔다.

"그럼 다른 길로 가." 누어가 소리쳤다.

"그럴 수 없어! 이 미로를 빠져나가는 길은 하나뿐이야……."

이후 몇 번 방향을 트는 동안 우리 눈에는 보이지 않았지만, 나는 놈이 부상당한 몸으로 움직일 수 있는 최대한의 속도로 달려 우리를 뒤쫓으며 점점 가까워지고 있음을 알고 있었다. 이윽고 앞쪽에 경비실이 나타났다. 출구였다. 저기만 지나가면 간선도로가 직선으로 뻗어 있으니 드디어 놈이 따라잡을 수 없을 만큼 속도를 올릴 수 있을 것이다.

나는 눈으로 확인하기도 전에, 길을 막으려고 바로 우리 오른쪽에서 나란히 달리는 할로우의 존재를 느꼈다. 우리는 낮은 인도를 경비원이 없는 경비실 사이의 좁은 길을 따라 곧장 달려가고 있었다.

"꽉 잡아!" 나는 고함을 지르며 액셀러레이터를 세게 밟고 핸들을 급히 오른쪽으로 돌렸다.

우리는 인도 연석과 부딪쳤다. 바퀴가 인도를 타고 올라가며 충돌한 순간 안전벨트를 매지 않은 내 몸이 앞으로 쏠렸다. 할로우의 혀 갈래 하나가 자동차 옆면을 스쳤다. 다른 혀가 어느 틈에 운전석 창을 두들기는 가운데 우리는 마을 앞쪽에 자리 잡은 골프 퍼팅 연습장으로 차를 몰고 들어가며 할로우를 쓰러뜨려 꼬리에 매달고 달려갔다.

우리는 짧게 자른 잔디밭을 가로질러 크게 반원을 그리며 회전하다가 바퀴가 터지기 전에 차체를 바로잡을 수 있었다. 하늘과 **에이브** 할아버지에게 감사하게도 이 자동차는 평범한 차가 아니었고, 할아버지가 제대로 손질해놓은 게 틀림없었다. 엔진의 출력도 엄청 좋을 뿐만 아니라 뒷바퀴의 접지력도 좋아 질척하고 미끄러운 골프 연습장 잔디에서도 미끄러지지 않아, 대책 없이 뛰어든 구덩이에 앞 범퍼부터 처박히는 대신에 뒷바퀴가 다시 힘을 받아 충분한 추진력으로 구덩이의 가장자리를 박차고 나올 수 있었고 곧이어 우리는 다시 총알처럼 파이니우즈 가를 달려갔다.

딱 한 가지만 빼면 모든 게 다 순조롭고 괜찮았다. 한 가지 문제는 바로 폭풍우에 말끔히 씻긴 할로우가 이젠 누어의 눈에 보이지 않는다는 사실이었다. 할로우의 혀는 운전석 창문 안으로 들어와 안쪽 손잡이를 휘감고 있었다. 우리는 놈을 뒤에 매단 채 시속 70, 80킬로미터로 달리고 있었는데도 여전히 놈이 죽어가는 느낌은 없고 분노만 느껴졌다.

할로우의 혀는 강철처럼 단단하게 경직되어 있었다. 혀는 단순히 문에 매달려 있는 것만이 아니라 도로에 쓸려 산 채로 껍데기가 벗겨지고 있을 할로우의 몸을 천천히 차 안으로 당기는 중이었다.

다른 방법은 생각나지 않았으므로 나는 운전석 창문을 끝까지 내렸다.

"날카로운 거 뭐 없어?" 내가 소리쳤다.

누어는 내가 물어본 이유를 즉각 알아차리고 공포 어린 눈으로 나를 쳐다보았다. 반대편에서 차가 와주어서 괴물을 떼버리는 데 이용할 수 있으면 좋겠다고 생각했지만 이글우드는 이제 유령 도시여서 도로는 텅 비어 있었다. 허리케인의 한복판에서 운전을 할 만큼 멍청한 사람들은 우리뿐이었다.

"이것밖에 없어." 누어는 또다시 황동 손잡이가 달린 편지 칼을 내밀며 말했다. 내 곁을 떠나지 않는 부적처럼 늘 유용하기 짝이 없는 스위스 군용 칼 같은 물건이었다.

할로우는 문짝에서 몸을 떼어내려고 애를 쓰며 고통에 울부짖고 있었다. 도로에 여기저기 떨어진 폭풍의 잔해를 피하느라 핸들을 좌우로 돌리면서도 나는 가속페달에서 발을 떼지 않았다.

나는 편지 칼을 움켜잡았다. 누어에게 핸들을 대신 잡아달라고 하자 누어가 팔을 뻗었다. 나는 할로우의 혀를 칼로 찔렀다. 한 번, 두 번, 세 번. 할로우의 검고 뜨거운 피가 내게 튀었다. 괴물은 비명을 질렀지만 혀를 떼지 않고 집요하게 매달리더니 드디어 힘이 빠져나가는 듯했는데…….

"제이콥, 브레이크!"

나는 눈으로는 할로우를 보며 발로는 액셀러레이터를 계속 밟고 있었다. 고개를 돌려 도로의 대부분을 막고 있는 버려진 소형 트럭 한 대와 쓰러진 나무를 본 내가 급브레이크를 밟았다. 카프리스는 차체 뒤쪽이 홱 돌아가며 트럭을 살짝 비켜나는 듯했지만 완전히 충돌을 모면한 건 아니어서 뒷부분이 부딪치며 큰 충격을 전했다. 쓰러진 나무의 가지들이 손을 뻗듯 우리에게 달려들어 앞 유리에 금이 가고 사이드미러가 모두 떨어져 나가도 우리는 계속 달리다가 마침내 장애물 구간을 벗어나 급히 차를 세웠다.

차는 움직임을 멈췄는데도 세상은 여전히 빙글빙글 돌아갔다. 누어가 내 얼굴을 어루만지며 나를 흔들었다. 안전벨트를 매고 있던 누어는 무사했다. 내가 쥐고 있던 편지 칼은 사라져 보이지 않았고 할로우의 혀도 자취를 감추었다.

"죽었겠지?" 누어는 질문을 해놓고 이내 자신의 낙관론이 민망한지 얼굴을 찌푸렸다.

나는 산산조각 난 후방 창문을 돌아보았다. 약해지긴 했어도 여전히 버티고 있는 할로우의 존재가 느껴졌지만 눈에 보이진 않았다. 놈은 트럭과 충돌 때 튕겨 나가 멀리 뒤쳐져 있었다.

"다쳤어." 내가 말했다. "중상인 것 같아."

도로 양옆으로 줄 지어 자리한 상가는 모두 깜깜했다. 도로 앞쪽으로는 기둥이 부러진 신호등이 위험하게 허공에 매달려 있었다. 다른 날 같았더라면 나는 차를 돌려 되돌아가 할로우를 끝장냈을 것이다. 그러나 오늘은 그럴 시간도 없고 위험을 감수할 수도 없었다. 돌아다니는 할로우 한 마리쯤은 우리에게 걱정거리도 아니었다.

나는 액셀러레이터를 밟아보았다. 차는 비틀거리며 앞으로 움직였다. 카프리스의 앞쪽 차체가 왼쪽으로 약간 기울어져 있었다.

바퀴 하나가 터졌지만 그래도 차는 아직 굴러갔다.

망가진 카프리스를 너무 심하게 몰 수도 없었지만, 그러다가 또 바퀴가 터져 완전히 서게 만들 순 없는 일이었다. 우리는 할아버지가 종종 '교회 예배 후 속도'라고 하시던 표현처럼 조심조심 차를 몰아 더는 알아보기 어려운 도시를 엉금엉금 가로질렀다. 세상의 종말이 온 것 같았다. 셔터가 내려진 상점, 차 한 대 보이지 않는 주차장, 비에 젖은 쓰레기만 나뒹구는 도로. 사람들이 만과 해협에 정박해놓은 작은 배들은 단단히 묶인 채로 밧줄에 부딪혔고 강풍에 부러진 돛대들이 손가락을 까딱거리듯 흔들렸다.

　　다른 상황이었다면 나는 집으로 가는 길을 설명해주었을 테고, 누어는 관광을 하듯 내가 자란 도시의 풍경을 즐기며 한때는 내 운명이라 여겼던 단조롭고도 무기력한 삶에 벌어진 놀라운 사건들을 음미할 기회를 누렸을 것이다. 그러나 지금은 함께 나눌 말이 없었다. 한때 내가 품었던 벅찬 희망과 경이로움이 숨 막힐 듯 뒤덮인 공포로 꺼져버렸다.

　　반대편엔 무엇이 우리를 기다리고 있을까? 악마의 영토가 내 친구들과 함께 이미 사라졌다면? 카울이…… 전부 휩쓸어버렸다면?

　　다행히도 니들키 섬으로 건너가는 다리는 피해가 없었다. 역시나 다행히도 폭풍이 잦아들기 시작해, 우리가 드넓은 현수교의 아치를 지날 때 돌풍이 불어 엉성한 다리 난간 너머 새하얗게 바닥이 드러난 레몬 베이로 자동차를 떨어뜨리는 일은 벌어지지 않았다. 해변 도로에도 군데군데 부러진 나무가 떨어져 있었지만 통

행은 가능했고, 우리는 셔터를 내린 낚시 상점과 오래된 콘도를 지나 집까지 찾아갈 수 있었다.

나는 집이 비어 있을 거라 짐작했다. 부모님이 아시아 여행에서 돌아오셨다고 해도 아마 외할머니가 살고 계신 애틀랜타로 대피했을 것이다. 니들키는 산호섬이라 지대가 실질적으로 해수면보다 낮았으므로 허리케인이 불 때는 미친 사람들이나 섬에서 버티는 실정이었다. 그러나 우리 집은 비어 있지 않았다. 진입로에는 순찰차가 소리 없이 경광등을 돌리고 있고, 그 옆엔 유기 동물 협회 로고가 찍힌 승합차가 서 있었다. 비옷을 입고 두 자동차 사이에 서 있던 경찰관이 우리 차의 타이어가 자갈 위로 굴러가는 소리를 듣자마자 고개를 돌렸다.

"미치겠네. 이건 또 뭐야?" 내가 중얼거렸다.

누어는 앉은 채로 몸을 낮췄다. "또 와이트는 아니길 빌자."

덜컹거리는 카프리스로 순찰차를 따돌릴 방법은 없었으므로 우리는 행운을 비는 수밖에 없었다. 경찰관이 나에게 차를 멈추라는 신호를 보냈다. 나는 주차를 했고, 경찰관은 보온병을 홀짝거리며 우리에게 다가왔다.

"뒷마당 화분 창고에 루프 입구가 있어." 내가 속삭였다. **"어쩔 수 없는 상황이 오면 그쪽으로 무조건 뛰어."**

아직 그게 거기 있다면 말이야, 라고 나는 생각했다. **창고가 폭풍에 날아가버리지 않았다면.**

"너희 이름은?"

경찰관은 검은 수염을 잘 다음은 얼굴에 사각턱이고 눈에 눈동자가 있었다. 물론 눈동자도 가짜일 수 있지만, 너무 따분하고 짜증 난다는 듯한 그의 태도로 보아 확실히 와이트는 아니라는 결론을 내렸다. 공식 경찰용 우의에 붙은 이름표엔 **래퍼티**라고 적혀 있었다.

"제이콥 포트먼이에요." 내가 말했다.

누어는 자기 이름이 "니나…… 파커."라고 말했지만 다행히 경찰관은 신분증을 내놓으라고 하지 않았다.

"저 여기 살아요." 내가 말했다. "무슨 일이죠?"

래퍼티 경찰관의 시선이 누어를 향했다가 다시 나에게 돌아왔다. "여기가 네 집이란 걸 증명할 수 있어?"

"경보 장치 암호를 아니까요. 현관 복도엔 저랑 부모님 사진도 있어요."

경찰관은 새러소타 카운티 보안관 사무소 로고가 찍힌 보온병을 기울여 음료를 마셨다. "사고 났었니?"

"폭풍에 휘말렸어요." 누어가 말했다. "강풍에 길에서 밀려났어요."

"다친 사람은 없고?"

나는 운전석 문과 내 팔에 흘러내린 검은 할로우의 피를 흘끔 쳐다보며, 경찰관이 그걸 볼 수 없다는 사실에 안도했다.

"없어요." 내가 말했다. "저희 집에 무슨 일 있나요?"

"마당에서 좀도둑들을 봤다는 이웃의 신고가 들어왔다."

"좀도둑들이요?" 나는 누어와 시선을 주고받았다.

"대피령이 내려졌을 땐 드문 일이 아니지. 빈집에서 값나가는 물건을 훔치려고 얼씬거리는 도둑이나 강도 같은 범죄자들이 있게 마련이거든. 너희 집엔 경보 장치가 있다는 걸 눈치채고 더

만만한 집으로 간 것 같아. 사람은 아무도 발견 못 했는데…… 개한테 습격을 **당했어**." 그가 유기 동물 협회 차량을 가리켰다. "누가 폭풍 속에 반려동물을 버려두고 갔나 봐. 정말 잔인한 짓이지. 그러면 개들이 겁에 질려 끈을 끊고 달아나거든. 지금은 목줄을 채워놓은 상태야. 그래도 안전해질 때까지 너희는 차 안에 타고 있어라."

집 뒤쪽에서 갑자기 요란하게 개 짖는 소리가 들려왔다. 다른 두 보안관이 모퉁이를 돌아 나왔다. 한 사람은 젊고 한 사람은 머리가 셌는데 둘 다 긴 장대를 들고 있었다. 그리고 긴 장대 끝에는 개목걸이가 달려 있고 그 개목걸이엔 성난 개가 묶여 있었다. 두 남자가 유기 동물 협회 차량으로 개를 끌고 가려는 동안, 개는 으르렁거리며 몸부림쳐 두 사람을 힘겹게 하고 있었다.

"여기 와서 좀 도와줘, 래퍼티!" 나이 든 남자가 소리쳤다. "와서 문 좀 열어!"

"너희는 차에 있어." 래퍼티가 이맛살을 찌푸렸다. 그가 승합차로 달려가 뒷문을 열기 시작했다.

"가자." 그가 돌아서자마자 내가 말했다.

우리는 차에서 내렸다. 누어가 차체를 돌아 내 옆으로 왔다.

"도로 차에 타!" 래퍼티가 소리쳤지만, 그는 승합차 문과 씨름하느라 바빠 우리에게 쫓아올 수가 없었다.

"빨리 좀 해, 또다시 물리기 전에!" 머리가 센 보안관이 소리쳤다.

나는 누어를 데리고 뒷마당으로 향했다. 등골이 오싹할 정도로 무시무시한 으르렁 소리에 이어 젊은 남자가 외쳤다. "전기 충격기를 써야겠어요!"

개 짖는 소리는 새로이 더 크고 급박해졌다. 끼어들어 말리고 싶은 충동과 싸우고 있는데 누군가 또렷한 영국식 억양으로 "나야!"라고 말하는 소리가 들렸다.

나는 그 자리에 얼어붙어 고개를 돌렸다. 누어도 마찬가지였다.

내가 아는 목소리였다.

징이 박힌 목걸이를 한 황갈색 개 한 마리가 근육질의 다리를 자갈밭에 파묻고 버티고 있었다. 혼돈 속에서 보안관들은 그 말을 듣지 못한 것 같았다.

래퍼티가 마침내 승합차 문을 열었다. 나이 든 남자가 장대를 붙잡고 있는 동안 젊은 직원이 전기 충격기를 꺼내들었다.

그러다가 나는 개가 말하는 걸 들었고 입술이 움직이는 것도 보았다. "제이콥, 나 애디슨이야!"

보안관들도 **그 말**을 들었다. 이내 그들은 모두 입을 헤벌린 채 얼어붙었다. 누어도 마찬가지였다.

"우리 개예요!" 내가 그쪽으로 달려가며 소리쳤다. "이 녀석아, 진정해."

"지금 방금 얘가……." 젊은 남자가 머리를 흔들며 말했다.

"뒤로 물러나!" 래퍼티 경찰관이 소리를 질렀지만 나는 그 말을 무시하고 애디슨과 몇 미터 떨어진 곳에 쭈그려 앉았다. 애디슨은 약간 지쳐 보였지만 나를 만나 반가운지 하반신 전체가 흔들릴 정도로 맹렬하게 꼬리를 흔들었다.

"괜찮아요, 훈련받은 개예요." 내가 말했다. "재주도 많이 부릴 줄 알고요."

"너희 개라고?" 래퍼티가 의심쩍은 듯 물었다. "대체 왜 처음부터 말하지 않았지?"

"하늘에 맹세컨대 이 녀석이 뭐라고 **말을 했어.**" 머리가 센 보안관이 말했다.

애디슨이 그를 향해 으르렁거렸다.

"그거 저리 치우세요!" 내가 말했다. "개를 위협하지 않으면 물지도 않을 거예요."

"**벌써 날 물었다니까!**" 젊은 남자가 불평했다.

"쟤가 거짓말하는 거야." 래퍼티가 말했다.

"우리 개라는 걸 증명할게요. 애디슨, **앉아.**"

애디슨이 앉았다. 보안관들은 내 말을 인정하는 듯한 표정이었다.

"말해봐."

애디슨이 짖었다.

"그렇게 말고." 젊은 남자가 인상을 찌푸렸다. "**사람 말**을 했잖아."

나는 미친 사람이라는 듯 그를 쳐다보았다.

"빌어." 내가 애디슨에게 말했다.

애디슨은 나를 보며 얼굴을 찌푸렸다. 그건 너무 심한 모욕이었다.

"어쨌든 보호소로 데려가야 해. 보안관을 물었으니까."

"겁에 질려서 그런 것뿐이에요." 내가 말했다. "이젠 아무도 해치지 않을 거예요."

"강아지 훈련학교에 보낼게요." 누어가 말했다. "정말 착한 녀석이에요. 전에는 누구한테 으르렁거리는 것도 본 적 없어요."

"다시 말을 시켜봐." 젊은 보안관이 말했다.

나는 걱정된다는 표정을 그에게 지어 보였다. "경찰관님, 무슨 소리를 들으셨는지 모르겠지만……."

"난 녀석이 뭐라고 말하는 소리를 들었어. 그러니까 이젠 나를 문 것에 대해서 사과를 시켜봐."

"그냥 개야, 킨지." 나이 든 보안관이 말했다. "하기야, 유튜브에서 도베르만이 미국 국가를 부르는 걸 본 적은 있지만……."

그러자 모욕은 충분히 받았다고 생각했는지 애디슨이 뒷다리로 일어서며 말했다. "어휴, 이 촌뜨기 놈들아, 나는 **너희**보다 훨씬 월등한 영어를 구사할 수 있어."

젊은 보안관이 짧고 날카롭게 웃음을 내뱉었다. "하!" 그러나 다른 두 경찰관은 말문이 막혔다. 얼어붙었던 그들의 두뇌가 풀리기 전, 우리 뒤쪽에서 와장창 부서지는 소리가 요란하게 들렸다. 휙 돌아보니 브로닌이 진입로 끝에 서 있었다. 브로닌이 유기 동물 협회 차량 앞 유리에 화분을 던진 거였다.

"와서 잡아보시지!" 브로닌이 보안관들을 도발했지만, 나는 친구가 살아 있다는 사실에 기뻐하거나 브로닌이 여긴 웬일일까 궁금해 할 겨를도 없었다. 브로닌이 냅다 집 뒤쪽으로 달려갔고 래퍼티가 고함을 지르며 그 뒤를 쫓아갔기 때문이었다. 나머지 두 경관도 장대를 내팽개치고 함께 달려갔다.

"친구들, 어서 소형 루프로 가!" 애디슨이 소리치더니 장대가 달린 목걸이를 풀어헤치고 달리기 시작했다.

우리도 그를 따라 뒷마당으로 달려갔다. 나는 협죽도 옆에 있던 화분 창고를 눈으로 찾았으나 폭풍이 창고를 통째로 레몬 베이에 던져버렸는지 이제 그 자리엔 쪼개진 널빤지 뿌리만 남아 있었다.

브로닌은 집의 반대편 모퉁이를 돌아 사라지는 중이었다. "어서 뛰어들어! 빛이 뿜어 나오는 곳으로 뛰어들어!"

애디슨이 우리를 이끌고 창고가 있던 곳으로 향했다. 그 한가운데, 소형 루프 입구가 있던 곳의 어두운 중앙에 이상하게 일렁거리는 빛의 왜곡 현상 같은 것이 허공에 떠 있었다. "이건 가장 원초적인 형태의 루프야." 애디슨이 말했다. "겁내지 말고 그냥 가."

보안관들은 스무 걸음쯤 뒤에서 브로닌을 쫓고 있었다. 그들에게 잡히면 경찰봉과 전기 충격기를 피할 수 없을 테고 브로닌은 그들에게 심각한 부상을 입히겠지만, 그래도 친구에게 경고의 말을 해줄 새도 없이 나는 누어를 거울 같은 허공으로 확 밀었다. 빛의 일렁임으로 누어가 사라졌다.

애디슨도 그 뒤를 따라 뛰어들자 또 다른 섬광과 함께 사라졌다.

"어서 가, 제이콥!" 브로닌이 소리쳤다. 평범한 인간을 상대로는 브로닌이 혼자서 얼마든지 감당할 수 있다는 걸 알기에 나도 시키는 대로 했다.

사방이 깜깜해지면서 간만에 두 번째로 무중력 상태가 되었다.

제 4 장

chapter four

우리는 팔다리를 마구 휘두르며 청소도구함에서 빠져나와 단체로 붉은색 카펫 위로 널브러졌다. 누군가 팔꿈치로 내 턱을 쳤고, 촉촉한 개의 코가 뺨을 스쳤으며, 층층이 쌓인 인간 더미에서 벌떡 일어난 브로닌이 휘두른 주먹에 하마터면 얻어맞을 뻔했다. "동물이나 고문하는 나쁜 놈들, 저리 꺼져!" 초점이 맞지 않은 사나운 눈빛으로 고함을 지르며 브로닌이 뒤로 주먹을 젖혔다가 우리 중 누군가를 기절시키려던 찰나, 애디슨이 앞발로 태클을 걸어 브로닌을 뒤로 넘어뜨렸다.

"정신 차려, 이 아가씨야, 팬루프티콘으로 돌아왔어!"

애디슨이 친구의 얼굴을 핥았다. 브로닌의 양팔이 옆으로 툭 떨어졌다. "진짜?" 양순하게 브로닌이 말했다. "모든 게 너무 순식간이라 우리가 어디 있는지 혼동했어." 브로닌이 우리를 쳐다보았다. 얼굴에 환한 미소가 퍼졌다. "맙소사. 정말로 너희로구나."

"다시 만나서 정말 기뻐, 무슨 말로……." 누어가 말문을 열었지만 나머지 말소리는 브로닌이 입고 있는 손바느질 원피스의 주름에 막혀 들리지 않았다.

"이번엔 너희를 정말로 잃어버린 줄 알았어!" 브로닌이 우리 둘을 함께 껴안으며 외쳤다. "아무한테도 말하지 않고 너희가 **또다시** 사라졌을 땐 납치된 게 틀림없다고 생각했어!" 브로닌은 포옹을 풀지 않은 채, 누어와 나를 데리고 일어섰다. "호러스는 너희의 영혼이 발바닥으로 뽑혀 나가는 꿈을 꾸었다잖아! 그러더니 붕괴가 시작되었고……."

"브로닌!" 나는 거칠거칠한 브로닌의 원피스 옷감에 얼굴을 대고 소리쳤다.

"제발이지, 애들 **숨 좀 쉬게 해**." 애디슨이 말했다.

"미안, 미안." 브로닌이 우리를 풀어주며 말했다.

"나도 반가워." 내가 숨을 헐떡이며 말했다.

"정말 미안해. 내가 너무 흥분했지?" 브로닌이 말했다.

"괜찮아." 누어가 말하며 아무 반감 없다는 걸 증명하듯 옆에서 가볍게 브로닌을 껴안았다.

애디슨이 브로닌을 나무랐다. "너무 그렇게 사과하지 마, 그럼 소심해 보여."

브로닌이 고개를 끄덕이고는 또다시 "미안."이라고 말하자, 애디슨은 혀를 끌끌 차며 머리를 흔들더니 누어와 나를 향해 돌아섰다. "그래, 너흰 어딜 갔었던 거야?"

"얘기하자면 좀 길어." 내가 말했다.

"그럼 관둬, 어차피 우린 너희를 임브린들께 데려가야 해." 애디슨이 말했다. "그분들도 너희 행방에 대해서 아셔야 하니까."

누어는 임브린들이 무사한지 물었다.

"이제 너희들이 돌아왔으니 더 좋아지실 거야." 브로닌이 거들었다.

"여긴 모두가 여전해?" 내가 복도 안쪽을 걱정스레 흘끔거렸다.

"응⋯⋯." 브로닌은 걱정스러운 표정을 짓기 시작했다.

"공격은 없었어?" 누어가 물었다.

애디슨의 귀가 쫑긋 섰다. "공격? 누구한테서?"

가슴속에서 조여들고 있던 긴장감이 풀어지기 시작했다. "다행이다."

"공격은 없었어." 브로닌이 말했다. "하지만 솔직히 너희를 찾는데 워낙 정신이 팔려서 아마 폭탄이 떨어지기 시작했더라도 우린 알아차리지 못했을 거야."

"너희 둘의 그 이상한 질문이 다 무슨 의미인지 내가 좀 알아야겠어." 애디슨이 뒷다리로 일어서서 눈을 가늘게 뜨고 나를 보며 말했다.

누어는 불안한 얼굴로 나를 흘끔 보았다.

"어쩌면 아무것도 아닐지 몰라." 내가 얼굴을 문지르며 말했다. "워낙 긴 밤이었어. 신비주의를 고수하려는 건 아니지만, 너희 말이 맞아, 페러그린 원장님께 먼저 말씀을 드려야 해."

나는 공포를 퍼뜨리고 싶지 않았다. 그리고 여전히 카울에 대해서 내가 틀렸기를 바라는 일말의 마음도 있었다. 아직 원래 있던 곳에 갇혀 있다고, 영혼의 도서관에 영원히 갇혀 지내야 하는 처지라고 믿고 싶었다.

"적어도 어디에 갔었는지는 말해줘도 되잖아." 브로닌이 졸라댔다. "우린 너희를 찾느라 밤낮으로 일했어. 너희 둘이 사라졌을 법한 루프를 전부 찾아보라고 임브린들이 시키셨다고. 어제저녁부터 계속 엠마랑 에녹, 애디슨, 내가 플로리다 너의 집에서 교대로 보초를 섰어."

"그렇게 심한 폭풍 속에서도 말이야!" 애디슨이 말했다. "그러다가 장대를 휘두르는 가학적인 보안관들한테 습격을 당하지를 않나……."

"어제부터라고?" 누어가 말했다. "그럴 리가 없는데……."

"우리가 사라진 지 얼마나 됐어?" 마침내 내가 물어볼 생각이 들었다.

애디슨의 털북숭이 이마가 접혀 주름이 생겼다. "정말로 이상한 질문이로군."

"이틀." 브로닌이 말했다. "그저께 오후부터니까."

누어가 한 걸음 뒤로 물러났다. "**이틀이라니**."

그렇게 오랜 시간 우리가 추락하고 있었던 거였어, 라는 생각이 들자 순간적으로 몸이 사라진 듯 무중력 상태의 느낌이 생생하게 되살아났다. **이틀**.

"V를 찾으러 갔었다는 것까지는 말해줄 수 있어." 내가 말했다.

"그리고 찾았어." 누어가 덧붙인 말은 내가 알리려던 것 이상이었다.

브로닌은 흠칫 놀랐지만 말을 끊지는 않았다.

"일이 잘 안 풀렸어." 내가 말했다. "어쩌다 보니 V의 루프에서 튕겨 나왔고 깨어보니 플로리다 할아버지 댁 베란다였어."

"날개 달린 어르신들의 솜씨겠지." 브로닌이 나직이 말했다. "믿어지지 않는다."

"정말로 대단하네." 애디슨이 동의했다. "그건 알려진 모든 루프학 법칙에 위배되는 상황이야. 젖은 우리 몸 때문에 카펫까지 다 망가뜨리기 전에 이제 그만 가자." 그러고는 애디슨이 우리를 몰고 희뿌옇게 잿빛으로 밝아오는 악마의 영토의 아침 하늘이 비춰들고 있는 복도를 지나갔다.

"정말로 그분을 찾았어?" 걸어가며 브로닌이 물었다.

누어는 고개를 끄덕였다. 브로닌은 뭔가 끔찍한 일이 벌어졌음을 눈치챈 듯 더는 캐묻지 않았다. 내 쪽으로 걱정스러운 눈빛을 보냈다. "정말 안타깝다." 브로닌이 다시 말했다.

창문을 지나며 밖을 내다본 나는 이상한 광경을 마주했다. 도로와 지붕, 성장을 멈춘 몇 그루 남지 않은 악마의 영토의 나무에 잿빛 솜털 같은 것이 뒤덮여 있었다. 더 많은 솜털이 소리 없이 하늘에서 내려왔다. 악마의 영토에 눈이 오고 있었다. 하지만 악마의 영토는 루프여서 하루아침에 계절이 바뀌는 일은 없으므로 그건 눈일 리가 없었다.

내가 무얼 보고 있는지 브로닌이 알아채고 말했다. "재야."

"붕괴 현상의 하나지." 애디슨이 설명했다. "애보셋 원장님이 그렇게 부르시더라고."

그러니까 모든 게 우리가 떠났을 때 그대로는 아니었다. 모든 상황이 좋지 못했다.

"그게 언제 시작됐어?" 내가 물었다.

그러나 바로 그때 누군가 꺅 소리를 질렀다. "걔네들이야? **걔네들** 맞아?" 두 사람이 계단을 벗어나 달려왔다.

엠마였다. 엠마와 에녹이 여기저기 재가 묻은 검은색 비옷을 입고 우릴 향해 달려오고 있었다. 두 사람을 본 나의 가슴이 벅차올랐다.

"제이콥! 누어!" 엠마가 소리쳤다. "새들께 감사합니다, 하늘에 계신 이상한 **새들**께 감사합니다!"

우리는 또 한 번 포옹을 당한 채로 빙글빙글 돌다가 질문 세례를 받았다. "대체 어디 갔었던 거야?" 질문을 던지는 엠마의 기분이 희열과 분노 사이를 왔다 갔다 했다. "쪽지 한 장 안 남기고 부모님한테 다녀온 거야?"

"이 지긋지긋한 멍청이들아, 또 한 번 죽은 줄 알았잖아!" 에녹이 야단을 쳤다.

"거의 죽을 뻔했어." 누어가 말했다.

엠마는 나에게 한 번 더 포옹 공격을 한 뒤, 팔을 뻗어 나를 밀어내고서는 위아래로 살폈다. "엥? 물에 빠진 생쥐 꼴이네."

"끔찍한 일을 겪었대." 브로닌이 말했다.

"정말로 페러그린 원장님한테 말씀드려야 할 얘기야." 내가 사과하는 투로 말했다.

에녹이 입술을 말며 물었다. "왜? 갈 때는 원장님한테 얘기할 마음 없었잖아."

"위층에 새 사무실에 계셔." 엠마가 말했고 우리는 다시 복도를 걸어가기 시작했다.

"그 할로우 사냥꾼을 찾았대." 혼자만 알고 있는 걸 못 견디겠다는 듯 애디슨이 불쑥 말했다.

엠마의 눈빛이 반짝거렸다. "정말?"

"그분은 어디 있는데?" 에녹이 의심쩍다는 듯 말했다.

"묻지 마." 브로닌이 중얼거렸다.

엠마의 얼굴이 창백해졌다. 엠마가 뭔가 더 물으려던 찰나 복도에 줄지어 서 있던 사람들 무리와 마주쳤으므로, 우리는 그들 앞을 지나는 동안 입을 다물었다. 눈을 휘둥그렇게 뜬 채 낯선 주변 환경을 둘러보며 최근에 루프를 건너온 탓에 아직 멍한 상태인 그들은 제각각 다른 시대와 공간에서 입던 옷차림이었다. 몇몇은 평범한 사람들로 쉽게 봐줄 수 있을 듯했다. 젊은 부부는 영국 상류층인 듯 그에 어울리는 따분한 표정을 짓고 있었고, 남자아이는 발로 바닥을 톡톡 두들기며 회중시계를 들여다보는 중이었으며, 옛날 빅토리아시대의 유아차에는 빤히 노려보는 아기가 타고 있었다. 다른 사람들은 이상한 종족의 특징이 너무 심히 두드러져서 서커스의 여흥 무대나 루프 밖에서는 어디서나 살기 힘든 시절을 보냈을 것 같았다. 얼굴에 수염이 뒤덮인 소녀와 어머니, 희한한 옷을 입고 가슴에 기생하는 쌍둥이 형제를 품고 서 있는 남자, 꿰뚫어볼 듯 눈초리는 예리하지만 입이 없는 주근깨 소녀. 그들은 샤론의 여권 관리국 직원들에게 이주 증명서를 받으려고 줄을 서 있었다.

"**바깥세상 루프에서 온 새 주민들이야.**" 에녹이 속삭였다. "더 많은 주민들을 수용할 수도 없으면서 임브린들이 온갖 부류의 사람들을 악마의 영토로 초빙하고 있어. 그래서 이젠 발 디딜 틈도 없게 됐어." 내가 이유를 묻자 에녹은 짜증 난다는 듯 어깨를 돌렸다. "사람들이 대체 여길 왜 오고 싶어 하는지 모르겠어. 어디든 다른 루프가 여기보다는 나을 텐데."

혹시 임브린들이 뭔가 나쁜 일이 다가오고 있다는 걸 이미 알고서 가장 취약한 이상한 사람들을 보호하기 위해 악마의 영토로 데려오고 있는 건 아닐까 궁금해졌다.

모여 있던 사람들을 거의 다 지나쳤을 때쯤 내 이름을 부르는 소리가 들린 것 같아서 뒤를 돌아보자, 무리의 절반쯤 되는 사람들이 나를 빤히 처다보고 있었다. 다시 시선을 돌린 순간, 빤히 노려보고 있던 아기가 전혀 아기 같지 않은 또렷한 목소리로 하는 말이 들려왔다. "**쟤가** 제이콥 포트먼이야!"

마침내 사람들을 완전히 등지게 되었을 때 엠마가 질문을 던졌다. "V한테 무슨 일이 있었어?"

"일단 페러그린 원장님한테 말씀드리자마자 너희한테도 다 얘기할 거라고 약속할게." 내가 말했다.

엠마는 한숨을 쉬었다. "적어도 이거 하나만 말해줘. 어제 우박처럼 쏟아져 내린 뼈와 관련된 일을 저지른 게 너야?" 엠마는 귀 뒤에 보라색으로 생긴 멍 자국을 어루만졌고 나는 그 모습에 움찔했다.

"그게 **뭐라고?**" 누어가 물었다.

"붕괴." 애디슨이 방백을 하듯 속삭였다.

"어제 아침엔 뼈가 우박처럼 쏟아져 내렸어." 브로닌이 사무적으로 말했다. "어제저녁엔 핏빛 비가 내렸고."

"이슬비에 가까웠지." 엠마가 계단으로 통하는 문을 어깨로

BEARDED GIRL AND MOTHER.

열고 우리가 지나가는 동안 잡아주며 말했다. "그러더니 이젠 재가 눈처럼 내리고 있어."

"이 나라 덴마크에 무언가 썩은 게야." 애디슨이 말했다. "**셰익스피어** 인용문이야."

꙰

도서관과 기숙사, 팬루프티콘의 수많은 문이 이어진 뱀 같은 복도 층을 지나 올라가야 하는 저택 꼭대기엔 벤담이 수집한 이상한 보물을 모아둔 사무실로 쓰던 다락방이 있었는데, 주인이 영원히 자리를 비웠으므로 이젠 페러그린 원장이 그곳을 차지했다. "원장님은 생각이 필요할 때 여기로 오셔." 브로닌이 설명하자 목소리가 계단 통로에 메아리를 일으켰다. "빌어먹을 이 악마의 영토에서 잠시라도 마음의 평화와 고요함을 누릴 곳은 여기뿐이래." 꼭대기 계단참에서 문을 열며 브로닌은 에녹에게 그만 좀 꾸물거리라고 계단 아래쪽으로 소리를 질렀다.

우리는 이상한 수집품을 진열해둔 벤담의 박물관 전시실을 지나 앞으로 나아갔다. 내가 처음 다락방이 있는 꼭대기 층에 왔을 땐 전시품에 천이 덮여 있거나 상자에 담겨 쌓여 있는 상태였는데 지금은 상자마다 다 열려 있고 덮개도 사라졌다. 재 때문에 공기가 더욱 탁해져, 유령처럼 흐릿한 빛 속에 완전히 드러난 벤담의 수집품을 한꺼번에 마주한 효과는 어질어질했다. 뱀처럼 구불거리는 팬루프티콘의 복도가 이상한 세계에서 가장 시끌시끌한 번화가라면, 그 위에 자리 잡은 다락방 층은 잡다한 것들이 뒤섞여 이제는 버려진 자연사박물관 같았다. 수집품이 두 겹 세 겹으로 쌓인 사이로 통로가 뚫려 있어 한 줄로 서서 좁은 통로를 지나가며 나는 진열장마다 시선을 옮겼다.

페러그린 원장님한테 어떻게 우리가 가져온 끔찍한 소식을 전할지 앞으로의 만남에만 초점을 맞추려고 애를 썼지만, 바로 코앞에서 지나치는 신기한 물건들이 자꾸만 정신을 팔게 했다. 영문을 알 수 없게 잠가둔 철제 새장 안에 들어 있는 정교한 인형의 집 그림자 속에서 무언가 달그락거렸다. 어느 진열장에 한가득 들어 있던 유리 안구들은 나를 노려보다가 내가 다급하게 그 앞을 지나치자 시선으로 나를 따라오며 자리를 바꾸었다. 천장에서 윙윙 소리가 들려 고개를 드니 작은 돌로 만든 고리가 천천히 돌아가며 거기에 두꺼운 검정 책 한 권이 매달려 있었다.

나는 누어를 돌아보며 속삭였다. "너 괜찮아?" 누어는 희미하게 미소를 지으며 **그럭저럭**, 이라는 듯 어깨를 으쓱하더니 내 어깨 너머로 무언가를 보며 눈을 가늘게 떴다.

그건 언뜻 보기엔 텅 비어 있는 유리 상자였다. 그 위에는 이 저택의 건축가 존 손 경(Sir John Soane, 1753~1837, 영국의 유명 건축가-옮긴이)의 마지막 방귀 및 끝에서 두 번째 방귀, 라고 적힌 표지판이 걸려 있었다.

"벤담이라는 사람은 뭘 하려던 걸까?" 누어가 말했다. "이런 쓰레기를 다 왜 수집했지?"

"확실히 강박적이긴 하지." 애디슨이 대꾸했다. "쓸데없는 시간이 너무 많았나 봐."

"**쓰레기**가 아니다." 방 반대편 쪽에서 날카로운 목소리가 들려

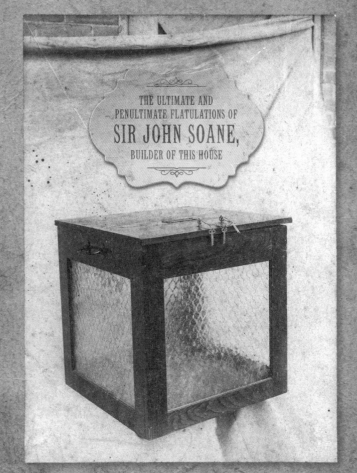

THE ULTIMATE AND
PENULTIMATE FLATULATIONS OF
SIR JOHN SOANE,
BUILDER OF THIS HOUSE

우리가 일제히 그쪽으로 고개를 돌리자 어둠 속에서 님이 모습을 드러냈다. "벤담 주인님의 이상한 박물관은 **소중**하고 **귀한** 곳이다. 그러니 괜찮다면, 아니 괜찮지 않더라도 **당장** 물러가주시기 바란다!"

그는 빗자루로 우리 발뒤꿈치를 툭툭 치며 앞으로 내몰았다.

다른 친구들이 님 때문에 웃음을 터뜨리는 사이 나는 벤담에 대한 의문을 품었다. 그는 개발을 도운 팬루프티콘 덕분에 우연히 이상한 세계의 다양한 단면들에 접근하게 된 수집 강박 성향의 괴짜에 불과한 것일까? 아니면 자신의 형제가 언젠가 말소해버릴지도 모를 세상의 증거들을 다람쥐처럼 차곡차곡 모아두고 있었던 것일까? 그리고 만약 무언가 그러한 결과를 염려했다면 어째서 그것을 막으려는 행동을 좀 더 하지 않았을까?

구석으로 밀려나면서 나는 한때 사람들이, 그것도 살아 있는 사람들이 들어 있었을 인체 크기의 상자들을 훔쳐보았다. 불확실한 시간의 부작용으로 마비되어 가학적인 밀랍 인형 박물관도 같은 이곳에 갇혀 있었겠지. 벤담에게 느꼈던 동정심의 근간이 순식간에 사라졌다. 한편으로 벤담 본인 역시 납치되어 자신의 의지와 상관없이 와이트를 위해 노동을 강요받은 포로 신세였던 것은 확실했다. 그리고 그가 형을 증오하며 다양하고도 미묘한 방식으로 카울의 목표를 어그러뜨리려 힘썼던 것도 맞다. 그러나 그의 노력은 충분하지 않았다. 카울의 부활에 대한 책임이 전적으로 누어와 나한테 있는 것은 아니었다. 이곳에 살던 긴 세월 동안 벤담은 팬루프티콘을 파괴하거나 차라리 형을 죽여버릴 기회가 얼마든지 있었을 것이다. 그러나 그는 그러지 않았다. 벤담이 카울 대신에 누이와 나란히 힘써 일하는 데 그 오랜 세월을 바쳤다면 이상한 세계를 위해 얼마나 엄청난 업적을 이룰 수 있었을까?

벤담의 박물관 전시실 가운데 마지막 방은 사진관으로 개조되어 사진이 든 액자가 벽마다 빼곡하게 걸려 있었다. 눈동자가 한쪽으로 몰린 사진사가 큼지막한 글씨로 사진 촬영 및 사진 기록부, 라는 도장이 찍혀 있는 거대한 검은색 상자형 카메라와 촬영 대상 사이에서 바삐 오가고 있었는데, 사진의 주인공은 의자에 앉아 뻣뻣하게 포즈를 취하고 있는 어린 소녀였다. 근처엔 초조한 표정으로 자기 차례를 기다리는 한 무리의 어린아이들이 모여 있고, 몇몇은 갓 도장을 받은 임시 여행 서류를 손에 쥐고 있었다. 담당 부서에서는 입주민들이 거의 도착하자마자 서류를 등록하는 중이었는데, 그건 일반적인 절차가 아니었다. 마치 다른 기회가 없을지도 모른다고 염려하는 것 같았다.

우리는 사진관을 떠나 천장이 높은 통로로 들어섰다. 그곳 벽엔 금칠을 한 액자에 든 그림들이 너무도 빽빽하게 걸려 있어서 벤담의 사무실 문인지 알 수 없을 지경이었다. 문득 안쪽에서 페러그린 원장님의 고함이 들렸다. "그나저나 거기까진 도대체 왜 찾아갔던 거죠? 무슨 짓을 벌인 건지 알고 저지른 것 **같지도** 않더군요!"

"원장님한테 혼나고 있는 사람, 퍼플렉서스 같아." 엠마가 말했다.

"그래요, 중요한 일이긴 하죠!" 페러그린 원장이 말했다. "하지만 당신이 이런 식으로 실패만 계속한다면 악마의 영토는 무너지고 말 거예요. 그러니 당장 바로잡든지, 아니면 그 엉터리 실험

은 다른 데 가서 하도록 해요!"

"아무래도 나중에 다시 오는 게 좋겠다." 브로닌이 말했다.

에녹은 우리에게 모두 입 다물라고 한 뒤 문에 귀를 댔으나 곧이어 문이 벌컥 열렸다. 뺨이 달아오른 얼굴로 페러그린 원장이 문가에 서 있었다. "돌아왔구나!" 페러그린은 이렇게 소리치며 양 팔을 활짝 벌려 펄럭이는 검은색 옷감으로 우리를 감쌌다. "생각 같아선…… 내 생각으론…… 그래, 내 생각이 뭐가 중요하겠니. 너희가 **돌아왔으니** 됐다."

페러그린의 뒤쪽으로 퍼플렉서스의 모습이 얼핏 눈에 들어 왔으나, 방 안에서 벌어지고 있던 소동은 모두 없었던 일처럼 잊 혔다.

"원장님을 다시 만나니 정말 반가워요." 내가 속삭여 말했다. 원장 님이 대답 대신 열렬히 고개를 끄덕이자 새카만 머리칼이 내 뺨을 스쳤다. 페러그린 원장을 보면서 안도감을 느낄 때가 자주 있었던 건 사실이다. 하지만 지난 몇 시간 동안 아무리 애를 써봐도 이분 이 없는 세상과 나의 삶은 상상조차 불가능하단 걸 깨달은 지금만 큼 그 마음이 절절했던 적은 없었다. 한편으로는 너무도 심오하고 도 명백한 사실이겠지만, 이 기묘하고도 자그마한 여인에게 내가 느끼는 감정은 바로 사랑이라는 깨달음이 퍼뜩 들었다. 누어가 긴 장된 포옹에서 벗어난 뒤에도 나는 잠시 더 페러그린에게 매달려 있었는데, 원장님이 곁에 있다는 사실을 재차 실감하고 싶기도 했 지만 겹겹이 접힌 드레스 옷감 너머로 느껴지는 원장님의 체구가 너무도 자그마하다는 충격적인 깨달음 때문이기도 했다. 그토록 연약한 어깨에 얼마나 큰 짐을 지고 계시는지 자각하며 나는 깜짝 놀랐다.

페러그린 원장은 나를 놓아준 뒤 우리를 방 안으로 들이려고 뒤로 물러났다. "맙소사, 흠뻑 젖었구나."

"겨우 10분 전쯤에 저랑 애디슨이 제이콥의 집에서 얘네들을 발견하고 곧장 원장님께 데려온 거예요." 브로닌이 말했다.

"고맙다, 브로닌, 아주 잘했어."

"오 이런, 가엾은 것들!" 방 안쪽에서 애보셋 원장이 소리쳤으므로, 나는 페러그린 원장 너머로 창가에 놓인 휠체어에 앉아 있는 나이 든 임브린을 쳐다보았다. 애보셋 원장은 우리에게 어서 들어오라고 손짓을 보내더니, 근처에서 서성거리고 있던 두 임브린 훈련생에게는 딱딱하게 명령을 내렸다. "자네들은 가서 깨끗한 수건과 갈아입을 옷, 러시아산 차와 뭐든 따뜻한 먹을거리를 좀 가져오너라."

"네, 원장님." 그들은 합창하듯 대답하고는 고개를 숙였다. 한 사람은 완벽하게 동그란 안경을 쓴 심각한 표정의 시그리드였고, 또 한 사람은 애보셋 원장이 가장 총애하는 프란체스카였다. 두 사람이 우리 곁을 지나 방을 빠져나가자 에녹은 한숨을 쉬며 프란체스카를 지켜보느라 고개를 돌렸다. 그러다가 내가 보고 있다는 사실을 알아챈 에녹은 즉각 다시 평소처럼 찌푸린 표정을 지었다.

"은밀히 드릴 말씀이 있어요." 내가 페러그린 원장에게 말했다.

고개를 끄덕이는 모습을 보며 나는 페러그린이 이미 우리가 하려는 말을 알고 있는 것이 아닐까 궁금해졌다.

"은밀히?" 에녹의 찌푸린 얼굴이 더 구겨졌다. 반박하고 싶어

하는 표정이 역력했지만 에녹은 말을 삼갔다. 어쩌면 퍼플렉서스를 꾸짖던 원장의 기억이 너무도 생생하기 때문일 것이다.

"너희들은 다른 아이들한테 가보는 게 좋겠다." 페러그린 원장이 우리 친구들에게 말했다. "그 애들한테도 제이콥과 누어를 찾았다고 전해야지. 모두 찾아서 딧치하우스(Ditch House, '도랑 집'이라는 뜻-옮긴이)로 데려간 다음에 우리가 갈 때까지 거기서 기다리렴."

"밀라드와 올리브는 뉴욕 루프를 수색하고 있어요." 엠마가 손목에 찬 얇은 시계를 보며 말했다. "하지만 걔들도 곧 돌아올 거예요."

"지금 가서 데려오렴, 부탁이다." 페러그린 원장이 말했다. "기다리지 말고."

"네, 원장님." 엠마는 페러그린 원장에게 자신들을 너무 오래 따돌리진 말아달라고 간청하는 듯한 표정을 지어 보였다. "곧 뵈어요."

엠마와 에녹, 브로닌, 애디슨이 밖으로 나갔다. 퍼플렉서스는 자신도 아직 방에 있음을 상기시키려는 듯 초조하게 헛기침을 했다. "미 스쿠시(Mi scusi, 이탈리아어로 '실례합니다'의 뜻-옮긴이), 시뇨라 페러그린, 우리 얘기가 아직 안 끝……."

"다 끝났어요, 어나멀러스 씨." 페러그린이 경쾌하면서도 쌀쌀맞은 투로 말했다. 원장에게서 그런 말투가 나온다는 건 실제로 문밖으로 내쫓겠다는 의미였다. 퍼플렉서스는 얼굴이 시뻘게지더니 이탈리아어로 욕설을 중얼거리며 떠나갔다.

페러그린 원장은 누어가 비에 흠뻑 젖어 목덜미에 들러붙은 머리칼을 손가락으로 빗어 내리는 모습을 보더니 옷을 갈아입고 싶은지 물었다.

"말씀은 감사한데요, 무슨 일이 있었는지 빨리 말씀드리지 못하면 신경쇠약에 걸릴 것만 같아요." 누어가 대꾸했다.

페러그린 원장이 입매를 가늘게 꾹 물었다. "정 그렇다면 시작하자꾸나."

꿈

갈아입을 옷 대신에 우리는 담요를 받아 몸을 감쌌고, 임브린 훈련생들이 가져온 차와 간식이 테이블에 놓였지만 아무도 손을 대지 않았다. 우린 식욕이 없었다. 마침내 두 임브린과 우리만 남게 되자, 장식 조각이 도드라져 보이는 휠체어에 앉은 애보셋 원장과 너무 걱정스러워 차마 앉을 수가 없는 듯 우리 옆에서 서성거리는 페러그린 원장 사이에 놓인 작은 소파에 우리가 자리를 잡았다.

"다 얘기해보렴." 페러그린이 말했다. "우리도 상당 부분 알고 있는 사실이겠지만, 그래도 하나도 빠뜨리지 말고 전부 다 얘기해봐."

그래서 우리는 끔찍한 이야기를 시작했다. 누어가 영원히 우리와 함께 지내려면 개인 물품이 더 필요할 거라고 생각했고, 그래서 뉴욕 루프를 통해 브루클린에 있는 양부모님의 아파트로 가기로 결정했던 과정을 내가 털어놓았다.

"어딜 가는지 단 한 사람도 모르게 하고서 말이지." 애보셋 원장은 긴 손가락으로 휠체어 팔걸이를 두들기며 말했다.

　이제 와서 변명할 수도 없는 일이긴 했지만 어쨌거나 나는 설명을 하려고 애를 썼다. 악마의 영토가 안정을 찾았기 때문이었다고 내가 말했다. 지난 몇 주간 우리 머리 위로 드리워졌던 위험한 먹구름이 다 걷힌 것 같았다. 친구들은 팬루프티콘을 통해서 자유롭게 여러 곳을 오가고 있었기에 누어와 나도 똑같이 어느 정도 자유를 누려도 된다고 생각했다고.

　"저희는 정말로 안전하다고 생각했어요." 누어가 진심으로 사죄하는 말투로 덧붙였다. "누가 눈치채기 전에 돌아올 거라고 생각했거든요."

　나는 누어의 양부모님 댁에 쌓여 있던 우편물에서 발견한 엽서에 대해서 이야기했다. V가 자신을 찾아오라며 초대의 의미로써 보낸 것 같았다고. 주소는 자동차로 겨우 두세 시간 거리였다. "엽서를 발견했을 땐 이미 악마의 영토 밖으로 나간 상태였잖아요." 벌로 외출 금지를 당한 아이가 부모를 설득하려 온갖 변명을 늘어놓는 것 같은 기분으로 내가 덧붙였다. "그래서 다시 여기까지 왔다가 가느니 차라리……."

　"우리가 스스로 해내고 싶은 일이었어요." 누어가 끼어들었다.

　"너희 행동을 정당화할 필요는 없다." 애보셋 원장이 말했다. "여기서 재판을 받는 것도 아니니 말이다." 그러더니 그가 중얼거렸다. **"아직은."**

　돌이켜보아도 우리 둘이 단독으로 행동한 것에 후회는 없었다. 누어가 나만 데려간 게 아니라 친구들 여럿을 데리고서 웨이

노카 루프와 이중 토네이도를 뚫고 가려 했을 모습을 상상해보았다. 아무리 잘해도 모두 살아남았을 확률은 희박했다. 우리들 여럿이 가까스로 V를 찾아갔다고 하더라도, 결국 무엇 하나라도 달라졌을까? 무르나우는 우리를 급습했을 테고, 총구를 V에게 대고 있는 인질극 상황에서 거기 간 우리의 숫자가 많다는 게 정말로 상관이 있었을까?

어쩌면 그랬을 수도 있고 아닐 수도 있었다.

누어가 설명을 이어받았다. 차를 몰고 웨이노카로 가며 느껴졌던 기이한 기시감에 대해서 이야기했다. 보관창고와 철제 보관함 사이에서 힘겹게 일을 하고 있던 이상한 남자와 만난 이야기도 했다. 그 남자에 대한 설명이 이어지자 페러그린 원장이 스승님과 알 만하다는 눈빛을 주고받는 것이 내 눈에 띄었다. 누어는 토네이도가 쉴 새 없이 몰아치던 루프를 설명했다. 어린 시절 V가 가르쳐주었던 노래를 기억한 덕분에 루프의 시험을 통과했고, 죽을 뻔한 경험을 연이어 겪은 끝에 드디어 V의 작은 오두막에 당도했던 사연이다.

여기서 누어는 말을 멈추고 얼굴이 굳어지더니 침묵을 지켰다. 더는 이어갈 수가 없는 듯해 내가 나섰다.

"V는 우리가 올 줄 모르고 있었어요." 내가 말했다.

"엽서를 보낸 사람이 그 아이가 아니었겠지, 안 그러니?" 애보셋 원장이 물었다.

나는 천천히 고개를 끄덕였다. "그분은 우릴 보고 화를 냈어요. 겁에 질리기도 했고요."

"'도대체 네가 여기서 무얼 하는 거지?'" 누어가 나직이 말했다. "우릴 보자마자 그분이 하신 말씀이에요." 누어의 입술이 바르르 떨렸다. "저한테 하신 말씀이었죠." 누어는 계속 이야기하라는 듯이 내게 고개를 끄덕였다.

"그분은 완전히 무기고 같은 집 안으로 우리를 데리고 들어가, 공격을 예상하는 것처럼 모든 출입구를 잠그기 시작했어요. 하지만 문단속을 다 끝내기도 전에 한 사람이 들어왔죠."

"무르나우겠지." 페러그린 원장이 속삭였다.

"보관창고에서 우리를 도와주었던 바로 그 남자였어요." 내가 잠시 말을 멈추었다. 자세가 불편한 것처럼 몸을 뒤척였다. "벤담의 목록에 있던 마지막 재료는 새들의 어머니의 심장이 아니었어요. 그자가 찾던 사람은 결코 두 분이 아니었어요. 그자가 원한 심장의 주인은……."

"폭풍의 어머니." 애보셋 원장이 말했다. "프란체스카가 어젯밤에 벤담이 고의로 오역을 했다는 걸 알아냈다. 그러면서 카울의 부하들이 단서를 잃고 헤맬 거라고 바랐겠지."

나는 고개를 저었다. "그렇지 않았어요."

"무르나우가 V를 죽였구나." 페러그린 원장이 말했다. 물어볼 필요도 없었다. 우리 얼굴에서 그 사실을 읽을 수 있었을 테니까.

누어의 턱이 쇄골로 툭 떨어졌다. 누어가 떨리는 숨을 들이마시면서 침착해지기 시작하자 내가 설명을 계속했다.

"그자가 V를 총으로 쐈어요. 그러고 나선 우리 둘한테도 마취 총 같은 걸 쐈어요. 그래서 우리가 깨어났을 땐……."

나는 말문을 닫았다. 차마 누어 앞에서 그 말을 내 입으로 할 수가 없었다. 그 말을 입 밖에 내놓는 것조차 일종의 폭력 같았다.

페러그린 원장이 누어 옆 소파에 앉아 한 손으로 등을 토닥였다.

"놈이 그 애의 심장을 가져갔겠지." 이제는 주먹을 꽉 쥔 채 무릎에 올려둔 양손에 핀 검버섯을 응시하며 애보셋 원장이 말했다.

"네." 내가 속삭였다.

나는 무르나우가 심장을 탈취해 부정한 전리품이 든 가죽 가방을 든 채로 길 건너편에서 맹렬히 다가오던 토네이도를 향해 곧장 걸어 들어가던 모습을 두 사람에게 설명했다. 그가 어떻게 폭풍에 휩쓸려 올라갔는지, 그리고 그 직후 폭풍 한가운데 뿌리째 뽑혀 하늘로 치솟은 나무의 축 늘어진 가지 사이로 어떻게 카울의 얼굴이 나타났는지, 으르렁거리는 천둥의 울림 속에서 내 이름을 토해내는 그의 목소리가 어떻게 들려왔는지.

페러그린 원장이 상황을 정리했다. "호러스가 그 꿈을 꾸었다. 바로 그 모습이었지. 회오리바람 속에 떠오른 카울의 얼굴. 호러스가 이틀 전 저녁에 꾼 꿈이다."

내 목구멍이 조여들었다. "바로 그날 일어난 일이에요." 내가 말했다. 예지몽이 아니라 중계에 더 가까웠다. 초현실적인 생방송. 나는 임브린을 쳐다보았다. "그럼 원장님은 이미 알고 계셨네요."

페러그린은 고개를 저었다. "우리는 최악의 상황이 두려웠다. 하지만 바로 지금 이 순간까지도 모르고 있었어, 카울이 정말로 부활했다는 것까지는."

"어쩌면 선조들이 우릴 도울 수 있을 거야." 애보셋 원장이 말했다.

누어는 고개를 푹 수그렸다.

"**무언가** 끔찍이도 잘못되었다는 건 우리도 알고 있었단다." 페러그린 원장이 말했다. "계속…… 소란이 일었거든."

나는 고개를 끄덕였다. "엠마 말로는 비처럼…… 뼈가 쏟아져 내렸다던데요?"

"뼈, 피, 재. 바로 오늘 새벽에는 소나기처럼 인체의 후두부가 떨어졌단다."

"루프 소재에 변형이 생긴 거다." 애보트 원장이 말했다. "기이한 방식으로 떨어져 나가기 시작하면서 루프가 붕괴되고 있다는 뜻일 거야."

"우리는 그게 최근 퍼플렉서스가 진행하는 시간 관련 실험 탓일지도 모른다고 생각했어." 페러그린은 찔린 표정으로 스승 임브린을 흘끔 쳐다보며 말했다. "그 사람한테 사과를 해야 할 것 같구나."

"나는 이런 현상이 혹시 적대적인 힘이 외부에서 우리 루프에 침투하려는 시도의 결과인 건 아닐까 궁금했단다." 애보셋 원장이 말했다.

누어의 고개가 들렸다. "해커가 암호를 뚫고 들어오는 것처럼 말이죠."

임브린들이 멍한 표정으로 누어를 쳐다보았다.

"선조들은 이런 이상 현상을 붕괴라고 불렀다." 애보셋 원장이 말했다. "그런 현상들은 종종 루프의 소멸을 예고했지."

"정말 죄송해요." 누어가 괴로워하며 말했다. "정말, 너무 죄송해요."

"말도 안 되는 소리야." 페러그린 원장이 말했다. "왜?"

"다 제 잘못이에요. 제가 무르나우를 V에게 인도했잖아요. 그분이 돌아가신 건 제 잘못이에요. 카울이 돌아온 것도 제 잘못이고요."

"글쎄다, 그게 네 잘못이라면 너를 도와준 저 녀석에게도 똑같이 책임이 있겠지." 애보셋 원장이 손가락으로 나를 가리키며 말하자 놀란 누어의 입이 헤벌어졌다. 노인이 계속 말을 이어갔다. "그리고 피오나도 잡혀가는 걸 스스로 막지 못하는 바람에 놈들에게 혀를 빼앗겼으니 그 아이의 잘못이기도 하겠구나. 와이트들이 알파 해골을 찾느라 고귀한 묘소를 파헤쳐놓는 동안 멍하니 앉아만 있던 부활술사의 잘못도 있겠지. 생각해보니 벤담이 교활하게 **폭풍**을 오역해놓았다는 사실을 더 일찍 알아차리지 못한 나와 프란체스카의 잘못도 있다고 해야겠구나. 그걸 알았다면 V의 루프에 토네이도가 몰아치고 있다는 걸 너희가 깨달은 순간 단서를 눈치챘을 테니 말이다."

"알겠니?" 페러그린 원장이 누어에게 말했다. "네 탓 내 탓 하는 건 그만두자. 그건 자기 연민에 빠져 하는 푸념일 뿐이고 아무에게도 도움이 되지 않아."

"알겠어요." 선한 의도로 수긍을 얻어내려는 억지 강요에 따라 누어가 대답했다. 그러나 누어에게 누구의 탓인가 하는 문제는 원장님들이 납득시키려는 것보다 훨씬 더 복잡하다는 것을 나도 알고 있었다.

"그래서 카울이 실제로 **공격**을 해왔나요?" 궁금해서 죽을 것만 같았던 질문이 마침내 내 입에서 터져 나왔다. "그자가 직접 모습을 드러냈어요?"

"아직은 아니다." 애보셋 원장이 말했다. "우리가 알기론 그런 적 없어."

"하지만 나타날 거예요." 내가 말했다.

"아 그럼. 당연히 그러겠지." 페러그린 원장이 소파에서 일어나 창문 쪽으로 방을 가로질렀다. 창밖을 잠시 내다보던 그가 우릴 향해 돌아섰다. "하지만 내가 아는 오라비라면 우리가 전혀 예상하지 못할 때 예상하지 못한 방식으로 공격해올 거다. 카울은 서두르지 않을 거야. 모든 와이트들이 다 그렇듯이, 그자는 신중하고 꼼꼼한 사람이야."

"잠깐만." 애보셋 원장은 굽은 등이 허락하는 한도 내에서 꼿꼿하게 자세를 고쳐 앉으며 말했다. "너희 둘은 그 루프가 붕괴되기 직전에 어떻게 빠져나왔니? 그 부분에 대해서는 아직 이야기를 하지 않았구나."

"무언가 이것과 관련이 있는 것 같았어요." 누어는 주머니에서 V의 이상한 스톱워치를 꺼냈다.

물기 어린 애보셋 원장의 눈빛이 흥미로 반짝거렸다. "내가 좀 살펴봐도 될까?"

누어는 애보셋 원장에게 물건을 넘겼다. 나이 든 임브린은 가느다란 체인에 매달아 목에 걸고 있던 외알 안경을 집어 들고 스톱워치에 가까이 갖다 댔다. 잠시 후 그가 외쳤다. "맙소사, 이건 임시 방출기야!" 그는 손바닥 위에서 스톱워치를 뒤집었다. "내가 듣기로 이 물건은 결국 생산에 성공하지 못했다고 했다. 너무 예측불허라서 말이다. 사용자의 내장까지 다 터뜨려버리는 경향이 있었거든."

"그냥 응급 상황을 대비해서 V가 갖고 있었나 봐요." 그 기계가 오작동을 했더라면 우리가 어떤 몰골로 체액을 쏟아내고 있었을지 상상하지 않으려 애쓰며 내가 말했다. "할아버지 댁 베란다에서 깨어난 뒤에 V의 손에서 그걸 발견했어요."

"플로리다에서?" 시선으로 다시 창밖을 훑어보던 페러그린 원장이 내 쪽으로 고개를 홱 돌렸다. "그래, 그럴 수도 있겠구나. 어쨌든 에이브는 V를 훈련시킨 사람이잖니. 게다가 두 사람은 오랜 세월 함께 일했고……."

"V는 임브린이었어요." 내가 말했다. "V는 스스로 그 루프를 만들었어요. 원장님도 알고 계셨어요?"

페러그린 원장은 애보셋 원장을 보며 이맛살을 찡그렸다. "나는 몰랐어."

"나는 알고 있었다." 페러그린 원장이 묻지 않은 질문에 애보셋 원장이 대답했다. "에이브는 벨야가 겨우 십 대가 되었을 때 나에게 소개해주었다. 그 아이는 비밀리에 V를 훈련시켜달라고 내게 부탁했어. 에이브에 대한 호의로 그 부탁을 내가 받아들였다."

"저한테도 말씀해주셨어야죠, 에스메랄다." 화가 났다기보다는 상처받은 말투로 페러그린 원장이 말했다.

"미안하다. 하지만 그랬다고 한들 아이들이 V를 찾는 데 도움이 되진 않았을 거야. 오히려 찾는 게 더 불가능하게 보여서 낙담했겠지."

"지도에 표시된 적 없는 루프를 어떻게 찾겠나 싶어서요?" 내가 말했다.

애보셋 원장은 고개를 끄덕였다. "벨야가 미국에 숨어 있다는 말을 들었을 때, 다른 사람에게 자신의 행방을 노출하지 않고 숨어 있을 수 있도록 자기만의 루프를 직접 만들었는지 궁금하긴 했다. 하지만 철저한 방어를 위해서 일부러 그렇게 위험천만한 루프를 만들었을 줄은 짐작도 못했구나. 정말 기발한 생각이야."

"그러게요." 페러그린 원장도 동의했다. "하지만 그러느라 얼마나 외로운 삶을 살았을까요."

"그분을 매장해드리고 싶어요." 누어가 나직이 말했다.

"그분은 뒤에 남겨두고 올 수밖에 없었어요. 그분의 시신이 할아버지 댁 지하 벙커에 있어요." 내가 설명했다.

"임브린은 매장을 하지 않는다. 적어도 너희에게 익숙한 평범한 방식으로는 하지 않아." 애보셋 원장이 말했다. "하지만 최소한의 장례식은 치러줘야겠지." 그는 시선을 돌리고 이상한 세계의 고대 언어로 기도 같은 말을 중얼거리더니, 입꼬리를 늘어뜨리며 이맛살을 접어 온 얼굴을 주름살로 그린 지도처럼 만들었다.

"V의 시신을 데려올 팀을 꾸려 보내야겠구나." 페러그린 원장이 말했다.

"제가 가고 싶어요." 누어가 말했다.

"저도요." 내가 말했다. "주변에 할로개스트가 숨어 있어요. 꽤 심한 부상을 입긴 했지만 그래도요."

"안 될 말이다." 애보셋 원장이 단호하게 말했다.

"할로개스트라고?" 페러그린 원장은 긴장했다. "너희가 공격을 당했다는 말이니?"

"할아버지 댁 마당을 감시하던 와이트가 있었어요." 내가 말했다. "할로우는 숲속에 따로 떨어져 있었고요. 놈들이 무언가를 기다리고 있었던 것 같긴 했지만 그게 우리는 아닌 것 같아요. 우리가 나타났을 때 와이트가 엄청 놀랐거든요."

"내가 놈의 목에 칼을 꽂았을 땐 더 놀랐고요." 누어가 말했다.

페러그린 원장은 절망한 표정을 지었다. "때때로 내 오라비가 무한하게 솟아나는 것만 같아요. 할로우들은 우리가 모두 죽었거나 생포했다고 진심으로 믿었는데 아니었네요."

"대부분은 잡았는데 전부는 아니었던 모양이다." 애보셋 원장이 말했다. "우리는 오랜 세월 할로개스트의 개체 수를 신중하게 확보하고 있었다. 내 생각엔 오늘 너희가 마주쳤다는 녀석이 마지막으로 남은 할로우였을 거다. 얘들아, 이젠 부디 이야기를 끝마쳐주렴."

나는 나머지 사연으로 에이브의 지하 벙커로 피신했던 이야기를 재빨리 털어놓았다. 전신타자기로 구동되던 가정 방어 시스템에 대한 자세한 설명에 임브린들은 깊은 인상을 받은 듯했지만, 나는 할아버지가 돌아가시던 날 밤 지하 벙커에 안전하게 숨는 대신 달랑 편지 칼 하나만 가지고 할로우를 숲속으로 데려가 그곳에서 싸우면서 나를 위해 목숨을 버린 할아버지의 희생이 또다시 떠올랐다. 나는 허리케인이 부는 가운데 말도 잘 듣지 않는 할아버지의 오래된 차를 몰고서 부상을 입어 격노한 할로우의 추격을 받으며 이글우드를 가로질렀던 미친 듯한 질주에 대한 이야기를 마쳤다.

그 이야기를 전부 다시 열거하고 보니, 우리가 이곳에서 안전하게 친구들과 같은 공기를 숨 쉬고 있다는 사실을 새삼 믿을 수가 없었다. 나는 우리가 목숨과 이 세상과 모든 것을 잃어버릴 거라고 생각했다.

"그래서요?" 내가 물었다. "이젠 어쩌죠?"

페러그린 원장의 얼굴이 어두워졌다. "우리는 이제 앞으로 다가올 것에 대비하려고 노력해야겠지. 어떤 모습이나 규모로 들이닥칠지 아직은 모르지만 말이다."

"전쟁이겠지." 애보셋 원장이 말했다. "너희는 하나도 걱정할 것 없다고 말할 수 있다면 좋겠구나. 이건 임브린들과 우리들 가운데서도 가장 나이가 많고 전투 경험이 많은 용사들의 영역이라고 말이다. 어른들의 영역." 애보셋 원장은 우릴 향해 몸을 틀었다. "하지만 그렇지가 않아. 너희들과 밀접하게 관련된 일이야. 특히 너에게 말이다, 프라데시 양."

누어는 움츠러들지 않고 에보셋 원장의 시선을 마주보았다. "필요하다면 무슨 일이든 하겠어요. 전 두렵지 않아요."

애보셋 원장은 손을 뻗어 누어의 손등을 두들겨주었다. "다행이다. 하지만 조금 겁이 나더라도 괜찮아. 누가 먼저 죽게 될지 따위는 전혀 두렵지 않지만, 우리에겐 네가 필요하다, 아가. 우리에게 넌 꼭 필요한 사람이야." 애보셋 원장은 휠체어에 기대어 있던 지팡이를 집어 들더니 황동으로 덧씌운 밑부분으로 바닥을 두 번 두들겼다. 문이 활짝 열리면서 두 임브린 수련생이 안으로 들어왔다. "임브린 위원회 긴급회의를 소집하거라. 소식을 다 전하고 난 뒤엔 나를 위원회 회의실로 안내해주렴."

"네, 원장님." 두 사람은 동시에 대답한 뒤, 페티코트를 펄럭이며 재빨리 다시 밖으로 나갔다.

"저는 제이콥과 누어를 집으로 데려다준 뒤에 곧 회의실로 가겠습니다." 페러그린 원장이 말했다. "두 아이의 친구들이 모두 기다리고 있거든요. 그 아이들도 엄청나게 놀라운 소식을 듣게 될 터이니 제가 옆에서 거들어주고 싶어요."

애보셋 원장은 고통스러운 표정이었다. "그 아이들에게 지금 당장 알려야 할까? 위원회에서 모든 상황을 검토해본 뒤에 모든 시민들에게 한꺼번에 알리면 좋겠구나."

"제이콥과 누어더러 친구들에게 거짓말을 하라고 시킬 순 없어요. 아이들이 계속해서 마음을 졸이도록 더 시간을 끌고 싶지도 않고요."

애보셋 원장이 고개를 끄덕였다. "어쨌거나 그 아이들이 해준 일을 생각하면 먼저 알 자격이 있겠구나. 하지만 소문이 나지 않도록 다들 꼭 주의해야 한다……. **그자**에 대해서 말이다."

"알겠습니다." 페러그린 원장이 대답한 뒤 누어와 나를 데리고 복도로 나가자, 부끄러운 줄도 모르고 에녹이 밖에서 엿듣고 있었다.

"**그자**라뇨?" 우리를 따라오며 에녹이 물었다. "**그자**가 누군데요?"

"오코너 군, 내가 집으로 돌아가라고 했던 것 같은데." 페러그린 원장이 꽉 다문 잇새로 말했다. "그리고 그건 곧 알게 될 거다."

"그런 식으로 말씀하시는 거 정말 싫어요." 에녹이 말했다. "그나저나 너희 둘은 진짜 좀 씻어야겠다. 꼬락서니도 엉망이지만, 솔직히 냄새도 나. 내가 이런 말 할 정도면 진짜 심각한 거야."

누어는 군데군데 진흙과 피가 말라붙어 뻣뻣해진 셔츠를 내려다보더니 인상을 찡그렸다. 벤담의 사무실 건너편에는 화장실 두 개가 나란히 있었는데, 프란체스카가 우릴 위해 수건과 깨끗한 옷 더미를 준비해두고 간 듯했다.

"우선 옷부터 갈아입거라. 하지만 서둘러." 페러그린 원장이 말했다. "나도 회의에 참석해야 하니까."

ᠵ

따뜻한 물에 손을 담그고 얼굴과 귓속에 말라붙은 진흙을 닦아내느라 30초쯤 더 시간을 보내며 약간 죄책감이 들기는 했지만, 단 몇 초라도 혼자 있으면서 심호흡을 할 순간은 내게 꼭 필요했다. 나는 찢어진 셔츠와 젖은 청바지를 벗고 프란체스카와 시그리드가 주고 간 옷으로 갈아입었다. V의 피로 얼룩진 셔츠를 몇 분이라도 더 입고 지내느니 차라리 분홍색 토끼 복장이라도 기꺼이 마다하지 않을 상황이었지만 다행히 그럴 필요는 없었다. 그들이 내게 준 옷은 구식 양복이었다. 깃 없이 단추로 여미는 하얀색 셔츠, 검은색 바지, 검은색 재킷, 검은색 부츠. 계속 손이 떨려 단추가 잘 채워지지 않았으므로, 억지로 심호흡을 하며 속도를 늦춰 작고 조심스러운 손가락 놀림에 정신을 집중하도록 자신을 다그쳐야 했다. 몇 번의 시도 끝에 내쉬는 호흡이 고르게 변했다. 옷은 물론이고 신발까지 잘 맞았다. 조끼와 넥타이도 한 벌로 준비되어 있었지만, 호러스와 최고의 정장 차림을 두고 경쟁할 필요는 없었기에 나머지는 나무 화장대에 접힌 채로 그냥 두었고 망가진 옷

가지는 구석에 쌓아두었다.

가야 할 시간이야, 혼잣말을 했지만 차마 발길이 문 쪽으로 떨어지질 않았다. 한 손으로 머리칼을 쓸어 넘기며 금빛 테두리가 달린 거울 속 내 모습을 들여다보았다. 느낌으론 노인처럼 온몸이 삐걱거리고 피로했지만 겉으론 멀쩡해 보인다는 생각이 들었다.

화장실로 이어진 외벽 전체에 빼곡히 사진이 걸려 있었는데, 화장대 위쪽에 걸린 사진 액자에서 나는 벤담을 알아보았다. **이상하다**, 라는 생각이 들었다. 사진 속에서 벤담은 방금 내가 입은 것과 똑같은 양복에다 실크해트, 넥타이, 시곗줄까지 더해진 모습으로, 짐작컨대 이상한 동물이었을 아기 염소와 작은 개 사이에 앉아 있었다. 카메라 렌즈를 똑바로 쳐다보고 있는 그의 모습은 시선을 잡아끌었고, 표정은 평소처럼 근엄하고 심각했다.

당신에겐 무슨 일이 생겼나요? 그와 시선을 마주치며 의문을 던졌다. 벤담과 카울은 붕괴된 영혼의 도서관에 함께 갇혔다. **당신의 형이 부활했을 때, 당신도 돌아왔어요?**

그의 입술이 씰룩거리는 걸 분명히 본 순간 나는 싸늘한 전율을 느꼈고 서둘러 화장실을 빠져나왔다.

누어는 발목까지 길게 내려오는 검은색과 흰색 줄무늬 원피스를 입고서 불안한 표정으로 밖에서 나를 기다리고 있었다. 머리칼을 아무렇게나 하나로 묶고 깨끗하게 씻은 얼굴에선 빛이 나는 걸 보며, 어떻게 저렇게 별다른 노력을 기울이지 않아도 예뻐질 수 있는지 참으로 놀랍다는 생각이 들었다.

"멋지다." 내가 말했다.

누어는 내가 진부한 농담이라도 했다는 듯이 고개를 저으며

킥킥 웃었다. "서커스 장례식에나 가야 할 것 같은 차림인걸." 누어는 나에게 진짜 미소를 지어 보였다. "그래도 네 양복은 마음에 든다." 그러더니 한숨을 쉬었다. "너 괜찮아?"

그건 우리가 서로에게 정말 자주 던졌던 질문이었다. 우린 시련의 시기를 살아냈고 괜찮지 않았던 수많은 일이 있었다.

"응." 내가 말했다. "너는?"

짧게 주고받는 이 말에는 수백 가지 잠재적인 의미가 담겨 있었다. 이번 경우엔, '**화장실에서 왜 그렇게 오래 있었어?**'와 '**넌 머릿속에서 반복 재생되는 공포 영화를 단 1분이라도 중단할 수가 있었니?**'일 것이다.

"믿어지지 않는 곳까지 진흙이 묻어 있더라." 누어는 어깨를 으쓱했다. "난 괜찮아." 누어는 우리 사이의 좁은 거리를 성큼 다가와 내 어깨에 머리를 기댔다. "미안해, 나 초초해지면 불평하거든."

나는 누어의 머리칼에 뺨을 기댔다. "초조해지면 노래를 하는 줄 알았는데."

"대신에 난 이 방법을 써야겠어."

나는 누어에게 팔을 두르고 꼭 껴안았다. 내 몸 속 어디엔가는 계량기가 있다. 일종의 자신감 측량기, 용기 예측기. 그런데 누어와 접촉할 때마다 계기 바늘이 치솟았다.

"준비됐어?" 내가 말했다.

"내 죄를 자백하려고 해." 누어가 말했다. 그러나 그 단어 선택에 대한 반박을 하기도 전에 페러그린 원장과 에녹이 복도로 나타나 우릴 데리고 밖으로 나갔다.

제 5 장
chapter five

악마의 영토를 가로질러 가는 길은 초현실적이었다. 평소보다도 훨씬 더 초현실적이었다는 뜻이다. 평상시의 희미한 누런색 하늘보다는 보라색 멍 빛깔 같은 이상한 하늘이나 걸어가는 발치마다 회오리치듯 떠도는 잿더미 가루, 건물 벽마다 말라붙은 피가 눈물을 흘리듯 검은 물줄기로 흘러내리는 모습 때문만은 아니었다. 순간순간 잊기는 쉽지만 우리가 지금 악몽 속에서 살고 있으며, 상상할 수도 없는 최악의 사태가 벌어져 내가 사랑하는 사람들이 모두 죽게 되기 직전의 세상이 도래했고 지금 내가 그 세상을 걸어가고 있다는 생각 때문이었다. 그것은 엄준하고도 불변의 사실이었다. 그런데 우리는 이 끔찍한 소식을 곧 친구들에게 털어놓아야 할 참이었다.

에녹이 계속 나를 괴롭혔다. "**그자가** 누구냐니까? 내가 생각하는 바로 그 사람이야? 어제 우박처럼 쏟아져 내린 뼈에 맞아서 내가 거의 기절할 뻔했던 것도 그 때문이냐고? 그자가 **돌아온** 거야?" 그러나 나는 친구에게 아무 말도 해주지 않았고 결국 페러그린 원장이 에녹에게 나를 내버려두라고 나무라며 둘을 떼어놓아야 했다.

열병의 시궁창의 좁은 지류를 가로지른 마지막 다리를 건너 친구들이 살고 있는 집을 제대로 마주하기 전까지 그 건물이 얼마나 이상하게 지어졌는지 미처 깨닫지 못했던 나는 다시 한 번 그곳을 쳐다보았다. 피라미드가 꼭짓점을 바닥에 대고 서 있는 것처럼 집은 3층의 폭이 1층의 두 배가 되었고, 열병의 시궁창으로 굴러떨어지는 걸 막기 위해서 상층부 곳곳에 나무 버팀목과 지지대가 **빽빽하게** 받쳐져 있었다. 분위기를 밝게 하려는 시도인 듯 피오나는 기울어진 집을 꽃으로 뒤덮어놓았는데, 길고 튼튼한 보라색 찔레꽃 덩굴이 밧줄처럼 엮여 집을 튼튼하게 지탱해주었다. 버팀목을 따라 올라간 줄기들이 창문마다 예쁜 꽃들을 쏟아내듯 피워냈다. 그러나 그 꽃을 보면서도 그레이브힐에서 나를 꼼짝 못하게 옥죄었던 덩굴가지와 온몸이 묶인 채 무르나우가 참혹한 짓을 저지르는 걸 무기력하게 보고만 있을 수밖에 없었던 공포의 순간이 떠올라 나는 새삼 두려움에 휩싸일 뿐이었다.

현관문이 벌컥 열렸다. 올리브가 튀어나오듯 모습을 드러내더니 쿵쾅거리며 흔들리는 계단을 내려왔다. "제발―**이런 식으로― 사라지는 것** 좀 그만해!" 올리브는 이렇게 소리치며 나를 덮치듯 껴안았다. 그러나 곧이어 다른 친구들도 한꺼번에 쏟아져 나왔다. 호러스, 밀라드, 클레어, 휴는 한꺼번에 몰려 나오려다 현관문에서 병목현상이 벌어지자 결국 한 사람씩 빠져나오느라 진을 빼다가 서둘러 계단을 내려와 우리를 둘러싼 채 큰 소리로 질문을 던져댔다.

"진짜로 얘네들 돌아온 거야?" 호러스가 외쳤다.

"진짜로 얘네들이야!" 올리브가 휙 몸을 돌려 누어를 껴안으며 노래 부르듯 대답했다.

"너희를 찾느라고 우리가 별별 데를 다 돌아다녔어!" 클레어가 겁에 질린 듯 눈을 크게 뜨고 나에게 말했다. "납치됐던 거야?"

"차라리 그 편이 낫지!" 휴가 나를 끌어당겨 힘껏 포옹하며 말했다. "쪽지 한 장도 없이!"

페러그린 원장이 근처 건물에서 구경하고 있는 호기심 어린 얼굴들을 흘끔거리며 입을 열었다. "두 사람이 전부 다 얘기해줄 테니, 일단 집으로 들어가자꾸나."

우리는 초조하게 떠들어대는 친구들에 둘러싸인 채 집 안으로 들어갔다. 안으로 들어가자 건초가 깔린 부엌 한가운데 놓인 침대 겸용 의자에 담요를 덮은 피오나가 닭들에 둘러싸여 앉아 있었다. 피오나는 지저분함 속에서 아늑한 분위기를 좋아해 아래층에서 지낸다는 게 휴의 설명이었고, 페러그린 원장도 회복하는 동안엔 피오나가 원하는 대로 어디서든 자도 좋다고 허락했다. 내가 집 안을 가로질러 다가가 허리를 수그리고 껴안자 피오나는 환하게 웃었다.

"좀 나아졌길 바라." 내가 말했다. 말로 대답하진 않았지만 피오나는 고개를 끄덕이더니 내 뺨에 입을 맞추었다. 피오나가 품에 안고 있던 암탉이 꼬꼬댁 울며 친구를 보호하듯 깃털을 파르르 떨었다.

페러그린 원장이 조용히 해달라고 말했다. 원장님이 누어와 나를 손짓으로 불러 거실 한가운데 세우자, 친구들은 울퉁불퉁한 나무 의자나 바닥에 앉아 우리를 에워쌌다. 친구들 표정도 내 기분만큼이나 모두 걱정스러워 보였다. 이번이 정말로 마지막으로 하는 설명이기를 바라며 우리가 겪은 사연을 재빨리 털어놓아야 하기에 걱정스러웠고, 친구들의 반응 역시 염려스러웠다. 친구들은 우리를 미워할까? 절망에 빠질까?

우리는 이야기를 전했다. 친구들은 암울하고 어리벙벙한 표정으로 귀를 기울였다. 설명이 끝나자 방 안 공기가 묵직해졌다. 클레어와 올리브는 재빨리 마룻바닥을 가로질러 브로닌에게 달려가 양쪽 다리를 껴안으며 공처럼 몸을 웅크렸다. 클레어는 울고 있었다. 호러스는 식탁 아래로 기어들어갔다. 휴는 굳어진 얼굴로 피오나의 침대 겸용 의자에 나란히 앉아 있고, 피오나는 그의 손을 잡고 바닥만 응시하고 있었다. 내가 가장 염려했던 엠마는 머리칼을 배배 꼬아 매듭을 지어놓았고, 누어와 내가 이야기를 시작했을 때보다 몇 배는 더 창백해졌다.

"아까 얘기했을 땐 맨 마지막 부분을 빼놓았던 거네." 엠마가 말했다. 엠마는 긴 한숨을 내뱉었다.

"그러니까 그 사람이 **진짜** 돌아왔구나." 에녹이 말했다. "**그 사람**이…… **그자**이고."

"그 사람이 돌아왔어." 내가 엄숙하게 말했다. "그 사람이 그자 맞아."

"새들 맙소사, 오 하느님, 아 젠장." 식탁 아래에서 호러스가 중얼거렸다. "꿈속에서 본 게 **진짜** 그 사람 얼굴이었어."

밀라드는 앉아 있던 자리에서 벌떡 일어났다. "가슴이 찢어질 것 같아. 충격이 너무 커."

"V는 정말로…… 세상을 떠났어?" 올리브가 얌전하게 물었다.

누어는 고개를 끄덕이며 나직이 말했다. "응, 돌아가셨어."

올리브가 달려가 누어의 옆구리에 찰싹 달라붙었다. 어린 소녀가 울기 시작하자 누어는 올리브의 어깨를 가만히 어루만져주었다.

"그래서, 이 모든 게 우리한텐 어떤 의미죠?" 휴가 물었다. "무슨 일이 벌어질까요?"

"그럼 붕괴의 배후가 카울이라는 거예요?" 브로닌이 물었다. "퍼플렉서스가 아니고요?"

"그래, 그런 것 같아." 페러그린 원장이 말했다.

"아, **당연히** 그 사람 짓이겠죠." 엠마가 말했다.

"분명 그자가 자기 능력을 맛만 보여준 걸 거야." 호러스가 말했다. "무료 서비스처럼."

"총공격을 준비 중이겠지." 밀라드가 거들었다. "곧 우리를 잡으러 나타날 거야. 그자가 모습을 드러내면 피가 비로 내리는 것보다 훨씬 더 끔찍한 걸 보여주겠지."

"우린 망했어! 끝장이야! 모든 게 끝나버릴 거야!" 클레어가 울부짖었다.

"그자는 한 사람일 뿐이야." 그제야 문가에 앉아 있던 애디슨이 말했다. "그자의 측근들은 대부분 죽거나 감방에 갇혀 있지 않아? 그자가 부리는 얼마 안 남은 할로개스트도 제이콥이 무찌를 수 있을 테고?"

"넌 이해를 못하는구나." 엠마가 말했다. "그자는 엄밀히 말해서 더 이상 **사람**이 아니야, 넌 영혼의 도서관에 없었기 때문에 그런 말을 하는 거야, 그자가…… 그것……으로 변신했을 때……."

"난 대부분의 도서관에 입장이 허락 안 되니까 원칙적으로 내 쪽에서 거부하는 거야." 애디슨이 주둥이를 높이 세우며 말했다.

"거긴 평범한 도서관이 아니야." 밀라드가 말했다. "옛날에 살았던 이상한 영혼들이 수천 명이나 보관되어 있는 곳인데, 영혼들의 상당수는 엄청 강력한 힘을 지녔어. 사악한 마음을 품은 이상한 인간들이 그곳으로 숨어들어 그들의 영혼을 훔친 다음 자신의 능력으로 만드는 방법을 발견한 뒤로 영혼의 도서관은 수천 년간 감추어져 있었어."

"그 사람들은 스스로를 신이라고 포장했지." 페러그린 원장이 말했다. "어느 정도까지는 성공을 거두었고. 하지만 그자들은 서로 전쟁을 일으켜 기아와 홍수, 전염병을 세상에 불러왔다. 우리의 조상 임브린들께서 가까스로 영혼의 도서관을 그들에게 빼앗아 숨겨놓지 않았더라면 그자들 때문에 세상이 멸망했을 거다. 너무 오랜 세월 존재조차 희미해져 전설로 남을 정도로 숨겨져 있었는데……. 최근 내 오라비가 다시 그곳으로 침입했던 거다. 우린 루프를 붕괴시켜서 그곳에 카울을 가둘 수 있었고, 그걸로 영원히 끝이라고 생각했지. 방금 너희들도 들었다시피 최측근 부하가 카울을 부활시키기 전까지는 말이다."

"우린 **완전히 다** 죽은 목숨이야." 에녹이 말했다. "카울은 우릴 경멸해."

"그러니까, 내가 정리 좀 해볼게." 애디슨이 한쪽 눈썹을 들어 올렸다. "너희들 생각엔 그자가 끔찍한 힘을 자기 힘으로 흡수했다는 거지. 그래서 그자가 마음대로 조종하는 두꺼비 군단이나 그림자 괴물도 필요가 없을 정도이고."

"일반적으로 추측하면 그래, 맞아." 밀라드가 말했다.

"하지만 너희들 중 누구도 실제로 그자를 **본 적**은 없잖아, 구름 속에서 봤다는 저 미국인 남자애랑 꿈속에서 봤다며 식탁 아래서 떨고 있는 저 녀석 말고는." 애디슨이 말했다.

"영혼의 도서관이 붕괴하기 직전에 우리가 다 봤어." 엠마가 말했다. "거대한 나무 괴물이 되어 있었어." 그러고는 좀 더 작게 덧붙였다. "말로 듣는 것보다는 훨씬 더 무서웠어."

"그런데 그게 영혼이 담긴 단지를 단 **하나**만 흡수한 뒤의 모습이었어." 내가 말했다. "그 이후로 영혼을 얼마나 많이 흡수했을지 누가 알겠어."

"전부 다 흡수했을지도 몰라." 엠마가 말했다. 엠마는 겁에 질린 눈초리로 페러그린 원장을 쳐다보았다. "그러는 게 가능할까요?"

페러그린 원장은 입을 꾹 다물었다. "모든 게 추측일 뿐이다. 우리로선 알 수 없어."

"정말로 그랬다면, 절대로 그자를 막을 수 없을 거예요." 호러스가 외쳤다.

"정신 좀 차려." 에녹이 눈알을 굴리며 나무랐다.

"상황이 이런데 어떻게 정신을 차려, 정신 못 차리겠어!" 호러스가 소리를 질렀다. 호러스는 식탁에서 기어 나와 그 옆에 서더니 요란하게 손짓을 해가며 말했다. "카울은 **오랜 세월** 벤담의 부활 재료를 손에 넣으려고 힘을 썼어. 이런 상황을 **원했던** 거야. 다 계획했던 거라고! 도서관에 갇혔다가 다시 세상 밖으로 나오는 것까지 말이야. 거기 갇히면 힘도 더 강해지고 **더 악독해진다**는 걸 확실하게 믿고 있지 않고서야 그런 지옥 같은 상황에 스스로 빠져 들어갔을 리가 절대 없어. 그자는 이제 나무 괴물보다 훨씬 더 대단한 존재가 되었을 거야, 분명해. 꿈속에서 내가 봤기 때문이 아니라, 나도 두뇌가 있기 때문에 하는 말이야!"

모두가 빤히 응시했다. 호러스의 입술이, 곧이어 나머지 전신이 떨리기 시작했다. "식탁 밑으로 다시 들어가야겠어."

"아니, 그러지 마." 엠마가 뛰쳐나가 호러스를 붙잡으며 말했다. "우린 더 이상 겁쟁이처럼 숨거나 달아나지 않을 거야. 그렇죠, 원장님?"

"너희 둘 중에 한 사람이라도 그 말을 해주길 바라고 있었단다." 임브린이 말했다.

"맞아, 나도 너희들이라면 좀 더 배짱이 있을 거라고 생각했어." 애디슨이 말했다.

"도망치는 게 무조건 나쁜 것만은 아니라고 했어." 호러스가 말했다. "최선의 방어는 철벽 방어라고 미식축구 선수들이 말하지 않았나?" 호러스는 나를 쳐다봤지만 나는 아니라고 고개를 저었다. "카울이 단 한 방에 우리를 다 잡을 수 있는 악마의 영토에 모두 함께 있는 게 정말로 말이 된다고 생각해? 여기선 우릴 어디에서 찾아야 하는지도 알고 있을 뿐만 아니라 이 루프를 속속들이

다 알고 있잖아. 여긴 오랜 세월 카울의 본거지였어."

"카울에겐 우리가 **겁먹었다는 것**도 보여주면 안 돼." 일그러진 표정으로 브로닌이 말했다. "속으로 겁이 나더라도 말이야."

"우린 여기 함께 있어야 더 강해." 휴가 말하자 피오나도 덩달아 고개를 끄덕였다. "그것 말고도, 이곳을 버려두고 가서 카울이 다시 팬루프티콘을 차지하게 내버려둘 순 없어. 그건 우리한테 가장 강력한 무기야. 그런데 그게 카울의 것이 될 수도 있다고."

"카울이 **팬루프티콘**으로 뭘 어쩔까 봐 걱정하는 거야?" 호러스가 다시 목소리를 높이며 물었다. "지금쯤 카울은 전지전능해져서 어디든 **나타날** 수 있게 됐을 거야. 그런데 루프로 통하는 문이 가득한 복도 따위가 왜 필요하겠어?"

"카울이 **전지전능**하다면 이미 우린 죽었겠지." 엠마가 말했다. "어린애들 겁먹지 않게 넌 좀 진정할 필요가 있어."

"난 **겁나지 않아.**" 올리브가 작은 주먹으로 자기 가슴을 치며 우겼다.

페러그린 원장이 헛기침을 했다. "내 오라비에 대해선 너희들이 꼭 알아야 할 게 한 가지 있다. 난 진심으로 카울이 우리를 죽이려 한다고 생각하지 않아. 글쎄다……." 원장은 약간 움찔했다. "나를 죽이고 싶어 할 수는 있겠지, 어쩌면 제이콥도 함께. 하지만 너희들 모두라든지 나머지 우리 주민들 전부는 아닐 거야. 카울은 권력과 통제를 원해. 암울하게 평생을 살아오며 카울이 줄곧 꿈꾸었던 건 이상한 세계의 왕과 황제가 되어, 어렸을 때부터 자기를 조롱했던 모든 이상한 종족들에게 추앙을 받는 거란다."

"그럼 우릴 다 노예로 만들겠네요." 에녹이 말했다. "자기 구두를 핥게 하고 자기를 칭송하는 노래를 부르게 하고 주말엔 쉬고 있는 평범한 일반인들을 살육하게 하거나, 재미 삼아 뭐든 제 마음대로 시킬 거예요."

엠마가 식탁 위로 올라가 발을 쾅 구르자 은제 식기들이 튀어 올랐다. "**제발이지** 끔찍한 최악의 시나리오를 늘어놓는 것 좀 그만할 수 없겠어? 우리가 맞서야 할 상황을 제대로 파악하기도 전에 희망을 버리는 건 정말 있을 수 없는 일이야! 카울이 아주 강해졌을 수는 있겠지만, 아직은 그게 어느 정도인지 알지도 못하고 **우리도** 역시 강해. 지금까지 카울의 계획을 어긋나게 만들고 한두 번은 엄청난 타격을 입혔을 정도로 강력하다고. 그리고 우린 이제 더는 한 줌밖에 안 되는 이상한 어린애들이 아니잖아. 우리에겐 카울에 맞서 함께 싸워줄 이상한 종족이 **수백 명**이나 있어. 이곳 악마의 영토에 살고 있는 수많은 주민들과 팬루프티콘을 통해서 연결되는 사람들은 모두 우리 동지이고, 우리가 가진 모든 능력과 경험은 말할 필요도 없겠지, 임브린도 열두 분이나 계시고 또……또……."

"누어도 있지." 호러스가 말했다. "우리에겐 누어가 있어."

누어는 졸다가 깜짝 놀란 사람처럼 고개를 홱 들었다. "물론이야. 너희에겐 내가 있어, 내가 무슨 소용인지는 모르겠지만."

"저 애가 무슨 소용인데?" 애디슨이 물었다.

"예언을 그대로 믿는다면, 그리고 지금까지 이미 일어난 사실을 감안한다면, 앞으로 다가올 투쟁에는 누어가 우리에게 가장 중요한 자산일지도 몰라." 진지해진 목소리로 호러스가 말했다.

"다른 여섯 명 없이는 그렇지도 않아." 누어가 말했다.

"난 무슨 얘긴지 통 모르겠다." 애디슨이 말했다.

"너도 익숙해져야 해." 클레어가 중얼거렸다.

호러스가 설명을 이어갔다. "예언 내용은 누어를 포함해서 미리 정해진 이상한 종족 일곱 명이 함께 문을 닫을 수도 있다는 거야."

"할 수도 있다는 거지, 확실히 닫을 거라는 말은 아니란 걸 명심해." 에녹이 지적했다.

"이 전쟁의 갈등을 끝내기 위해서 일곱 명이 문을 봉인할 수도 있을 것이다." 호러스가 문장을 암송했다. "이게 우리가 얻어낸 최선의 해석 문장이야. 이상한 세계의 '해방'에 대한 내용도 좀 있는데 그 부분은 좀 아리송해."

"어디로 이어진 문을 봉인한다는 거야?" 애디슨이 물었다.

"우리도 몰라." 호러스가 대답했다.

애디슨은 호러스를 내려다보았다. **"어떻게 봉인을 하지?"**

"모른다니까."

"그럼 다른 여섯 명은 어디 있는지 알아?" 애디슨이 나머지 우리들을 둘러보았다.

페러그린 원장이 고개를 저었다. "아직 몰라."

애디슨의 목소리가 높아졌다. "맙소사, 그럼 대체 아는 게 뭐예요?"

"지금으로선 별로 아는 게 없단다."

"알겠어요, 이제 이해가 되네요." 애디슨이 바닥에 쓰러져 앞발로 양쪽 눈을 가렸다. "우리 진짜 심각한 곤경에 빠졌네요."

긴급 소집된 임브린 위원회에 참석하러 나가기 전에 페러그린 원장은 방금 들은 이야기를 한마디도, 악마의 영토 주민 그 누구에게도 발설하지 않겠다는 약속을 모두에게 받아냈다. "한 사람도 안 된다." 원장이 경고했다. "확고한 행동 계획을 세우기 전까지는 안 돼, 괜한 공포만 퍼뜨릴 뿐이야."

"원장님들이 하시려는 게 그거예요?" 휴가 약간 빈정거리는 말투로 물었다. "확고한 행동 계획을 구상하는 거요?"

클레어는 치즈라도 만들어질 것 같은 따가운 시선으로 휴를 흘겨보았다.

"그렇단다, 앱스턴 군." 페러그린 원장이 차분하게 말했다. "그게 우리가 할 일이야." 원장은 우리 얼굴을 살폈다. "내가 돌아올 때까지 너희는 모두 여기 모여 있는 게 최선일 것 같구나. 내 말 잘 알겠니?"

페러그린 원장이 모두에게 소식을 전했던 것을 후회하는 것 같다는 느낌이 들었다. 친구들의 반응은 너무나 제각각인 데다 겁에 질렸고, 이젠 원장님이 아직 대답할 준비가 되지 않은 의문으로 저마다 머릿속이 복잡해지면서 더욱 불안해졌기 때문이다. 게다가 우리가 원장님의 명령을 무시하는 경향이 높은, 아주 자립심 넘치는 이상한 아이들이어서 쓸데없이 두통을 안겨주는 존재라는 것도 걱정거리였다. 결국 우리는 더 소식이 들려올 때까지 집 안에 격리된 신세였다. 임브린들의 회의가 얼마나 길어질지에 따라 몇 시간이 될 수도 있고 더 길어질 수도 있었다.

페러그린 원장이 나간 뒤, 아직도 우리를 못 믿고 어린애 취급한다면서 불평하는 투덜거림이 일었다. 언제나 임프린 편을 들었던 클레어는 **정말로** 우리가 아직 어린애들이라고 주장하면서, 아무한테도 알리지 않고 팬루프티콘으로 사라지는 것 같은 행동을 계속하는 한—이 말을 하며 나를 한참이나 노려보았다—어린애 취급을 받는 게 당연할지 모른다고 말했다. 그 말은 곧장 신체적인 나이와 실제 나이에 대한 논란을 촉발하였고, 30년간 변함없는 루프에서 사는 것은 현실 세계에서 사는 것과 전혀 다르며 그 결과로 사람의 정신과 마음 상태에 미치는 영향이 어떠한가에 이르기까지 말씨름이 벌어졌다. 그쯤 되자 나는 도저히 못 견디게 피곤해져 잠이나 자려고 위층으로 올라갔다.

나는 호러스의 침대인 것 같은 잠자리에 쓰러지듯 누웠다. 침대 시트를 매트리스 밑에 말끔히 끼워 넣고 베개도 두들겨 부풀려 제대로 정돈되어 있는 침대는 그게 유일했다. 창문을 바라보며 옆으로 누워 재 가루가 소리 없이 내리는 풍경을 지켜보는 사이, 협탁에 놓여 있는 작은 라디오에서는 웅얼웅얼 목소리가 흘러나왔다. 라디오를 끄고 싶었지만, 스위치는 너무 멀었고 나는 뼛속 깊이 지친 상태였다. 루프 안에 있는 라디오가 어떻게 바깥세상의 방송국 전파를 수신할 수 있었는지 막연하게 궁금해 하던 차에 디제이가 하는 말이 들려왔다. "럭비 경기에서는 악마의 영토 소속 카니벌스 팀이 배터시 소속 에뮤래프스 팀을 4연승으로 격파하고 이번 시즌 우승을 차지했습니다."

방송은 루프 안에서 흘러나오고 있었다. 악마의 영토에 언제부터 라디오 방송국이 생겼지? 디제이의 목소리는 기름을 칠한 듯 매끈하고 낮아서 최면을 거는 것 같았다. 나는 한동안 그가 이상한 세계의 스포츠 경기에 대한 소식을 전하는 동안 잠에 취해 귀를 기울였다.

"깜짝 놀랄 만한 반전 소식입니다. 지난달 열린 습지 수영 대회에서 티트마우스 원장이 이끄는 킬라니 블라이터스 팀을 누르고 승리를 차지했던 플라이캐처 원장의 애버딘 일스 팀이 우승컵을 박탈당했습니다. 일스 팀의 최고 선수에게 아가미가 있었다는 것은 포세이돈 원칙에 위배된다고 심판 전원이 결정을 내렸기 때문입니다. 지역 소식으로는, 그래클 원장이 이끄는 극단의 주연 및 조연 배우가 모두 전염병으로 몸져누우면서 오늘 저녁 〈풀잎 동물원〉 공연이 취소되었다고 하네요. 날씨와 관련하여서는 붕괴가 이어지고 있어서, 어젯밤 늦게 어테뉴에이티드 애버뉴에는 뿔달팽이가 우박처럼 쏟아져 내렸다는 신고가 들어왔고, 오후 내내 눈송이처럼 재가 쏟아진다는 예보입니다. 갖가지 소문이 돌고 있으나 아직까지는 이와 같은 기상 이변의 원인에 대한 정확한 언급은 나오지 않았습니다. 이상한 종족 여러분, 외출하기엔 이상한 상황이니 안전한 곳에 계십시오. 조짐이 별로 좋지 않습니다. 저는 에이모스 덱스테어이고요, 여러분은 지금 악마의 영토의 목소리, WPEC 방송을 듣고 계십니다. 아침까지 여러분의 잠을 확 깨워드릴 울화통 터지는 소식들이 잔뜩 준비되어 있습니다. 제가 가장 좋아하는 고전 명곡으로 시작해보죠. 크리지스초프 펜데레스키의 불안정한 하모니가 일품인 '히로시마 희생자들을 위한 비가' 전해드립니다."

클래식 음악이 연주되기 시작했다. 어쨌든 음악은 맞는다고 생각했지만, 바이올린 연주가 지옥에서 고문을 받고 있는 것처럼 기괴하게 울려 퍼지는 것이 문제였으므로 결국 나는 침대 가장자리까지 기어가 애벌레처럼 이불에 휩싸인 채 팔만 뻗어 라디오를 꺼버렸다. 그제야 라디오 뒤쪽 벽에 기대어져 있는 작은 사진이 눈에 들어왔다. 본인이 호러스에게 직접 해준 자필 사인이 들어가 있는 에이모스 덱스테어의 사진이 담긴 액자가 놓여 있었다. 그는 한 손에 아이스크림콘과 담배를 쥐고 검은 안경 너머에서 카메라를 향해 윙크라도 하고 있는 것 같았다.

나는 턱시도를 입은 연주자들이 산 채로 불길에 휩싸여 있는 오케스트라에 대한 꿈을 꾸며 잠에 빠져들었다가 한참 뒤 흔들리는 침대 때문에 잠에서 깨어났다.

에녹이 내 옆에 털썩 앉은 거였다. "잠자는 숲속의 미녀처럼 휴식이 필요한 건 알겠는데, 너랑 꼭 할 얘기가 있다면서 할로개스트가 문 앞에 찾아왔어, 포트먼."

"뭐라고?" 나는 이불을 젖히며 벌떡 일어나 앉았다.

"그냥 농담이야, 하지만 네가 없으니까 아래층이 너무 따분해졌어. 어휴, 너 진짜 예민하구나."

나는 주먹으로 에녹의 팔을 쳤다. "그런 짓 좀 **하지** 마!"

에녹이 나를 확 밀치는 바람에 침대에서 떨어질 뻔했다. "넌 내가 농담하는 걸 아직도 모르냐?"

"다음번엔 사실을 얘기한다고 해도 네 말 안 믿을 거야. 넌 할로개스트한테 잡아먹혀도 싸."

계단을 올라오는 발소리가 들리다가 몇 초 뒤 엠마가 벌컥 문을 열었다. "시간 관리국 율리시스 크리츨리가 방금 우릴 데리러 왔어. 회의를 소집했대."

나는 침대 밑으로 발을 늘어뜨렸다. "임브린들이?"

"응. 근데 우리만 부른 게 아니야. 악마의 영토 전 주민이 모일 거야."

"지금 당장 모두에게 얘기하려나?"

"카울한테 선방을 날리려나 봐." 엠마는 손가락으로 벽을 두들겼다. "어서 신발 신어!"

To a big fan,
Amos
Dextaire

제6장

chapter six

악마의 영토 주민들이 모두 의무적으로 참석해야 하는 회의는 이제껏 단 한 번도 소집된 적이 없었다. 모두 하던 일을 멈추고 모임에 참석하라는 안내가 확성기에서 흘러나오자 우리가 지나치는 각 건물마다 이상한 사람들이 거리로 쏟아져 나왔다. 엄청난 군중이 회의 장소인 강당으로 몰려갔다. 입장하는 줄이 워낙 길어서 우리도 줄지어 선 채 조금씩 이동하고 있었는데, 단순히 사람들이 많아 입장이 늦어지고 있는 것만 아니라 민병대원 둘이 사람들을 안으로 들여보내기 전에 몸수색을 하고 있기 때문이라는 사실을 밀라드가 알아차렸다.

"뭘 찾는 걸까?" 누어가 물었다. "무기?"

"우리가 **바로** 무기인걸." 휴가 대꾸했다.

"우리 중에서도 남들보다 더 위험한 사람들이 있잖아." 엠마가 말했다.

민병대원 한 사람이 에녹의 허벅지를 더듬기 시작했다. "으아, 환영의 키스부터 해주는 게 아니었어요?" 에녹이 말했다.

"이게 뭐지?" 민병대원이 에녹의 재킷 주머니에서 꺼낸 뿌연 유리병 안을 들여다보며 물었다.

"히말라야산 소금물에 절인 살인자의 심장이에요."

민병대원은 유리병을 흔들어보다가 떨어뜨릴 뻔했다.

"조심하세요, 선물 받은 거라고요!" 에녹은 경비의 손에서 유리병을 낚아챘다. "빨리 들여보내주세요, 우리가 누군지 몰라요?"

경비가 맞받아쳤다. "난 네가 임브린의 할머니라도 상관 안 해, 입장하려면 한 사람도 빠짐없이……."

다른 경비가 그에게 몸을 숙여 귓가에 뭐라고 속삭이자, 첫 번째 경비가 자존심이 상하는 듯 못마땅해 이를 갈며 우리에게 통과의 손짓을 보냈다. "들어가라." 그는 나에게 억지 미소를 지어 보이며 말했다. "미안하네, 포트먼 군. 자네가 거기 있는 줄 몰랐어."

엠마가 에녹의 어깨를 두드렸다. "미안하다, 에녹. 넌 그냥 측근에 불과한가 봐."

에녹이 웃음을 터뜨리며 절레절레 머리를 흔들었다.

마지막 절차로 우리는 시선의 방향이 좀 이상한 젊은 남자 앞에 서서 빤히 쳐다보는 과정을 거쳐야 했다. ("미안하지만 너도 포함이다." 두 번째 경비가 나에게 말했다.)

그래서 젊은 남자 앞에 서서 빤히 응시하는 그의 시선이 내 몸을 위아래로 살피다 얼굴에 머물기까지 기다렸다.

"무얼 하는 걸까?" 내가 물었다.

"너의 의도를 스캔하는 거야." 밀라드가 말했다. "속마음이 선한지 악한지."

젊은 남자의 시선이 집중된 이마에 약간 열기가 느껴졌다. 불평이 튀어나오려는 차에 청년이 경비들을 쳐다보더니 고개를 끄덕였다.

입장이 허락된 우리는 곧 가스등이 깜박거리고 사람들의 웅성거림이 메아리를 울리는 석조 복도를 따라 걸어 들어갔다.

누어는 내 옆에서 걸었다. "경비가 엄청 철저하네." 수상쩍다는 듯이 누어가 말했다.

"정신 나간 짓을 하는 사람들이 있을까 봐 걱정됐겠지." 내가 말했다.

"난 불만 없어." 호루스가 말했다. "누군가 여기다 폭탄을 설치했다고 상상해봐. 전 세계에서 와 있을 몇몇 임브린들은 말할 것도 없고 영국에 있는 임브린 90퍼센트가 한순간에 사라지게 될 거야."

"사려 깊은 생각 해줘서 엄청 고맙다." 누어가 대꾸했다. "이젠 훨씬 더 기분이 차분해졌어."

에녹은 복도를 걸어가는 내내 굽실거리며, 내가 민망해져서 얼굴이 시뻘게질 때까지 계속 놀려댔다. "미안합니다, 포트먼 씨, 이쪽으로 곧장 오시지요, 포트먼 씨! 구두에 진흙이 묻으셨네요, 제가 핥아서 닦아드릴깝쇼, 포트먼 씨?"

"못되게 좀 굴지 마." 누어가 말했다. "제이콥은 누구에게든 그런 식으로 대우해달라고 바란 적 없어."

에녹은 더 깊숙이 허릴 숙여 절을 했다. "기분 상하게 해드렸

다면 정말 죄송합니다, 마님."

누어는 장난치듯 그를 확 밀었고 에녹은 비틀비틀 벽까지 밀려가는 체하더니 또다시 사과를 하며 굽실거려 우리 모두 웃음을 터뜨리게 만들었다. 아주 잠깐 동안이라고 해도 깔깔거리며 웃고, 누어가 웃는 모습을 보니 기분이 좋았다.

복도 끝에서 우리는 거대한 강당 꼭대기 층으로 들어갔는데, 호러스의 말과 달리 그곳은 원래 강당이 아니었다. 그곳은 관객들이 둘러 앉아 의사가 끔찍한 수술을 집도하는 과정을 지켜볼 수 있도록 설계된 오래된 수술용 공연장이었다. 조악한 나무 의자들이 동심원을 그리듯 계단식으로 층층이 놓여 아래쪽 동그란 무대 바닥을 내려다보는 구조였는데, 그 한가운데 인체 크기의 연단이 놓여 있었다. 곳곳에 가스등이 켜져 있고 천장에 드리워진 거대한 샹들리에는 돌출된 철제 중앙 기둥과 벽에 연결되어 있었다.

우리는 2층으로 내려가 우리를 위해 마련된 길고 구부러진 벤치에 자리를 잡았다. 공연장의 나머지 좌석도 빠르게 차고 있었다.

"이곳은 원래 의과대학의 일부로 지어졌대." 호러스가 말했다. "하지만 와이트들이 이상한 사람들에 대한 끔찍한 실험을 저지르는 곳으로 사용했어. 동물의 신체 일부를 인체에 이식하기도 하고. 잡종 할로개스트를 만들어내려고 시도도 하고. 단순히 어떻게 되는지 보려고 사람들의 뇌를 서로 바꾸기도 했대. 저기 연단 아래쪽에 쇠창살 달린 받침대 보이지? 저기다가 온갖……."

"알아들었어." 내가 한 손을 들어 올리며 말했다.

"미안해. 가끔은 내 머릿속에 떠오른 끔찍한 장면들을 없애는 유일한 방법이 다른 사람들과 공유하는 거거든. 이기적인 짓이란 건 나도 알아."

"괜찮아." 이젠 약간 죄책감을 느끼며 내가 대꾸했다. "나한테는 말해도 돼."

"아니, 아니야, 꼭 그러지 않아도 돼. 구역질 나는 얘기란 거 알아."

호러스는 몇 초간 입을 다물었다. 무릎이 달달 떨렸다. 곧 터져버릴 것 같은 표정이었다.

나는 호러스를 쳐다보았다. "계속해."

"온갖 내장과 피를 받아내기 위한 거였대." 재빨리 호러스가 말했다. "저 쇠창살 달린 받침대 용도가 그거였다고. 그래서 냄새가 이루 말할 수가 없었대." 호러스는 휴 한숨을 내뱉었다.

"기분 나아졌어?"

호러스가 쑥스러운 미소를 지었다. "엄청."

강당은 거의 절반쯤 찼다. 현재 악마의 영토에는 백 명도 넘는 이상한 종족이 살고 있었는데 거의 모든 주민들이 참석한 듯했다. 모두들 붕괴 현상 때문에 겁에 질려 있었으므로, 바라 마지않던 대로 드디어 설명을 들을 기회를 놓치고 싶지 않아 했다.

놀랍게도 내가 알아볼 수 있는 사람들이 꽤 많았다. 율리시스 크리즐리는 검은색 양복을 입은 시간 관리국 직원들과 무리를 지어 앉아 주변 사람들을 조용히 시키느라 오히려 소란을 피우고 있었다. 우리 맞은편에는 그래클 원장님의 극단 단원들이 연습을 하다 말고 곧장 왔는지 아직도 희한한 동물 의상을 입고 있었다. 그들이 앉은 바로 아랫줄에는 샤론과 건장한 사촌들이 똑같은 검은색 가운을 입고 앉아 있었는데, 샤론만 가운에 달린 후드를 뒤집어쓰고 있을 뿐 사촌 네 명은 절대 후드를 쓰지 않았다. 그들의 머리칼은 풍성한 은발이었지만 얼굴은 젊어 보였고, 강인해 보이는 턱과 높이 솟은 광대뼈는 사람들의 시선을 오래 끌었으나 자기들끼리 속삭이고 있는 샤론의 사촌들은 주변의 시선을 눈치채지 못했다. 그들 옆에는 열병의 시궁창에 사는 반인반어족이 몸을 꿈틀대며 모여 있었다. 잇치와 그의 아내, 비늘을 반짝이는 두 아이였다. 몸에 잘 맞지 않는 옷을 입고 앉아 투덜거리며, 이따금 병에 담긴 진흙탕 물로 몸을 적시느라 흘러내린 물이 계단을 따라 흘러가고 있었는데, 귀찮은 옷을 벗어던지고 열병의 시궁창으로 돌아가는 순간을 기다리느라 일분일초를 세고 있는 것 같은 표정이었다.

강당 맨 꼭대기엔 민병대원 대여섯 명과 우리를 눈빛으로 스캔했던 젊은 남자가 서 있었다. 그들은 꼼꼼하게 군중을 감시하는 중이었다.

몇몇 미국인들을 발견한 나는 또 한 번 놀랐다. 앤트완 라모스는 자부심이 너무 강한 나머지 앉지도 않은 채 너구리 모피코트를 입고 서 있었는데 코트 자락이 저절로 꿈틀거렸다. 서부 총잡이 스타일로 수술이 달린 가죽 재킷을 입은 깡마른 경호원과, 매로우본에서 만난 적이 있지만 이름은 잊은 북부 일파 몇 명도 눈에 들어왔다. 점술가 종족의 아이들까지 발견하고는 더욱 놀라웠다. 폴, 펀, 알린은 모두 일요일에만 입는 가장 좋은 옷을 입고 와 있었다. 폴은 초조한 표정이었고 여자애들은 챙이 넓은 모자를 쓴 채 차분하게 눈앞에 펼쳐진 광경을 주시했다. 모임이 끝나면 그 친구들을 찾아가 환영 인사를 전하고 어떻게 악마의 영토에 오게 되었는지 물어야겠다고 머릿속에 새겨두었다. 조지아주 포털에 있는 그들의 루프에서 여기까지 오는 건 쉬운 여정이 아니었다. 뉴욕까지 비행기로 이동하거나, 친구들과 내가 건너왔던 것처럼 자동차로 오래 달려서 악마의 영토와 연결된 뉴욕 루프까지 가야 한다는 의미였다.

몇 줄 건너로 시선을 옮기자, 언터처블 일파로 불리는 도그페이스 패거리를 포함해서 꽤 오래 만난 적 없었던 미국인들의 얼굴이 더 포착됐다. 아마도 감시 능력을 갖춘 듯 펄떡펄떡 맥박이 뛰는 대형 종기를 목에 매단 소년도 와 있었고, 몸이 상체뿐인 반쪽 해티는 뾰족한 양쪽 어금니가 뿔처럼 튀어나온 혹멧돼지 소녀의 무릎에 앉아 있었으며, 어둠 속에서 잠깐 스친 적이 있던 다른 이들도 둘이나 보였다. 그들은 이쪽저쪽에 앉은 이상한 종족들을 가리키며 자기들끼리 소곤거렸다. 우리의 규모를 짐작해보고 있는 느낌이라, 과연 그들이 무슨 생각을 하고 있을지 궁금해 하지 않을 수가 없었다.

엠마는 내가 그들을 쳐다보고 있다는 걸 알아차렸다. "임브린들이 왜 저 사람들까지 악마의 영토에 불러들였는지 모르겠어. 상황이 정말로 위험해졌을 땐 약간이나마 우리를 도와줬을지 모르지만, 내가 보기엔 어차피 다 돈을 받고 일하는 용병들이잖아."

"저 사람들을 믿느니 차라리 내 주먹을 믿지." 에녹이 말했다.

"나도 그래." 브로닌이 맞장구를 쳤다.

에녹은 기가 차다는 듯 눈알을 굴렸다. "네가 주먹 휘두르면 아주 멀리까지 날려 보낼 수도 있겠네."

"맞아." 브로닌이 말했다. "난 원래 사람 잘 믿거든."

도그페이스 본인도 여기 와 있을까 궁금해 하던 찰나, 개가 짖듯 누군가 내 이름을 부르는 소리가 들려 고개를 돌리니 그가 우리 위쪽 줄로 내려오며 털로 덮인 얼굴로 씩 웃었다. "이야, 유명 인사이신 제이콥 포트먼과 그 최측근 친구들이시로군. 너 때문에 모두들 흥분하는 것 같더라. '걔 어디 갔지, 지금은 또 어디로 사라진 거야?' 이러면서 말이야. 특히 너의 여성 추종자들께서." 도그페이스는 엠마에게 윙크를 했고, 엠마가 얼굴을 붉히는 사이 나는 이를 꽉 깨물었다.

"원하는 게 뭐예요?" 엠마가 그에게 쏘아붙였다.

"무슨 인사를 그렇게 하지? 지난번에 봤을 때 내가 너희들 목숨을 구해주지 않았던가?" 도그페이스가 말했다.

"지난번에 봤을 때 그쪽은 제대로 이상한 종족이라면 누구라도 호의를 베풀었을 일을 하면서 우리한테 엄청난 돈을 강탈해갔었죠." 엠마가 말했다.

"난 제대로 된 인물이었던 적이 한 번도 없거든. 말이 나왔으니 말인데 너희가 절반만 갚고 간 빚에 대한 이자가 빠르게 늘어나고 있단다. 하지만 빚을 받으러 온 건 아니야. 쇼가 시작되기 전에 문안 인사차 방문한 거지."

도그페이스의 위쪽으로 다가오고 있는 건, 평소처럼 작은 먹구름을 머리에 인 채 잔뜩 못마땅한 표정을 짓고 있는 안젤리카와 단정한 갈색 양복에 빨간색 넥타이를 매고 포마드를 발라 머리를 넘긴 깡마른 렉 도노반이었다. 두 사람을 지켜보며, 안젤리카의 일당엔 또 어떤 이상한 종족이 소속되어 있는지, 과도한 자신감 이외에 렉은 또 어떤 이상한 능력을 갖고 있는지 아는 게 없다는 사실을 깨달았다.

"다들 서로 엄청 싫어하는 줄 알았는데요." 엠마가 말했다.

안젤리카는 자기 콧날을 내려다보았다. "상황이 요구될 땐 우리도 이견을 젖혀둘 수 있는 사람들이라서."

"그게 어떤 상황인데요?" 내가 물었다.

"우리랑 같이 악마의 영토에 살러 온 거예요?" 올리브가 미소를 지으며 물었다. 올리브는 무의식적으로 모든 사람들을 선하게 대하는 아이였고, 한때 이 미국인들이 우리를 인신매매하려고 했다는 사실은 까맣게 모르고 있었다.

렉은 웃음을 터뜨렸다. "여기서 **살아? 너희랑 같이?**" 입을 일그러뜨린 아일랜드인의 발음으론 '너희랑 같이'가 '느이랑 거치'로 들렸다.

그들 모두 예의 바르게 행동하기로 되어 있다는 듯이 안젤리카가 렉을 싸늘한 표정으로 노려보자 그가 웃음을 멈추었다. "레오 버넘이 못 오게 돼서 우리더러 대신 참석하라고 명했어. 임브린들이 어떻게 운영을 하는지 연구해 오라고 하더군. 너희 생활 방식을……." 혐오감을 감출 수 없다는 듯이 안젤리카는 시선을 주변으로 휙휙 돌렸다. "관찰해 오라나."

"정치적으로나 조직적으로 우리도 적용할 수 있을 만한 혁신을 이루었는지 알아보라는 거지." 렉이 말했다.

"**결국 지들이 우리를 짓밟을 수 있을지 알아보겠다는 거잖아.**" 에녹이 내 귓가에 속삭였다.

"다른 대륙에선 어떻게 살고 있는지 보려고요?" 휴가 말했다.

"겉보기엔 엄청 누추하군." 도그페이스가 대꾸했다.

휴는 벌 한 마리를 그에게 뱉어냈다. 도그페이스는 귓가에서 윙윙거리며 머리 주변을 뱅뱅 도는 벌을 피하다 휴에게 다시 날려 보냈다. "당신 같은 야만인들의 삶보다는 훨씬 교양 있는 곳이란 것만 알아둬요." 휴가 킬킬거리며 말하자, 도그페이스는 그를 향해 으르렁거렸다.

강당 건너편 쪽에서 열병의 시궁창 거주민 하나가 모든 사람들에게 들릴 만큼 요란하게 트림을 하다가 더러운 진흙탕 물을 분수처럼 뿜었다. 졸지에 물벼락을 맞은 샤론의 사촌들이 홱 돌아보며 너희 종종 모두 꼬치구이가 되고 싶은 거냐고 위협했다.

"구름 몰고 다녀본 루프 중에서 가장 소름 끼치는 곳이야!" 안젤리카가 이렇게 소리치더니 후련한 표정을 지었다. 하고 싶은 말을 1초라도 더 참고 있었다간 죽을 것 같았다는 얼굴이었다.

"**여기**만 보고 우리가 살아가는 방식을 판단하면 안 되죠." 엠마가 짜증스레 말했다. "몇 달 전에 와이트들의 습격으로 수많은 루프가 붕괴됐기 때문에 구명보트를 탄 생존자들처럼 우리 모두 여기 모여서 지내는 것뿐이에요. 아직 재건은 시작되지도 않았고요."

"그래, 어련하시겠어." 렉이 말했다. "그런데 그놈의 재건은 언제 끝난다니?"

"우린 옛날 살던 방식대로 되돌아갈 거예요." 클레어가 말했다. 클레어의 목소리엔 그간 도저히 마음이 아파서 우리가 깨버릴 수 없었던 희망이 잔뜩 깃들어 있었지만, 이제 곧 임브린들이 공표할 진실을 감안하면 그건 허황된 환상이었다.

도그페이스가 무릎을 꿇고 클레어와 눈높이를 맞추었다. "넌 옛날 살던 방식이 마음에 들었니?" 어린아이 같은 목소리로 그가 물었다. "임브린들이 너희를 학생처럼 대하는데도?"

"그렇지 않아요!" 클레어가 반박했다.

"그렇지 않다고?" 안젤리카가 물었다.

"옛날보다는 우리도 발언권이 더 커질 거예요." 브로닌이 변명하듯 말했다.

숱 많은 렉의 눈썹이 쑥 올라갔다.

"임브린들이 약속했어요." 클레어가 말했다.

도그페이스는 또 한 번 터져 나오는 웃음을 참았다. 임브린들의 발표가 빨리 시작되지 않아 나는 조바심이 들었다.

엠마는 어깨를 펴고 꼿꼿하게 앉은 자세를 바로하며 도그페이스를 마주했다. "그래서 댁들은 미국에서 그런 식으로 사는 게 훨씬 더 낫다고 생각해요? 갱단 두목처럼 강한 사람 몇 명이 협박과 위협으로 모든 사람들을 지배하는 게? 생계를 위해서 도둑질을 강요당하면서요? 항상 서로서로 싸우고 전쟁을 벌이면서? 포로로 잡힐까 봐 겁이 나서 라이벌 영역에는 들어가는 것도 두려워하면서요? 어떻게 사람이 그렇게 살 수가 있죠?"

안젤리카는 뽐내듯이 머리칼을 뒤로 쳐냈다. "뉴욕의 이상한 세계에선 절대로 단 일주일도 못 살 사람처럼 말하는군."

렉은 좀 더 노련했다. "더 나아질 여지가 없다는 말은 하지 않겠다. 우리가 여기 온 이유도 그 때문이지. 하지만 적어도 우리는 각자의 루프에선 주도권을 갖고 있어."

"댁들은 악과 범죄가 물고 물리는 잔인한 고리에 갇혀 있는 거예요." 밀라드가 말했다. "댁들의 자유는 환상이라고요."

도그페이스가 껄껄 웃었다. "적어도 우리는 각자 잠잘 시간은 선택할 수 있단다, 응석받이 어린아이 같은 너희들은……."

"우린 너희랑 싸우러 온 게 아니다." 렉이 말허리를 잘랐다.

도그페이스는 심술을 부렸다. "**나는** 그러려고 왔는데."

"그냥 좀 예의를 지키면 안 돼요?" 클레어가 도그페이스에게 말했다. "그럼 좀 더 살아가기도 쉬워질 것 같지 않아요?"

끊임없이 웃고 있던 도그페이스의 얼굴이 굳어졌다. "생김새가 언터처블이나 나 같은 자들은 살아가기 쉬운 시절이란 게 없다. 너처럼 예쁜 여자애들이나 **예의**를 지킬 여유가 있는 거야." 도그페이스는 낱말을 강조하며 선연한 경멸을 드러냈다. "하지만 난 그렇게 못해. 게다가 나는 사업가이자 생존자다. 사람들은 나를 세상의 얼룩이자 털 난 바퀴벌레라고 부르지. 그런 건 상관없다. 이 세상이 가루가 되어 무너지더라도 바퀴벌레는 여전히 꿋꿋이 살아남을 테니까." 그가 가려고 몸을 돌렸다가 멈춰 섰다. "아, 그리고 우리가 도둑질을 **강요당한다는** 부분에 대해서는 이의를 제기하고 싶군. 나에겐 그게 신나서 하는 일이거든." 도그페이스가 손바닥을 펼치자 은제 체인에 작은 펜던트가 달린 목걸이가 대롱거렸다.

"이봐요!" 올리브가 소리쳤다. "그거 내 거예요!"

도그페이스는 씩 웃으며 올리브의 무릎에 목걸이를 떨어뜨린 뒤, 두 미국인을 이끌고 떠나갔다.

"**진짜** 불쾌하군." 악취를 쫓듯 호러스가 허공에 손을 휘휘 저으며 말했다.

"되게 뻔뻔한 사람들이다." 엠마가 말했다. "임브린들이 아니었으면 지금쯤 케케묵은 원한 때문에 자기네들끼리 서로 죽고 죽이며 전쟁을 벌이고 있었을 텐데."

"윽, 저런 놈들은 잊어버려." 에녹이 말했다. "이제 시작할 건가 봐."

아래쪽 수술 무대 한 쪽에 있던 문이 열리고, 임브린 위원회 전원이 한 사람씩 모습을 드러냈다.

임브린 아홉 명이 엄숙하게 무대에 서자 사람들이 조용해졌다. 제일 처음 등장한 페러그린 원장은 평소보다도 표정이 더 진지했다. 뒤이어 나온 쿠쿠 원장은 금색 바지 정장과 금속성이 도는 은발 때문에 데이비드 보위가 떠올랐다. 바백스 원장은 새하얀 원피스와 새하얀 장갑 차림으로 등장했는데 이토록 더러운 루프에선 과감한 의상 선택이었다. 그다음으론 블랙버드 원장이 위험을 대비해 세 번째 눈을 뜨고 실내를 살피며 들어왔다. 그 뒤를 바짝 따라붙은 사람들은 룬 원장과 보보렁크 원장이었는데 둘 다 내가 거의 알지 못했고, 이어서 아일랜드 출신의 가넷 원장이 들어왔다. 렌 원장이 입장하자 애디슨은 뒷발로 일어나 경례를 붙였고, 마지막으로 애보셋 원장이 두 애제자인 임브린 수련생 프란체스카와 베티나가 미는 휠체어를 타고 등장했다.

에스메랄다 애보셋은 그들 중에서도 가장 나이가 많고 강력한 임브린이었고, 영국에서 살고 있는 대부분의 임브린들과 지금 우리 세대보다 앞선 세대의 임브린들을 가르친 멘토였다. 그러나 지금은 두툼한 숄을 두른 채 앙상한 몸을 접고 앉아 있는 노인의 모습이라, 그 어느 때보다도 늙고 연약해 보였다. 앙상한 체구는 페러그린 원장의 집으로 날아와 충격적인 할로개스트의 습격 소식을 전하던 첫 만남 때와 비슷했지만, 이제껏 모임에서 임브린들이 어떤 논의를 했는지 몰라도 그 과정에서 애보셋 원장에게 남아 있던 기력이 모두 소진되어버리기라도 한 듯이 조금 전에 만났던 모습보다 훨씬 더 상태가 나빠 보였다. 전체 주민 회의가 끝날 때까지만이라도 애보셋 원장의 기력이 버텨주기를 바랄 뿐이었다.

마지막으로 문을 통해 나온 이들은 민병대 네 명으로, 그들은 무대 네 귀퉁이에 차렷 자세로 버티고 섰다. 프란체스카와 베티나가 작은 문을 닫으며 밖으로 나가자, 페러그린 원장이 수술용 무대 중앙으로 걸어 나와 마치 강의를 시작하려는 듯이 섬뜩한 수술대 앞에 자리를 잡았다.

"이상한 종족 동포 여러분. 몇몇 분들은 오늘 왜 우리가 여기에 소집해 있는지 짐작할 수도 있겠지만, 다른 분들은 막연히 궁금해 하고 있을 겁니다. 나는 여러분이 의문을 품은 채 계속 초조한 마음으로 기다리게 할 생각이 없습니다. 불과 얼마 전 우리는 그레이브힐 전투에서 와이트들을 무찌른 승리를 축하했지요. 우리는 용감하게 싸워 승리를 거두었으며, 오늘 여기 나와 계신 모든 임브린들을 대표하여 여러분들을 진심으로 자랑스럽게 생각한다고 말하고 싶습니다. 직접 싸움에 나섰던 이들뿐만 아니라 위험을 무릅쓰고서도 이곳 악마의 영토에서 꾸준히 지원을 아끼지 않은 이들, 무시무시한 위협에도 우리 루프와 사회의 재건을 위하여 계속해서 노력해야 한다는 불굴의 끈기와 다짐을 지닌 이들 모두에게 말입니다."

페러그린 원장은 말을 멈추었다. 강당에 있는 모든 사람들이 앉은 자리에서 몸을 앞쪽으로 기울이며 불안해 하고 있는 게 느껴졌다.

"그러나 사실을 있는 그대로 털어놓자면, 우리가 그토록 막으려고 애써왔던 끔찍한 일이 다가오고 말았습니다." 유별난 실내 음향 효과 때문인지 페러그린의 목소리가 웅웅 울렸다. "그레이브 힐에서 와이트 하나가 우리의 손아귀를 빠져나갔습니다. 그자의 이름은 퍼시벌 무르나우이며, 카울의 최측근 부하였습니다. 우리는 그자가 와이트들의 목표를 이루지 못하도록 막았다고 생각했지만, 그자의 약점을 포착해 전력을 와해시켰음에도 불구하고 적의 계획을 완전히 끝장내는 데 실패했음을 알리게 되어 유감입니다."

웅성웅성 실내에 낮은 속삭임이 파도처럼 번져갔다.

"이틀 전, 악마의 영토를 괴롭히는 붕괴 현상이 시작되었습니다. 그 원인에 대해선 수많은 추측과 고민이 있었지요. 이제는 확실해졌습니다. 이틀 전 퍼시벌 무르나우는 나의 오라비이자 와이트들의 우두머리인 카울을 부활시켰습니다."

웅성거림은 절망에 찬 비명과 외침으로 변해갔다. 임브린들은 조용히 하라고 당부했다. 서서히 군중의 흥분이 잦아들며, 페러그린 원장이 말을 이어갈 수 있을 정도가 되었다.

"가장 강력한 우리의 적이 어떤 형태로든 돌아왔고, 우리가 다른 와이트들을 일부 죽이거나 포로로 잡는 사이 카울 본인은 전보다 더 강력해진 상황입니다. 그자가 얼마나 더 큰 힘을 가졌는지는 우리로서도 아직 알지 못합니다." 웅성거림이 또다시 커지자 페러그린이 목소리를 높였다. "그러나 그자는 여전히 한 사람에 불과하고, 현재까지 다른 어느 루프도 카울의 공격을 받았다는 보고는 없으며, 이상한 종족에 대한……."

"그럼 공격이 언제 시작될까요?" 내 귀에 익숙한 목소리가 외쳤다. 군중의 시선이 위풍당당하게 자리에서 일어선 라모스에게 향했다. "댁들은 뭘 할 생각이죠?"

쿠쿠 원장이 앞으로 나와 페러그린과 나란히 섰다. "우리는 악마의 영토의 방어벽을 구축했고 그것은 침투 불가능하다고 믿습니다."

"**믿는다**고요?" 누군가 소리를 지르자, 쿠쿠 원장도 자신의 단어 선택에 움찔하는 게 보였다.

"어떻게 이런 일이 일어나게 해요?" 또 다른 사람이 소리쳤다.

"모든 상황은 우리가 통제하고 있습니다!" 블랙버드 원장이 양손으로 깔때기를 만들어 입에 대고 소리쳤지만, 그래도 목소리는 잘 들리지 않았다.

내 옆에서 엠마가 머리를 절레절레 흔들었다. 위기 극복을 위한 주민 회의는 대혼란으로 변해갔다. 내 주위에서도 사람들이 소리치는 게 들렸는데, 단순히 임브린들을 향한 외침뿐만 아니라 누굴 비난해야 하는지, 앞으로 어떻게 해야 하는지에 대해서 말다툼을 벌이며 서로서로 고함을 질러대고 있었다. 한 가지는 확실했다. 이 사람들에겐 리더가 필요했다. 악마의 영토에 사는 까다롭고 다양한 이상한 종족들이 임브린에게 불만을 품고 있을지언정, 그들이 없다면 이곳 주민들은 끝이었다.

이윽고 천둥 같은 샤론의 외침이 소음을 뚫고 울려 퍼졌다. **"조용!"** 군중은 다시 진정했다. "나도 질문이 있습니다." 샤론이 약간 톤을 낮춘 목소리를 울리며 말했다. "나 역시 화가 나지만, 지금은 이런 순간을 맞이하게 된 잘잘못을 따질 때가 아니겠지요. 일단 이번 위기가 지나가고 나면 시간이 있을 테니까요. 방어할 계획을 세울 시간이 많지 않을 수도 있는데 괜히 티격태격하느라 시간을 낭비한다면 살아가는 내내 후회하게 될 겁니다. 혹은 상황이 나빠져 후회하며 죽어가겠죠. 지금은 제발." 샤론이 임브린들을 향해 정중하게 긴 팔을 뻗자 소매에서 쥐 한 마리가 튀어나왔다. "숙녀 분들의 말씀을 들어봅시다."

페러그린 원장은 샤론에게 감사 인사로 고개를 까딱한 뒤 해부용 연단의 가장자리를 붙잡았다. "우리 임브린들에게 잘못이 없다고 주장하는 것이 아닙니다. 이런 사태를 우리가 예견했다면 좋겠지요. 이런 일을 막을 수 있었다면 좋았을 겁니다. 그러나 우리는 그러지 못했어요. 우리의 실수는 기꺼이 인정하는 바입니다."

이 말로 군중의 분노가 좀 가라앉은 것 같았다. 나는 누어를 흘깃 쳐다보았다. 누어는 어디 아픈 사람처럼 바닥을 응시하고 있었다.

"자, 여러분에게 걱정하지 말라는 말은 하지 않겠습니다." 페러그린 원장이 목청을 높여 다시 연설을 이어갔다. "그러나 두려움에 굴복하지는 말 것을 부탁합니다. 이번 사태가 쉽게 지나갈 것이라는 말로 여러분의 사리 판단을 모욕하지는 않겠으나, 과거에도 좋은 일만 있었던 시절은 없었습니다. 우리는 한 세기 동안 와이트와 그들의 하수인 할로개스트의 그림자 속에서 살아 왔기에, 그런 악은 불과 몇 주 사이에 축출할 수도 없으며 몇 마디 약속으로 해결되는 일이 아님을 잘 압니다. 우리가 그레이브힐에서 거둔 승리는 치열하였으되, 어쩌면 너무 깨끗했는지도 모르겠습니다. 최후의 시련은 아직 오지 않았습니다. 우리로선 아직 알 수 없는 엄청난 규모의 싸움이 될 것입니다. 그러나 이것 하나는 잘 압니다……." 페러그린 원장은 연단을 놓고 무대 앞쪽으로 걸어 나와 군사령관처럼 뒷짐을 지고 섰다. "그자는 우리를 잡으러 올 것입니다. 이곳으로 찾아올 것입니다. 이 루프는 음흉한 나의 오라비에게 오랜 세월 고향이었으므로, 그자와 부하들이 이곳에서 쫓겨난 것에 대해 아직도 분노하고 있음을 여러분도 잘 알 것입니다. 그러나 우리는 그자에게 악마의 영토를 빼앗기지 않을 것입니다. 우리는 유일한 피난처에 대해서든, 팬루프티콘에 대해서든, 통제권을 그자에게 넘길 수도 없고 넘기지도 않을 것입니다. 우리는 이 루프를 난공불락으로 만들어, 카울을 원래 속해 있던 지하 세계로 축출할 방법을 찾아낼 것입니다. 그러나 우리에겐 여러분의 도움이 필요합니다. 우리와 함께해주십시오. 곁에서 함께 싸워주십시오." 페러그린이 허공을 후려치듯 주먹을 들어 올렸다. "우리의 결심은 강력합니다. 우리는 그자의 침입을 허하지 않을 것입니다. 우리는……."

언제부턴가 낮게 우르르 울리는 소리가 번져가고 있었지만 페러그린 원장의 연설에 완전히 빠져들었던 나는 그것을 거의 알아차리지 못했다. 그러나 이젠 흔들리는 바닥이 확연히 느껴졌고, 갑자기 진동이 두 배로 커지더니 난데없이 불어온 바람이 가스등을 모두 꺼버려 강당 안은 암흑에 휩싸였다. 비명이 일었지만 사람들의 목소리는 거의 동시에 터져 나온 압도적인 음성에 짓눌려 들리지 않았다.

"**나가라!**" 음성이 윙윙 울려 퍼졌다. "내 집에서 나가라! 아직 기회가 있을 때 썩 나가!"

그 목소리는 사방에서 들려오는 듯했고 강당 한복판으로 내던지는 한 음절 한 음절마다 고약한 악취가 풍겨 나왔다. 사람들은 어둠 속에서 달아나려고 뒤엉키다 다른 사람들에 걸려 넘어졌다. 사람들이 계단으로 굴러떨어지는 듯 충돌음과 비명이 들려왔다. "제자리에 있지 않으면 우리 다 압사할 거예요!" 엠마가 소리쳤다. 내 어깨를 눌러 앉히는 엠마의 손길이 느껴졌다. 나는 누어 쪽으로 몸을 돌려 누어도 당겨 앉혔고 누어는 옆에 앉아 있던 피오나를 잡아당겼다.

"**나는 다시 태어나아아아았다!**" 천둥 같은 목소리에 안구가 튀어나올 것처럼 흔들렸다. 그러더니 어둠 속에서 갑자기 빛이 일며, 강당 한가운데 허공에 거대하게 푸른색으로 일렁이는 얼굴이 나타났다. 그것은 분명 카울의 얼굴이었다. 3미터쯤 되는 높이에 떠올라 비웃고 있는 얇은 입술과 매부리코는 카울의 얼굴이 확실했다. 자신이 일으킨 대혼란을 보며 그가 입을 벌리고 둥근 이빨을 드러내며 껄껄 웃어댔다. 모든 사람들이 서로서로 밟거나 기어서 밖으로 이어지는 계단과 문을 향하려 몸부림을 쳤지만, 계단은 넘어져 뒤엉킨 사람들로 뒤덮였고 문은 막혀 있었다. 무대 위로 떠오른 카울의 얼굴 바로 아래 있던 임브린들은 벽 쪽으로 흩어지긴 했어도 달아나진 않은 상태였다. 민병대원들은 당혹해 하며 제자리에 얼어붙어 있었다.

웃음소리가 멈추었다. 카울은 씩 웃으며 좀 더 얌전해진 목소리로 말했다. "어땠나? 너희들의 관심을 끌었나?"

민병대원 하나가 갑자기 무기를 발사했지만, 총알은 유령 같은 카울의 얼굴을 뚫고 벽을 스쳤다.

"멍청한 놈, 난 실제로 **여기** 있는 것이 아니다." 카울이 말했다. "그러나 곧 **나타날 것이다.** 내가 찾아갈 것이다. 나는 무자비하다. 나를 피할 순 없다!" 그의 목소리가 다시 높아졌다. "나는 고대 영혼의 힘으로 무장하였으니, 그 힘으로 나에게 대항하는 모든 자들을 짓밟아줄 것이다!"

고막이 터져 나갈 것 같다는 생각이 들었을 때, 카울의 목소리가 갑자기 어리광을 부리는 아이처럼 돌변했다. "아이 놀래라, 악당이 우리를 잡으러 온대요! 우린 어떡하죠, 아빠? 우린 무얼 **해야 돼요?**"

카울의 얼굴이 약간 옆으로 방향을 틀더니, 1950년대 미국의 정신 나간 아버지 배우 같은 목소리로 바뀌었다. "간단하단다, 조니. 올바른 길을 선택하면 돼!"

또다시 미치광이 '아이' 목소리가 울렸다. "그게 뭔데요, 아빠?"

아버지 목소리. "카울은 이제 우리의 신이야, 게다가 **자비로운** 신이라는 게 정말 다행스러운 일이지. 아들아, 너는 죄인이다, 나도 마찬가지지. 오랜 세월 동안 우리는 그분 대신에 반쪽짜리 사기꾼 새들을 떠받들었어! 어휴, 그건 정말 **끔찍한** 일이었다. 우리의 진정한 본성과 진정한 힘과 운명을 거부하며, **인간 계보의 꼭대기에 앉는** 대신에 그 아래 숨어 지내야 했지!"

"인간 **뭐라고요**, 아빠?"

카울이 정신 나간 촌극을 이어가고 있는 동안 페러그린 원장은 계속 고함을 지르고 있었다. "저자는 우리를 해치지 못합니다! 저건 환영에 불과해요! 모두 진정하세요!"

"인간 계보! 우리 이상한 종족은 역사상 가장 진화한 인간임에도 수천 년간 세상을 지배하는 대신 이런 루프에 숨어 살았다! **치욕스럽지 않니?**"

"맞아요, 아빠! 그래서 카울 님께선 **엄청 화가** 나셨겠네요!"

"겁먹지 마라, 조니. 넌 그저 카울 님께 용서를 빌고 변함없는 충성을 맹세하면 되니까. 그러면 목숨을 구할 것이다."

"우와, 정말로요?"

"글쎄다, 한 가지 사소한 일이 더 있겠구나."

카울의 얼굴이 깜박거리며 흐려지더니 피부가 녹아내려 허공에서 번쩍이는 웅덩이처럼 변했다가 소용돌이를 치며 새로운 얼굴을 만들어냈다. 내 얼굴이었다.

나는 환각을 보고 있다고 확신하며 싸늘하게 얼어붙었다. 어리광을 떨던 아이 목소리가 사라지고, 지옥에서 소환한 듯 낮고 음산한 목소리가 울려 퍼졌다.

"**이 사내아이를 죽여라.**"

엠마가 흠칫 놀라는 소리가 들렸다. 누어는 내 팔을 붙들었다. 얼굴이 또다시 바뀌며 피부가 녹아내리다 다른 형상을 만들어냈다. 누어의 얼굴이었다.

"**이 여자아이를 죽여라.**"

이번엔 내가 누어의 손을 잡아줄 차례였다. 누어는 심각한 얼굴로 침묵했다. 누어의 모습은 빠르게 다시 카울의 얼굴로 바뀌었고, 조롱하는 듯한 본인의 목소리로 카울이 말했다. "점수를 **추가로** 더 따고 싶다면……."

그의 모습이 폭발하여 수천 개의 푸른 점 같은 불빛으로 흩어졌다가 재빨리 모이며, 바로 아래쪽 무대에 흩어져 있는 아홉 명의 임브린을 거울로 비춘 듯 파란색 형상을 만들어냈다.

"**저들을 모두 죽여라!**" 카울이 무시무시한 성량으로 소리쳤다. 목소리가 너무 커서 나는 양손으로 귀를 막아야 했는데도 유리 천장이 깨질 듯 덜컹거리는 게 눈에 보일 정도였다.

군중에서 비명 소리가 터져 나오자, 이내 파란색 임브린 환영들은 새로 바뀌었다. 다시 본인 목소리를 되찾은 카울이 껄껄 웃어대며 말했다. "기어서 도망쳐라, 하찮은 버러지들아, 날아가 버려라, 하찮은 새들아! 잽싸게 도망쳐 흩어져라, 날아가버려라, 훨훨 날아서 내 집에서 썩 꺼져버려!"

유령 같은 새의 형상이 유리 천장을 향해 날아오르다 천장에 닿자 수증기처럼 사라지며 천장이 산산조각 났다. 수천수만 개의 유리 파편이 비처럼 쏟아져 모든 사람들을 난도질해 사방에서 비명이 터져 나왔다. 엠마는 깨진 유리가 머리 위로 쏟아지자 비명을 질렀고 누어 역시 팔과 목에 흘러내리는 피를 보며 비명을 질렀으며, 호러스도 끔찍한 광경을 돌아보며 비명을 질러댔다.

그러다가 눈앞의 광경이 흐릿해졌다…….

비명 소리도 잦아들기 시작했다…….

깨진 유리 천장 위로 보이던 하늘이 어두워졌다. **이상해, 강당에 유리 천장이 있었던 건 기억나지 않는데.** 그러자 곳곳에 있던 가스등이 다시 켜지더니, 깨졌든 아니든 우리 머리 위로 드리워진 유리 천장은 존재하지도 않았다. 그냥 평범하게 페인트가 칠해진 천장 뿐이었고 우리는 난도질을 당한 적도 없었다.

모든 게 환각이었다.

가스등 불빛이 밝아졌다.

카울은 사라졌다.

곧이어 다른 소리가 들려왔다. 안도의 외침, 계단과 복도에서 넘어져 바닥에 깔린 이들의 고통에 찬 비명. 공포에 압도당한 흐느낌. 클레어는 브로닌의 품에 안겨 흑흑 흐느끼고 있었다. 누어는 내 손을 꽉 잡고 있었다. 임브린들은 침착하라고 군중을 달랬다. 페러그린 원장은 이제 메가폰을 손에 들고서 카울이 나타난 것은 시각을 속인 사기극일 뿐이며, 우리를 겁먹게 만들어 분열시키려는 술수이므로 그런 것을 허락해서는 안 된다고 말했다. 임브린들은 악마의 영토 방어를 위해 작업 중이므로 곧 방어벽이 구축될 것이라고 다시 한 번 군중을 안심시킨 뒤, 한 번에 한 개 층씩 차례로 출구로 사람들을 내보내기 시작한 렌 원장에게 메가폰을 넘겼다. 흐느낌과 고함이 잦아들기 시작했다. 임브린들은 무대에서 올라와 흩어져 개인적으로 사람들을 위로했다. 회의적이고 소극적인 군중의 일원으로 먼 거리에서 임브린들의 주장을 들으면 쉽게 무시할 수 있었지만, 사람 대 사람으로 직접 만나서 이야기를 들으면 믿게 된다. 한 임브린이 담당하는 이상한 종족의 수가 열 명이나 열다섯 명을 넘는 일이 절대 없는 것도 그 때문이다. 인원수로 임브린들이 우리를 이기는 일은 결코 없을 것이다. 그들의 설득 작업은 집집마다 돌아다니며 이상한 종족을 한 번에 한 사람씩 만나 카울이 일으킨 공포를 차례로 진정시키는 방식으로 이루어질 것이다.

렌 원장이 우리가 앉은 줄의 퇴장 차례를 알려주길 기다리는 동안, 나는 누군가 군중의 움직임을 거슬러 팔꿈치와 어깨를 부딪쳐 길을 트며 우리를 향해 걸어오고 있다는 걸 알아차렸다. 사시안으로 인간 스캐너 역할을 했던 젊은 남자였다. 그는 우리보다 한 계단 아래쪽에 있었는데 우리 앞까지 다가와 아래쪽 벤치 의자에 올라서더니 무표정한 얼굴로 나를 향해 고개를 들어 올렸다.

"저한테 묻고 싶은 게 있으신가요?" 내가 그에게 물었다.

남자는 손을 등 뒤로 뻗어 허리춤에서 무언가를 뽑아 들었다. 누군가 "칼을 갖고 있어!"라고 소리친 순간에야 나는 겨우 상황을 파악했고, 남자는 길고 굽은 칼을 치켜들며 누어에게 달려들었다.

젊은 남자가 방금 누어가 있던 벤치를 칼로 내리찍은 순간 누어는 내 쪽으로 몸을 날렸다. 청년이 칼을 확 뽑아 들자 그가 쓰고 있던 모자가 떨어졌다. 누군가 뒤에서 그의 허리를 붙잡자 청년이 몸부림을 쳤다. 호러스는 그의 머리를 때렸고 누어는 얼굴을 발로 걷어찼다. 곧 민병대원들이 남자의 칼을 빼앗은 뒤 양팔을 붙들어 끌고 갔다. 청년은 아무런 저항도 없이 끌려가며 침묵을 지켰다.

"너 괜찮아?" 누어에게 묻자, 누어는 고개를 끄덕이며 몸을 들어 올렸다.

어느 틈에 페러그린 원장이 옆에 와서 혹시 다쳤는지 우리에게 물었다. 우리는 아니라고 대답했다. 페러그린은 안도의 표정을 지었지만 그건 잠시뿐이었다. 우리 뒤쪽으로 실내를 바라보는 페러그린의 눈빛에서 나는 새로운 종류의 공포를 보았다.

눈빛은 모든 것이 달라졌다고 말하고 있었다.

제 7 장
chapter seven

임 브린들은 최대한 빨리 누어와 나를 데리고 그곳을 벗어났다. 친구들은 우리가 무사한지 확인하느라 떠들썩하고 사람들은 멍하니 구경만 하는 가운데 페러그린 원장, 렌 원장, 세 명의 민병대원들이 우리 둘을 강당 밖으로 이끌었다. 나는 친구들도 함께 데려가려 했지만, 페러그린 원장이 내 뒤에서 어깨를 밀어주며 원장의 아이들이 전부 다 먼저 빠져나가는 건 특별 취급으로 비칠 수 있다고 속삭였다. 지목을 받은 사람은 누어와 나뿐이었다. 죽음의 대상으로.

그 외엔 더 아는 것이 없었다. 앞으로 암살 시도가 우릴 기다리고 있을지 여부도 알지 못했다. 인간 스캐너 역할을 했던 청년의 공격이 미리 계획되었던 것인지, 혹은 카울의 이상한 주문에 부추김을 당한 것인지 모를 일이었다. 임브린들도 우리들만큼이나 동요했다는 사실 정도는 이제 나도 알아차릴 수 있었지만, 겁에 질린 이상한 종족이 백여 명이나 한 공간에 갇혀 있었으니 화약고나 다름없었는데도 임브린들은 줄곧 침착한 태도를 가장하는데 최선을 다하고 있었다.

누어와 나는 악마의 영토를 가로질러 안전하다고 여겨지는 곳으로 다급히 이동했다. 과거 수용소로 사용되던 이상한 종족 행정부 건물 내의 임브린 위원회 회의실이었다. 걸어가는 내내 별다른 노력 없이도 마음을 차분하게 해주는 에이모스 덱스테어의 목소리가 스피커에서 들려왔다. "악마의 영토 주민 여러분, 이제 우리 모두 최선을 다해 마음을 진정합시다. 우리는 안전합니다. 카울은 이곳에 있지 않습니다. 걸을 수 있는 분들은 각자 기숙사로 돌아가십시오. 부상을 입은 분들은, 가만히 제자리에 계시면 뼈 치료사들이 여러분을 찾아갈 것입니다. 임브린들이 오늘 내내 모든 가정과 기숙사를 일일이 방문할 예정입니다. 다시 한 번 말씀드리죠, 우리는 안전합니다. 오늘 오후에 방송되는 에이모스의 히트곡 퍼레이드도 놓치지 말고 청취 바랍니다. 짐수레용 말 한 마리를 선물로 받으실 수 있는 행운이 기다리고 있으니까요!" 번개처럼 빠르게 낮은 목소리로 에이모스가 덧붙였다. "**당첨자들은 말을 나눠 갖게 됩니다. 말의 생사 여부는 보장되지 않습니다. 환불이나 교환은 불가능합니다.**"

페러그린 원장이 렌 원장에게 뭔가 중얼거리며 고개를 절레절레 흔드는 모습이 보였다.

행정부 건물에 도착한 우리는 계단을 올라가 회의실로 들어갔고, 페러그린 원장과 렌 원장의 보호를 받으며 기다리는 동안 문밖엔 민병대원들이 경비를 섰다. 다른 임브린들도 곧 나타날 예정이었다. 그 동안 우리는 방금 일어난 사건을 이해하려 애썼다. 누어와 나는 길쭉한 회의 탁자에 자리를 잡았다. 렌 원장은 혹여 나 카울의 계획에 대한 단서라도 찾을 듯이 여러 루프 지도가 붙 어 있는 벽걸이 코르크 판 앞에 서 있었고, 페러그린 원장은 담쟁 이덩굴로 둘러싸인 드높고 긴 창문으로 스며드는 빛을 후광처럼 받으며 서성거렸다.

"아까 그건 주로 몇 가지 최면술을 동원한 시각적인 등장에 불과했어. 유리 천장도, 피 흘리는 군중도 실제로는 존재하지 않 았지. 마법으로 거대한 등불과 함께 음향과 분노를 이용한 쇼였 어." 페러그린이 설명했다.

"우릴 겁주려던 것뿐이에요." 내가 말했다.

"성공했고요." 누어가 말했다. "모두들 겁에 질렸잖아요."

"우리를 분열시키려는 수작이야." 렌 원장이 대꾸했다.

"그건 새로울 것도 없단다." 페러그린 원장이 말했다. "카울은 수십 년간 그 짓을 해왔어."

"하지만 예전엔 자기 모습을 허공에 투사하고 본인의 주장을 우리 내부에 주입시킬 수 없었어요. 그건 **정말** 새로운 시도죠. 카 울이 우리 동족 일부를 우리에게 등을 돌리도록 만들 수 있다면, 악마의 영토를 빼앗으려는 싸움을 크게 일으킬 필요도 없을 거예 요. 안 그래요?"

"정말로 그런 일이 일어날 수 있을 거라고 생각하세요?" 누어 가 물었다. "여기 있는 이상한 종족들이 원장님들에게 등을 돌리 는 일이?"

"어림없는 소리다." 페러그린 원장이 말도 안 된다는 듯이 말했다. 그러나 나는 최근 일어났던 루프의 자유 시위와 샤론이 나더러 오라고 초대했던 지하 회동을 떠올리지 않을 수가 없었다. 분노의 열기에 휩싸인 저항운동은 아닐지 몰라도, 우리 사이에 미약한 분열이라도 생긴다면 카울이 그 틈새를 파고들어 악용할 수 있을 것이다.

"카울이 적어도 한 사람은 장악했잖아요." 누어가 지적했다.

"그건 두고 봐야겠지." 페러그린 원장이 말했다. "단순히 그 아이의 정신력이 약했기 때문에 카울이 그 아이의 생각에 어떻게든 침투했을 가능성이 있어."

"아마 그랬겠지." 렌 원장은 자신 없게 말했다. "하지만 이곳 주민들 중에서도 반감을 품은 사람들이 점점 많아지고 있는데 이상한 종족의 우월성을 주장하는 카울의 메시지는 특정 주민들에게 치명적으로 매혹적인 이야기였을 거야. 최초의 추종자들을 사로잡은 방법도 그것이었어. 게다가 우리 주민들 일부는 와이트의 지배를 받으며 악마의 영토에서 살던 과거 용병이었다는 사실을 명심해. 그들은 카울의 귀환이 반갑지 않겠지만 두렵지도 않을지 몰라. 그걸 막으려고 열심히 싸우지도 않을 테고."

"그 청년은 50년간 보보링크 원장의 슬하에서 살았어요." 페러그린 원장이 말했다. "용병이 아니었다고요. 마인드 컨트롤을 당한 것뿐일 거예요."

페러그린은 꼭 그래야만 한다는 듯이 말했다. 내가 보기엔 독약 같은 카울의 언변에 굴복한 썩은 사과 하나보다는 마인드 컨트롤이 통한다는 게 더 큰 문제 같았지만, 임브린들에게는 배신자 한 사람이 훨씬 더 나쁜 상황이었다. 그들에겐 충성심이 전부였다. 우리는 가족이어야 했다.

렌 원장은 고개를 저었다. "글쎄, 이제부터 그 친구를 심문할 테니 곧 알게 되겠지. 그때까진 악마의 영토 전 주민이 모이는 회의는 더는 안 돼. 우리 모두 모여 있으면 너무 쉽게 목표물이 될 거다." 렌 원장은 몸을 돌려 나와 누어를 마주했다. "너희는 둘 다 항상 경호를 받아야 한다."

누어의 표정이 일그러졌다. "정말로 그럴 필요가 있을까요?"

"미안하지만 그렇단다." 페러그린 원장이 말했다. "너희의 목숨은 너무 소중한데 방금 카울이 너희 목에 현상금을 걸었잖아."

"암살 기도가 한 번 있었던 곳엔 더 많은 시도가 생길 수 있어." 렌 원장이 말했다.

나는 한숨을 쉬었다. 두 사람이 옳다는 건 알지만 가는 곳마다 민병대원들이 따라다닌다는 생각을 하니 내키지 않았다.

바로 그때 문이 열리며 경비병이 쿠쿠 원장과 엠마, 호러스를 들여보냈고, 밀라드는 "안녕, 나야."라고 말하며 자신의 도착을 알렸다. 친구들은 자기들끼리 열띤 토론 중이었다.

"하지만 카울은 우리들 바로 한가운데 모습을 드러냈잖아." 엠마가 말을 잇는 중이었다. "그런 짓을 할 수 있다면 우리가 계획하는 것도 모두 알아낼 거야!"

"아니야, 그건 영화에 나온 사람을 보는 셈이었어." 호러스가 말했다. "우리는 카울을 볼 수 있었지만 카울은 우리를 볼 수 없었어."

"그걸 어떻게 알아?" 내가 묻자, 그제야 나와 누어를 알아본 친구들이 우리 곁으로 달려와 호들갑을 떨었다. 우리가 무사하다고 안심시키자, 호러스가 내 질문에 대답했다.

"카울이 페러그린 원장님을 발견했다면 우선 악담을 퍼부었을 거라고 생각하지 않아?"

"맞아. 절대 그런 기회를 놓칠 리가 없는 사람이지." 페러그린 원장이 대꾸하며 친구들에게 자리에 앉으라는 손짓을 했다.

"우리도 마찬가지여야 해요." 밀라드가 말했다. 당장은 아무도 밀라드의 벌거벗은 몸을 신경 쓰지 않는 듯했다. "카울이 우리한테 보여준 쇼에서 했던 모든 말을 음절 하나하나까지 분석하고, 시각적인 단서를 모아서 현재 카울의 상태를 파악하는 데 써먹어야 해요."

"카울의 현재 상태는 완전히 **미쳤어**." 엠마가 말했다. "그자가 지어내던 목소리 너도 들었지?"

"그자는 항상 미쳐 있었다." 쿠쿠 원장이 말했다. "그건 변한 적이 없어."

"그렇다고 그자가 끔찍한 목표를 추구하는 데 걸림돌이 된 적도 없죠." 호러스가 대꾸했다.

엠마는 문을 돌아보았다. "블랙버드 원장님은 편이랑 어디로 가신 거예요?"

"악마의 영토를 정말로 난공불락으로 만드실 수 있어요?" 호러스가 물었다. "그것도 **빨리**요?"

"응, 그럴 거라고 생각한다." 페러그린이 원장이 대꾸했다. 그러나 악마의 영토 전 주민 앞에서 말했을 때에 비하면 지금은 좀 더 자신감 없어 보였다. 원장이 더 설명을 하려는 찰나 엠마가 말했다. "안녕, 너도 왔구나!" 블랙버드 원장과 함께 포털에서 온 점술가 종족인 편이 쓰고 있던 챙 넓은 모자를 손에 들고 들어왔기 때문이다. 내가 인사를 건네자, 편은 인사말을 주고받기엔 너무 충격을 받은 듯 소심하게 손을 흔들었다.

"편은 미국에서 온 손님이다." 쿠쿠 원장이 말했다. "편이 갖고 있는 이상한 재능 덕분에 카울에 대해서 아주 유용한 관찰을 해냈다는구나. 어서 얘기해보렴."

편은 초조하게 헛기침을 하고 나서도 좀 머뭇거렸다.

"넌 점술가잖아." 엠마가 편을 재촉했다. "거기서부터 시작해."

"엄청 죄송해요." 편이 부드럽게 발음을 뭉개는 미국 남부식 억양으로 말했다. "저는 도무지…… 이렇게 가까이에서…… 어, 뵌 적이 없어가지고……."

"임브린들이셔." 엠마가 말했다. "편은 이제껏 진짜 임브린들과 지낸 적이 드물대요."

"본인 입으로 직접 말하게 내버려두렴." 쿠쿠 원장이 말하자, 엠마가 민망한 표정을 지었다.

편은 다시 헛기침을 했다. "저는 점술가예요. 제가 점술로 감지하는 대상은 다른 이상한 종족이고요. 사람들이 가까이 있든 멀리 있든, 여기 있든 저기 있든 그건 상관없어요."

"우리 애디슨처럼 말이로구나." 렌 원장이 말했다.

"좀 달라요." 편이 말했다. "어르신 개는 이상한 특징의 냄새를 맡지만 저는 그걸 **볼 수가** 있거든요. 이상한 종족의 재능은 저마다 특정한 에너지를 발산하는데 저는 그 부분에 민감해요." 편은 너무 많은 이야기를 한 것이 당혹스럽다는 듯 수줍어하며 고개를 숙였다. 나로선 펀이 소심하게 구는 모습을 본 적이 없었다. 너무 많은 임브린들의 존재 때문에 엄청 위축된 게 틀림없었다.

"그래서 오늘은 네 눈에 뭐가 보였니?" 쿠쿠 원장이 물었다.

"처음에 모습을 드러냈을 땐, 그 파란 사람이 정말 강했어요. 그런데 마지막에, 그 사람이 새로 변해서 사라지기 직전엔 에너지가 약했어요. 기운을 다 써버렸더라고요."

"놀랍구나." 렌 원장이 말했다. "그러니까 카울이 그런 식으로 모습을 투사하려고 무언가를 소모했겠어."

"결국 기운이 고갈될 수 있다는 뜻이고." 쿠쿠 원장이 말했다.

"힘이 유한하다는 거죠." 밀라드가 덧붙였다. "따라서 그자가 주장하는 것처럼 신은 아니네요."

페러그린 원장은 얼굴을 찡그렸다. "아직 기뻐할 때는 아니에요. 오라비는 이제 겨우 부활했어요. 내 생각엔 카울이 아직 기력을 모으는 중일 것 같아요." 페러그린은 시시각각 눈이 휘둥그레 커지고 있는 우리의 방문객을 흘끔 쳐다보았다. "고맙다, 펀, 아주 도움이 되는 이야기였어. 버논, 이 아가씨를 숙소까지 안전하게 모셔다주겠나?"

"모두 만나 봬서 반가웠어요." 펀은 민병대를 따라 나가기 전에 허리를 굽혀 인사하며 말했다.

문이 닫힌 순간 호러스가 의자에서 일어나 페러그린 원장의 소매를 붙잡았다. "아까 하신 말씀은요? 악마의 영토를 난공불락으로 만드신다면서요?"

페러그린 원장은 호러스를 데려다 다시 원래 자리에 앉혔다. "그러려면 임브린이 세 분 더 필요해. 모두 열두 명이이어야 하거든."

"그분들도 모일 거다." 렌 원장이 말했다. "내가 알기로 왁스
윙 원장과 트루피얼 원장은 자기네 루프를 버리고 식구들을 데리
고 이리로 오고 있어. 사람 수가 많을수록 안전하잖니. 그러고는
외부 세계와 통로를 차단할 거야."

"저는 오늘 모잠비크에 사는 머갠저 원장한테 다시 연락할게
요." 쿠쿠 원장이 말했다. "그분은 프리랜서라서 돌보는 아이들도
없으니 자기 혼자만 챙기면 되거든요."

"이 방법이 통한다는 **가정** 하에 말이지." 렌 원장이 주의를 주
었다. "이건 실험해보지 않은 기술이야. 아무튼 루프 전체 같은 넓
은 영역에는 실험해본 적이 없어."

"그게 뭔데요?" 내가 물었다.

"루프를 둘러싼 일종의 거미줄 같은 방패망을 짜는 거란다."
페러그린 원장이 설명했다. "퀼트라고 부르는 기술이야."

"그건 얼마나 빨리 만들 수 있는데요?" 호러스가 물었다.

"나머지 세 임브린이 도착하는 대로." 쿠쿠 원장이 대답했다.

"팬루프티콘은 어떡하고요?" 밀라드가 말했다. "거기도 연결
을 끊어야 하잖아요. 이곳으로 이어지는 뒷문이 수백 개는 있다는
뜻이니까요."

"그 말이 맞다." 페러그린 원장이 말했다. "거긴 끔찍이도 취
약한 곳이야."

"지금 당장 폐쇄해요!" 호러스가 소리치더니 이내 당혹스러
운 표정을 지었다. "하지만 그랬다간 여기…… 갇히게 되겠군
요……. 포위 공격을 받아도 탈출구가 없으니……."

"팬루프티콘을 끌 수는 없다." 렌 원장이 페러그린 원장을 빤히 쳐다보며 말했다. "그들을 찾기 전까지는 말이다."

"세 임브린이 도착하기 전까지도 그건 안 될 일이죠." 페러그린 원장이 대꾸했다.

"그들이라뇨?" 엠마가 물었다.

"뭔가 잊고 계신 거 아니에요?" 누어가 임브린들에게 물었다. "예언은 어쩌고요? 다른 여섯 명에 대한 건요?"

"마침 네가 언급해주어서 고맙구나." 렌 원장은 보일락 말락 한 미소를 지으며 누어를 돌아보았다. "방금 그래서 내가 **그들**이라고 말을 꺼냈잖니."

문에서 노크 소리가 들려왔다.

"이번엔 누굴까요?" 페러그린 원장이 한숨을 쉬었다.

밖에서 애보셋 원장과 두 수련생이 왔다고 경비가 알려주면서, 할머니 임브린이 휠체어를 탄 채 프란체스카와 시그리드를 대동하고 들어왔다.

"마침 잘 오셨어요." 렌 원장이 말했다. "예언에 대한 이야기를 막 의논하던 중이었답니다. 아니, 이제 시작하려던 참이었어요."

"뭐라도 새로운 소식이 있나요?" 호러스가 간절히 물었다.

"중요한 일부터 먼저 챙겨야겠지." 누어와 내 쪽으로 휠체어를 직접 밀고 오며 애보셋 원장이 말했다. "둘 다 몸은 어떠니?"

애보셋의 눈길은 누어에게 고정되어 있었지만, 누어는 대답하기 전에 재빨리 나를 흘끔 쳐다보았다. "저희는 괜찮아요."

"여기 온 지 얼마 되지도 않았는데 너를 목표로 삼아 그런 엄청난 일이 벌어지다니." 노인은 안쓰럽다는 말투로 말했다. "유감스럽게도 그런 상황이 조만간 달라질 것 같지도 않구나."

"제 걱정을 해주셔서 감사합니다만 그러실 필요 없어요." 누어가 말했다. "이 모든 일이 벌어진 건 제 탓이니 제가 바로잡겠어요. 그냥…… 방법만 알려주세요."

"아가, 그건 말도 안 되는 소리야." 애보셋 원장이 말했다.

페러그린 원장은 화난 표정이었다. "제가 계속 그렇다고 말을 해줘도 저러네요."

"제발 부탁드려요." 누어가 격하게 말했다. "제가 어떻게 생각해야 할지 말씀하지 마시고 그냥 제가 **할 수 있는** 일이 무언지 얘기해주세요. 다른 여섯 명에 대해서 알고 계신 게 뭔지 말씀해주세요."

애보셋 원장은 한숨을 쉬었다. "그래, 알겠다." 좀 힘이 들기는 했지만 프란체스카의 도움을 거부한 것이 자랑스러운 듯 애보셋 원장은 스스로 휠체어를 밀어 회의 탁자 상석에 자리를 잡았다. "카울이 부활했다는 소식을 듣자마자 나는 모든 임브린 수련생들에게 다양한 언어로 번역된 『경외성경』을 모두 샅샅이 뒤져서 일곱 명에 대한 언급을 확인하라고 지시했단다. 프란체스카?"

애보셋 원장의 애제자가 앞으로 나섰다. "여러분도 기억하실지 모르지만 누어의 탄생에 대해서는 확실한 언급이 있었던 반면, 다른 여섯 명에 대한 언급은 거의 없습니다. 그들의 국적이나 위치, 활동 시대를 추측하는 데 도움이 될 만한 단서가 없어요. 모두 최근 태어난 현대의 아이들이라고 추측할 수도 없고요. 400여 년 전에 기록된 예언이라서, 예언 속의 아이들이 지금은 아주 늙어버

렸을 가능성도 있습니다. 도무지 모를 일이에요." 프란체스카는
극적으로 말을 끊었다. "그러나 곧 알게 될지도 모릅니다." 프란체
스카는 기대 어린 시선으로 동그란 안경을 낀 올빼미 같은 인상
을 지닌 동료 시그리드를 돌아보았다. "시그리드?"

시그리드는 갑자기 모든 사람들이 자신을 쳐다보자 옷매무
새를 가다듬으며 눈을 빠르게 깜박였다. "네, 맞아요. 한 시간쯤
전에 중대한 발견을 해냈거든요."

페러그린 원장은 놀란 표정이었다. "회의하는 동안에?"

"네. 제가 벤담 저택의 지하실에 있는 통신실에서 아르바이
트를 하고 있거든요."

"무전 설비가 잔뜩 놓여 있는 방이요?" 머리부터 발끝까지 전
선과 안테나를 감고 있던 사람들을 본 기억을 떠올리며 내가 물
었다.

"거기 맞아. 와이트들이 암호로 주고받는 통신망을 감시하고
있었는데 별다른 성과가 없다가, 이틀 전에 한밤중에 연이어 연결
된 장거리 전화를 도청했어요. 엄밀히 따지면 똑같은 내용으로 서
로 다른 전화번호에 여러 번 전화를 걸었죠. 어린 여자애 목소리
였어요. 당시 통화 내용을 기록도 해두었습니다." 등 뒤로 한 손을
감추고 있던 시드리드는 그제야 손을 들어 손바닥에 적었던 글귀
를 읽었다. "'그가 돌아왔어요. 만남의 장소에서 만나요. 가능한 한
빨리.'"

프란체스카가 말했다. "소녀는 매번 통화를 할 때마다 똑같
은 말을 똑같은 순서로 전했습니다."

"전화를 건 사람이 누군지도, 어디에서 전화를 걸었는지도

아직은 모른다." 애보셋 원장이 말했다. "하지만 그 아이가 전 세계 곳곳의 각기 다른 여섯 군데의 루프에 여섯 번의 전화 통화를 했다는 건 알고 있지."

"여섯 군데요?" 내가 물었다. "일곱이 아니라?"

페러그린 원장은 **그건 들어보면 알겠지**, 라고 말하듯 손가락 하나를 들어 올렸다.

"미국으로 연결된 전화는 딱 한 통이었습니다." 시그리드가 설명을 이어갔다. "아주 정확하게 위치를 파악할 순 없었지만, 우리에게 이제까지 알려지지 않았던 펜실베이니아 동부의 어느 루프라는 것만 알고 있어요."

계속 서 있던 누어가 털썩 주저앉았다. "맙소사."

큰 퍼즐 조각들이 제자리를 찾기 시작할 때마다 느꼈던 소름 끼치는 감각이 전율처럼 전신에 흘렀다. "V에게 전화를 걸려고 했군요." 내가 말했다.

"이틀 전에 일어난 일이라고?" 페러그린 원장이 말했다. "그런데 우린 왜 지금에야 이 이야기를 듣고 있지?"

시그리드가 발을 들썩거렸다. "그 전화 통화의 진정한 중요성을 이해하지 못했으니까요. 하지만 카울이 돌아왔다는 것을 알게 되면서……."

"'그가 돌아왔어요.'라는 말 그대로네요." 엠마가 말했다.

애보셋 원장이 말을 받았다. "우리 통신국 사람들은 그 전화가 여섯 명의 임브린들에게 걸었던 것이라고 생각한다. 이제 V가 그중 한 사람이었다는 걸 알게 되었지. 예언된 아이들을 각각 한 사람씩 보호하도록 그 임브린들에게 할당된 것 같구나."

"누가 할당을 했을까요?" 내가 물었다. "애보셋 원장님도 이것에 대해서 모르고 계셨어요?"

"누어를 보호하는 임무를 V에게 할당하신 분이 원장님 아니세요?" 엠마가 물었다.

"아니야." 애보셋 원장이 대답했다. "나는 이곳까지 누어를 쫓아온 할로우를 피할 수 있기를 바라며 V에게 미국까지 안전하게 동행해달라고 부탁했을 뿐이다. 다른 여섯 아이에 대해서라든지 누어가 얼마나 중요한 인물인지에 대해서는 조금도 알지 못했어." 애보셋 원장은 그토록 진지한 노인에게는 도무지 어울리지 않는 몸짓으로 가볍게 어깨를 으쓱했다. "그간 누누이 이야기해왔지만 우리 임브린들은 완벽한 존재가 전혀 아니란다."

페러그린 원장은 초조하게 다시 서성거리며 구부러진 파이프 담배에 불을 붙였다. 곰곰이 생각에 잠겼다는 의미였다. "우리는 누어가 얼마나 중요한 인물인지 몰랐지만, 누군가는 알고 있었어요. 『경외성경』에 예언된 대재난을 그 사람들은 진지하게 받아들였고, 일곱 아이들을 보호하도록 준비도 시켰잖아요. 그 사람들은 이런 일을 기다리고 있었어요. 문제는……." 페러그린이 서성이던 걸음을 멈추며 발꿈치를 마주쳐 소리를 내며 보라색 담배 연기를 내뿜었다. "전화를 건 사람이 누구냐는 것이죠."

모른다는 말을 또다시 반복하고 싶은 사람이 아무도 없었던 듯, 내가 다시 입을 열기까지 모두들 침묵을 지켰다. "일곱 아이들이 존재한다면 왜 전화를 여섯 통만 걸었을까요?"

"누군지 몰라도 전화를 건 사람이 아마도 이미 일곱 명 중 한 아이를 안전하게 데리고 있기 때문이겠지." 밀라드가 말했다.

"그게 아니면 전화를 건 소녀 본인이 일곱 아이들 중 하나일 수도 있고." 애보셋 원장이 말했다.

페러그린 원장은 그럴 리 없다는 듯 얼굴을 찌푸렸지만, 노인 임브린과 의견 충돌을 벌이기 전에 스스로 입을 다물었다.

"어느 쪽이든 이제 무엇보다도 중요한 건 '가능한 한 빨리' 만남의 장소 위치를 알아내는 거네요." 밀라드가 말했다. "시그리드, 전화 발신지는 정말로 추적이 전혀 불가능해요?"

시그리드가 고개를 끄덕였다. "하지만 수신된 장소는 추적 가능합니다. 미국 펜실베이니아 이외에 슬로베이니아, 태국 서해안의 외딴섬인 안다만 섬, 남아프리카 나미비아, 브라질 아마존강 유역, 이란 북부 켈라다시에 각각 한 통씩 전화가 연결되었어요. 하지만 전화의 발신지는 미스터리입니다. 무선 도청 기술자도 그런 건 처음 봤다고 하네요. 허공에서 걸려온 전화 같다고 하더군요."

"그러니까 여섯 명은 어디선가 누어가 합류하기를 기다리고 있겠네요." 엠마가 말했다. "우리가 만남의 장소를 알아내기만 한다면 누어도 갈 수 있을 테고요."

"회합 장소는 임브린들 여섯 명만 알고 있는 비밀이 틀림없어." 페러그린 원장이 말했다. 그는 담배 연기를 공중에 흩날리며 방을 가로질러 가 누어가 앉아 있는 자리 바로 옆 테이블에 걸터 앉았다. "그 가운데 한 사람은 우리도 접근이 가능하지."

"설마…… V 말씀이세요?" 두려움이 목덜미를 타고 기어오르는 걸 느끼며 내가 말했다.

누어는 어리둥절한 표정을 지었다. "하지만 엄마는……."

"그렇다고 해서 그 사람에게 몇 마디 물어보는 게 불가능하다는 뜻은 아니거든." 페러그린 원장이 조심스레 말했다. "오코너 군의 재능에 대해서는 너도 익숙하지?"

"죽은 사람을 부활시킬 수 있죠." 누어의 얼굴엔 혐오감 대신 멍한 표정이 떠올랐다. "얼마나 오래 깨어 있게 되나요?"

누어가 무엇을 상상하고 있는지 깨달은 나는 마음이 살짝 찢어지는 기분이었다.

"그리 길진 않아." 페러그린 원장이 말했다. "기껏해야 몇 분 정도. 하지만 미리 당부하는데, 그 사람은 네가 기억하는 여인이 아닐 거야."

"전체적으로 꽤나…… 끔찍한 장면이야." 내가 말했다. 끔찍하다는 건 실제보다 순화된 표현이었다. 사랑하던 사람이 에녹이 조종하는 고깃덩어리 꼭두각시가 된 모습을 보는 건 뼈아픈 상처가 될 것이다.

"너도 찬성하니?" 페러그린 원장이 물었다. "네가 찬성하지 않으면 우린 다른 방법을 찾을 거야."

나는 렌 원장이 **다른 방법이 뭐가 있어?** 라고 묻는 듯 눈썹을 들어 올리는 것을 보았지만, 페러그린은 침묵을 지켰다.

마침내 누어가 말했다. "해야 하는 일이라면 그대로 하세요. 끔찍하더라도요."

페러그린 원장은 누어에게 감사를 전하며 어깨를 두드렸다. "한 시간 내로 V의 시신을 옮겨 올 팀을 내보낼 거다."

누어는 발끈하는 표정을 지었다. "저도 함께 가고 싶다고 말씀드렸는데요."

"그건 우리가 용납할 수 없는 위험이라고 말했을 텐데." 페러그린 원장이 엄한 표정으로 나를 쳐다보았다. "그건 너도 마찬가지다, 포트먼 군."

"근처에 돌아다니는 할로개스트는 어떡하고요?" 내가 말했다. "심하게 부상을 입기는 했지만 때로는 다친 할로우가 더 위험할 수도 있어요……."

"우린 네가 나타나기 전에도 오랜 세월 할로우를 상대해왔다." 렌 원장이 말했다.

엠마가 움찔하는 모습이 보였다. 이런.

"쓸모없는 사람이라고 느낄 필요 없어." 쿠쿠 원장이 말했다. "너횐 머잖아 위험한 일을 맡게 될 테니까."

제 8 장

chapter eight

평소에도 악마의 영토를 돌아다니는 건 꽤나 위험한 일이었다. 스모킹 스트리트에서 뿜어 나오는 화염이라든지 운하에 살고 있는 살을 파먹는 박테리아 같은 자연재해도 많을 뿐만 아니라, 평범한 인간이든 이상한 종족이든 어둠 속에 몸을 숨기고 있는 다양한 악인들 때문이다. 그러나 이제는 누어와 내가 거의 암살을 당할 뻔한 상황이라 임브린들은 또다시 그런 가능성을 아예 차단하려 했고, 결과적으로 열병의 시궁창 옆 딧치 하우스로 걸어가는 내내 민병대원 두 사람은 우리를 밀착 경호하다가 우리가 집 안으로 들어온 뒤에도 현관문 밖에 자리를 잡았다.

친구들은 대부분 집 안에서 가사 노동에 힘쓰며 참사로 끝나버린 주민 회의의 스트레스를 날려버리려 애쓰는 중이었다. 엠마는 물을 끓여서 커다란 금속 욕조에 담긴 세탁물을 삶은 뒤 깨끗해진 옷의 물기를 짜, 석탄을 때는 지하실 라디에이터 주변에 널어놓았다. 악마의 영토의 탁한 공기 속에서 집 밖에 빨래를 널면 다시 더러워지기만 할 뿐이다. 빨래가 마르면 호러스는 풀을 먹여 다리는 내내 섬유 유연제라는 현대의 기적에 대해서 열광적인 찬사를 늘어놓았다. 섬유 유연제는 굳이 현대로 모험을 떠날 수밖에 없는 이유 가운데 하나라는 것이 그의 주장이었다. 올리브는 묵직한 부츠를 벗고서 깃털 총채와 걸레로 천장을 닦았다. 피오나는 거의 온 집 안의 실내까지 침범한 덩굴 가지를 쳐냈다. 피오나가 키우는 식물은 무엇이든 영원히 주인에게 이끌리게 되어 있으므로, 피오나가 등만 돌리면 어느 틈에 다시 피오나를 향해 덩굴손을 뻗는다고 휴가 설명해주었다. 나머지 우리들도 침대를 정돈하고, 대걸레로 바닥을 밀고, 닭들이 흩어놓은 지푸라기를 청소하고, 문이나 창문이 열릴 때마다 집 안으로 날아 들어온 재를 쓸어버리느라 각자 바빴다.

나도 일을 하니 마음이 차분해졌다. 노동은 위험하게 흔들리는 세상에서 작게나마 평범한 감각을 되찾는 데 도움이 되었다. 그러나 몇몇 친구들은 일을 할수록 더 초조해지기만 할 뿐이었다. 한 시간 뒤 휴는 계속 휘두르고 있던 빗자루를 내던지며 소리쳤다. "더는 못 견디겠어!"

"나도!" 에녹이 말했다. "이 마루 광택제에선 석유 냄새가 나."

"청소 얘기가 아니라, 대체 우린 왜 마냥 기다리고만 있는 거야? 카울이 나타날 거라는 말을 들었으면, 그자가 어떤 종류의 군대를 이끌고 나타날지 아무도 모르는 거잖아? 우리도 전투부대를 조직해야 하는 거 아니야? 싸움에 대비해야지!"

"휴는 살인 벌로 군대를 꾸리면 되겠네." 올리브가 말했다. 올리브는 천장을 발로 차고 내려와 의자를 붙잡았다. "파라과이 꽃밭으로 곧장 이어지는 루프 출입문이 있어⋯⋯. 2층 복도, 화장실에서 왼쪽으로 세 번째 문이야."

"런던 외곽의 마을에는 게릴라전 훈련을 받은 투명인간들이 살고 있어." 밀라드가 말했다.

호러스가 피오나를 향했다. "위대한 히바니안 숲에서 사는 나무 인간들하고 더는 연락 안 하고 지내? 나무 군대를 생각해볼 때야!"

피오나가 휴에게 무언가 속삭이자, 휴가 말했다. "연락은 끊겼지만, 편지는 한번 보내보겠대."

"군대는 이미 있잖아." 클레어가 말했다. "민병대라고 부르는 군대가."

"얼마 안 남았으니 그러지." 휴가 한숨을 쉬며 말했다. "할로우 공격 때 박살이 나버렸잖아."

"루프는 고사하고 민병대한테는 점심 식사도 믿고 못 맡길 것 같아." 에녹이 말했다.

올리브가 입술에 손가락 하나를 얹었다. "쉿, 그 사람들 바로 문밖에 있어. 이런 얘기 들으면 기분 나쁠 거야."

"내가 느끼는 좌절감도 너희들과 같아." 엠마가 말했다. "하지만 지금 당장은 원장님 말씀대로 악마의 영토에 사는 모든 다른 이상한 종족들을 위해서 우리가 본보기를 보여야 해. 하늘이 무너질 것처럼 출싹거릴 때가 아니야. 이상한 종족의 군대를 구성할 필요가 있다고 임브린들이 결정하면 우리한테 알려주실 거야."

휴는 투덜거리다가 점심이나 먹어야겠다고 쿵쾅거리며 부엌으로 향했다.

∽

잠시 후 페러그린 원장은 쿠쿠 원장과 나란히 도착했다. 누어와 나는 주방 옆 작은 응접실에서 두 사람과 대화를 나누었다. 우리는 V의 시신을 어떻게 찾아야 할지, 그리고 파견된 팀이 맞닥뜨리게 될지도 모를 위험에 대해서 모두 털어놓았다. 부상을 입은 할로개스트뿐만 아니라 노란색 비옷을 입은 와이트의 신변을 확인하러 더 많은 와이트들이 나타날 수도 있고, 우리 집에 찾아와 우리가 소형 루프로 빠져나오는 걸 목격했던 멍청하지만 성가신 경찰관들도 있었다. "기억을 지워버릴 필요가 있을 수도 있겠네." 페러그린 원장이 중얼거리자 쿠쿠 원장이 고개를 끄덕였다.

아직 허리케인이 불고 있을지도 모르므로 운전하기가 까다로울 수 있다는 점도 이야기했다. "자동차가 필요할 거예요. 할아버지 차는 부모님 댁 진입로에 있는데 타이어를 하나 갈아야 해요."

"그런 걱정은 우리에게 맡겨두렴." 페러그린 원장이 대꾸했다.

우리가 자리를 벗어나 주방으로 들어가자 잠시 후 임브린들이 따라 나왔다. 그들은 기본적인 임무 상황을 설명한 뒤 지원자를 두 명 요청했다. 엠마가 손을 번쩍 들었다. 에녹도 자원했지만 페러그린은 에녹을 만류했다. "오코너 군은 이번 작전에서 유일하게 대체가 불가능한 인력이야. 너는 이곳에 남아서 휴식을 취하며 우리가 V의 시신을 가지고 돌아오는 순간 즉각 작업에 들어갈 준비를 하고 있어야 한다."

에녹의 눈이 흥분으로 반짝거렸다. "준비하고 있을게요." 에녹은 유리병 모양으로 툭 튀어나와 있는 재킷을 두들겼다. "부활시킨 사람에게 무언가 신체적으로 일을 시키려면 여기 든 살인자의 심장이 최고지만, 정신력을 위해서는 시인의 심장이 이상적이에요……. 어디서든 하나 구해 오면 좋겠는데…… 삽을 들고 웨스트민스터 사원에 가서 하나 파 올까 봐요……."

"꿈도 꾸지 마라." 페러그린 원장이 말을 끊었다.

"알겠어요, 그럴게요."

"농담 아니야."

에녹은 원장에게 윙크를 했다.

페러그린은 시신 회수 임무에 브로닌과 엠마를 지정했고 렌 원장은 애디슨에게 한 번 더 플로리다에 다녀올 마음이 있는지 물었다. 애디슨은 즉각 차렷 자세를 취하며 대답했다. "원장님을 위해서라면 뭐든 해드려야죠." 애디슨의 충성심은 특정한 한 사람의 임브린에게만 향해 있기는 해도, 내가 아는 이상한 종족 중에서는 가장 투철했다. 애디슨이 속했던 동물 동족이 와이트들의 습격을 받았을 때 이미 그의 루프 동료들 여럿이 목숨을 바쳤던 것처럼, 애디슨도 렌 원장을 위해서라면 죽음도 불사할 것이다. 모든 이상한 종족들이 애디슨과 똑같은 마음이라면, 카울을 상대해서 우리가 이길 가능성에 대해선 나도 전혀 의심하지 않을 것 같았다.

파견 팀이 꾸려지자 임브린들은 두세 시간 안에 돌아올 것이라고 말하면서도, 혹시 늦어져도 걱정하지 말라고 당부했다.

우리는 행운을 빌어주었고, 그들은 길을 떠났다. 친구들이 나 없이 이글우드로 가고 있다고 생각하니 기분이 이상했다. 그들이 데리고 돌아올 대상을 생각하면 더욱 마음이 이상해졌다.

꿈

두 임브린이 떠난 지 불과 20분도 채 되지 않았을 때 새로운 공격 소식이 날아들었다. 이번 공격은 단순히 쓰레기 같은 말을 지껄이는 홀로그램 정도가 아니었다. 우리는 에이모스 텍스테어의 방송을 듣느라 호러스의 라디오 주변으로 모였다. 평소 늘 감미롭던 그의 목소리는 거칠게 동요하고 있었다.

"런던 동부 스쿼트니에 소재한 플로버 원장님의 루프가 공습을 당했다는 소식입니다. 방금 날아서 이곳에 도착하신 원장님을 지금 스튜디오에 모셨습니다. 플로버 원장님, 나와주셔서 감사합니다. 무슨 일이 있었는지 말씀해주시겠습니까?" 뭔가 끌리는 소음에 이어 날갯짓 소리가 들려왔다. "원장님께서 이제 막 인간의 모습으로 탈바꿈을 하셨거든요. 잠깐만 기다려주십시오, 청취자 여러분······."

호러스가 초조한 듯 양손을 잡고 비틀었다. "에이모스도 놀란 목소리야. 플로버 원장님 몰골이 말이 아닌가 봐."

"그 루프는 런던에서 할로우의 습격에서 살아남은 몇 안 되는 곳 중에 하나였어." 밀라드가 말했다. "카울이 첫 목표로 삼을 만한 이유가 있었어."

놀란 여인의 목소리가 스피커에서 흘러나왔다. "네, 저는 에이드리언 플로버입니다. 저들은 우리 집의 벽을 뚫고 쳐들어왔습니다……."

"누구 짓이었습니까, 원장님?"

"나뭇잎과 가지와 바람이요. 카울이었던 것 같습니다. 그자의 목소리가 들리더니 집이 갈가리 찢겨 나갔어요……. 그자의 정체가 지금은 무엇인지 모르겠고 제대로 보지도 못했지만, 더는 인간의 형상이 아닙니다. 가장 어린 시나와 러지 말고는 안전하게 피신시킬 수도 없었어요……."

플로버 원장은 울음을 터뜨렸다. 에이모스는 재빨리 마이크를 다시 잡았다. 그는 스튜디오에 나와준 임브린에게 감사 인사를 전한 뒤, 보보링크 원장을 소개했고 그는 모든 청취자들에게 침착하게 계속 일상을 유지하라고 지시했다. "추가 공지가 있을 때까지 악마의 영토는 모든 업무를 정상적으로 유지할 것입니다. 여러분은 평소처럼 할당된 일터와 수업에 출석하기 바랍니다. 해가 진 뒤에는 통금이 발효되겠지만, 그 이전까지 낮에는 다른 때와 똑같이 생활하면 됩니다. 우리는 여러분의 안전과 보호를 위하여 모든 대책을 강구하고 있으니 마음을 놓아도 좋습니다."

"저런 말은 하면 할수록 더 못 믿겠어." 엠마가 투덜거렸다.

"결국 공식적으로 확인된 거네." 밀라드는 침울하게 말했다. "카울이 자기 모습을 홀로그램으로 보여주는 것 말고도 더 능력이 있다는 거잖아. 이젠 물리적인 공격도 가능해졌어."

"카울이 맞는다고 확신할 수 있을까?" 호러스가 물었다.

누어가 말했다. "괴물 같은 나무라며? 토네이도 폭풍? 그자가 맞아."

"업그레이드 된 카울 2.0 버전이지." 내가 동의했다.

"아무것도 걱정할 것 없어." 휴가 말했다. "플로버 원장님의 루프는 상당히 외딴 곳에 있고 방어막도 약했어. 쉽게 공략할 수 있는 곳이지."

"**클레어** 혼자 가도 그 루프에서 괴물 플로버 원장님을 몰아낼 수 있었을 거야." 에녹이 거들었다.

"너희들 자는 동안 내 뒤통수에 있는 입으로 너희 발가락을 다 물어뜯어버릴 수도 있어." 클레어가 씨근덕거렸다. "그러면 좋겠어?"

에녹은 늘 그러듯 클레어의 말을 무시했다.

"카울은 **정말로** 우리가 임브린을 등지게 만들 수 없다는 걸 알고 있어. 그래서 카울의 차선책은 우리를 겁줘서 쫓아내려는 거야." 휴가 설명했다. "최대한 우리가 악마의 영토를 버리고 달아나게 만들면, 거의 무방비 상태에 놓인 루프에 춤을 추며 진입할 수 있을 테니까 말이야."

"**아무것도 걱정할 것이 없다니.**" 호러스가 투덜댔다. "놈은 이제 시작이야. 루프를 하나씩 차례로 집어삼키면서 점점 더 강해진 다음에 우리를 잡으러 올 거라고." 호러스는 눈을 휘둥그렇게 뜨고 주변을 둘러보았다. "이래도 아무것도 걱정할 게 없는 것 같아?"

"그럼 아무것도 **할 수 있는 일**이 없다는 건데, 왜 걱정을 해?" 휴는 **걱정**이라는 낱말을 발음할 때 목소리가 갈라지며 대꾸했다.

"할 일은 널렸지만, 그게 빨래는 아니야." 에녹이 말했다. "시신을 부활시켜서 질문에 답을 얻을 작정이라면 시인의 심장이 필요해, 안 그러면 대답의 절반은 헛소리일 거야. 난 마냥 여기 앉아서 기다리지 않을래."

휴는 침대에서 일어나 문 쪽으로 향했다. "나도 마찬가지야. 피오나, 약간의 모험을 떠나고 싶어지지 않아?"

피오나는 이미 현관문 앞에서 휴를 기다리고 있었고, 줄기가 긴 꽃들이 흥분한 듯 피오나의 발목을 휘감았다.

클레어는 펄쩍 뛰어 친구들에게 달려들었다. "어딜 가려는 거야?"

"올리브가 좀 전에 언급한 루프로." 휴가 말했다. "화장실에서 세 번째 문, 21Q. 정찰만 할 거야. 금방 다녀올게. 혹시라도 원장님한테 이르면, **너의** 발가락을 물어뜯어줄 거야."

"음……. 공식적으로 난 반대야!" 클레어는 약간 얼굴이 빨개져서 쿵쾅거리며 구석으로 가 골냈다. 그러나 페러그린 원장의 비위를 맞추고 싶다고 해서 클레어가 친구들을 팔아넘길 리 없다는 건 나도 아는 사실이었다.

"하지만 팬루프티콘은 추후 공지 있을 때까지 폐쇄한댔어." 올리브가 말했다. "특별 허가증 없이는 들어가지도 못할 거야."

"샤론이 나한테 갚을 빚이 있어." 에녹이 현관문 앞에 서 있는 휴와 피오나와 합류하며 말했다.

나는 에녹이 손잡이를 돌리기 전에 얼른 팔을 잡았다. "기다려. 뒷문으로 나가지 않으면 민병대원들한테 들킬 거야."

"고맙다, 친구." 에녹은 미소를 지으며 애정을 담아 팔꿈치로 내 옆구리를 쿡 찔렀다. 이어 세 사람은 2층 창문에서 골목으로 몰래 빠져나가려고 계단을 올라갔다.

보이지 않는 손이 내 어깨를 두들겼다. "너랑 누어도 몰래 빠져나갔다 오는 것에 대해서 설마 이의가 있는 건 아니겠지?" 밀라드가 물었다. "청소하는 게 차라리 더 낫겠다고 생각될 만한 하찮은 제안이 아니라면 말이야."

누어가 씩 웃었다. "무슨 속셈인데 그래?"

"너 아직 V의 스톱워치 갖고 있으면 좋겠는데. 방출기 말이야."

누어는 줄무늬 원피스의 주머니를 뒤졌다. "여기 있어. 근데 망가졌어."

"음, 바로 그게 문제이긴 하지. 어쩌면 망가진 게 아닐 수도 있어. 너만 괜찮다면 일단 수선공 친구한테 보여주고 싶어. 이런 거 고치는 솜씨가 뛰어난 분이거든……. 정말로 팬루프티콘을 폐쇄해야 한다면, 작동되는 방출기를 갖고 있는 게 좋을 거야. 응급 상황을 위해서 말이지."

"시도는 해보는 게 좋을 것 같아." 누어가 말했다. "일단 여기서 기다리다 미쳐버리는 것보다는 훨씬 낫겠지. 넌 어떻게 생각해, 제이콥?"

나도 나가고 싶어서 발이 근질거렸다. 사람들이 문 앞을 지킨 지 얼마 안 됐는데도 벌써 감방에 갇힌 기분이었다. "응, 시도해봐서 나쁠 건 없지. 제시간에 돌아와야 한다는 것만 확실히 해두자, 늦기 전에……."

목구멍에서 말문이 막혀 나는 말꼬리를 흐렸다.

V의 시신을 가지고 사람들이 돌아오기 전에.

"약속할게." 밀라드가 말했다.

🜲

몇 분 전 외출한 친구들처럼 우리도 2층 뒤쪽 창문으로 빠져 나갔다. 흔들거리는 버팀목에 달린 사다리에 매달려 가까스로 아래로 내려간 우리는 재로 뒤덮여 흘러가는 하수를 건너뛰어서 집 뒤쪽으로 이어진 구불구불하고 좁은 골목을 내달렸다. 꼭 해야 하는 외출이라는 걸 납득시키는 데 성공을 했더라도 민병대원들이 우릴 내보내 줄 리는 없었고, 수리 가능성이 있는 방출기의 존재에 대해서는 아는 사람이 적을수록 좋다는 결론을 내렸다. 그 물건은 한 번 누어의 목숨을 구했다. 만일 카울이 쳐들어와 악마의 영토가 정말로 위험에 처한다면, 또 한 번 그 덕을 봐야 할지도 모른다. 그런 상황에서 겁에 질린 다른 이상한 종족이 그걸 훔쳐가게 둘 수도 없었다. 특히 미국인들에게 그 물건에 대한 걸 알리고 싶지 않았다. 절박함은 선한 사람들도 나쁜 짓을 하게 만드는 법이니……. 하물며 도덕적으로 의심쩍은 사람들은 정말로 나쁜 짓을 저지를 것이다.

일단 집에서 몇 블록 멀어진 다음엔, 열병의 시궁창이 도로 중간으로 흘러드는 돌풀 스트리트로 다시 방향을 바꾸었다. 썩어가는 하천 양옆으로는 이상한 사람들이 나와 바쁘게 돌아다녔지만, 오늘 악마의 영토는 평범한 날이 아니었다. 평소대로 하던 일을 계속하라는 임브린들의 지시에도 불구하고, 거의 모든 사람들이 일터와 수업을 무시하고 어떤 방식으로든 다가올 공격에 대비하려고 애쓰는 것 같았다. 소형 보트와 바지선이 줄지어 서 있는 열병의 시궁창은 물 위의 주차장이었고, 뱃사공들은 끊임없이 짐을 내려 트럭과 마차에 실었다.

"식량, 옷, 연장, 약품." 밀라드가 말했다. "포위 공격에서 생존하는 데 필요한 기본적인 생필품이지."

몇몇 상자에는 **폭발물**이라는 도장이 찍혀 있었으므로, 재래식 무기도 들여오고 있는 걸까 궁금해졌다. 카울 같은 신생 악마나 앞으로 무엇이 될지 모를 그의 존재를 상대로 총포가 뭐라도 쓸모가 있을 거라고 생각하는 것일까. 날아가는 작은 금속 조각으로는 카울을 막을 수 없을 것이라고 나는 확신했다. 그러나 마음을 괴롭히는 진실은 이상한 종족들 대부분의 능력이 전투에 적합하지 않다는 것이었다. 우리는 군인이 아니었다. 우리는 슈퍼히어로가 아니었다. 조직적인 공격 앞에서 우리들 대부분이 할 수 있는 일은 기껏해야 웅크리고 숨어서 최후까지 희망을 잃지 않는 것뿐이었다. 어쩌면 우리 중 10퍼센트만이 어떤 종류로든 적극적인 방어에 나설 수 있을 것이다. 현재로선 상대적으로 별 쓸모가 없지만 민병대가 필요했던 것도 바로 그 때문이었다. 그토록 오랜 세월 우리가 임브린과 그들이 만든 루프의 보호에 의존했던 것도 그 때문이었다.

전투에 가장 적합한 집단은 미국인들이었다. 그들은 살아남기 위하여 자연도태와 적자생존을 기본으로 한 싸움 속에서 반세기를 보냈고, 그 결과 무기로 써먹을 수 있는 능력을 가진 이들이 특권을 누리며 나머지 사람들까지 두려움을 모르는 투사로 벼려냈다. 그래서 미국인들 상당수가 단순히 당혹감에 뒷짐만 지고 구경하는 것 이상의 행동을 보여주고 있음이 놀랍기도 하고 고마운 마음이 들었다. 라모스와 그의 북부 일파 단원들은 뱃사공들을 도와 생필품을 트럭에 싣고 있었다. 더 멀리 강둑에선 파킨스 씨가 허공에 떠 있는 휠체어에 앉아, 매복을 위해 쓸 만한 엄폐물을 찾으러 다니는 캘리포니오 일파의 카우보이들에게 큰 소리로 명령을 내리고 있었다. 그들은 여기저기에서 지붕 잔해와 무너진 교량 기둥을 날랐다. 그들 중 한 사람은 길게 땋은 머리를 한쪽 어깨에 늘어뜨린 채 장총을 들고 있는 언짢은 표정의 여성이었는데, 다른 캘리포니오 일파 동료들이 한아름씩 무기를 안고 작은 집 안으로 가져가는 동안 집 밖에서 보초를 섰다. 친구들과 함께 지나치며 집 안을 슬쩍 들여다보니, 공격에 대비하여 쉽게 접근할 수 있도록 각종 총기와 칼, 검, 몽둥이 등이 차곡차곡 쌓여 있었다.

레오 버넘의 부재는 눈에 띄었지만 그래도 자기 대신 졸개들을 보냈다. 그의 부하들 넷이 자리를 잡고 있는 슈렁큰헤드 앞을 지나치며 열린 창문으로 그들의 모습을 본 누어가 몸을 움츠렸다. 한 사람은 권총을 손질하고 있고, 나머지는 주방에서 가져온 식칼을 곁에 둔 채 화염병을 만들고 있었다.

"임브린들이 저 사람들을 들여보냈다는 게 믿어지지가 않아." 누어가 중얼거렸다.

"나도 그래." 밀라드가 말했다. "저 사람들 원하는 건 오로지……. 특히 버넘 일당은 다른 이상한 종족의 영역을 빼앗아 영토를 넓히고 있잖아. 임브린들이 저 사람들을 두려워하지 않는다는 뜻이거나……. 두렵긴 하지만 카울이 더 두렵다는 의미라고."

"그렇다면 임브린들이 저 사람들을 제대로 모르고 있는 거야." 누어가 말했다.

모퉁이를 돌자마자 우리는 렉 도노반과 도그페이스와 마주쳤다. 두 사람은 다른 언터처블 패거리와 함께 악마의 영토 거주민인 이상한 종족들 몇 사람을 도와 이상한 정부 건물 입구에 모래주머니로 방어벽을 쌓고 무기를 배치하는 중이었고, 안젤리카는 자기 몸에서 생겨난 구름을 활용해 일하는 사람들에게 쏟아지는 귀찮은 뼈 무더기를 막아주고 있었다.

"그냥 구경만 하러 온 줄 알았는데요!" 렉에게 다가가며 내가 말했다.

렉이 씩 웃었다. "글쎄다, **누군가**는 너희 주민들에게 전투 준비를 시켜줘야 하잖아. 너희 임브린들은 분명 손가락도 까딱하지 않을 테고."

그 말이 끝나기가 무섭게, 근처 자갈길 위로 손가락뼈들이 비처럼 쏟아져 내렸다.

"임브린들은 좀 더 중요한 일을 하고 계세요." 밀라드가 짜증 난 듯 대꾸했다.

"아, 그렇군, 모든 사람들을 구하기 위한 비밀 계획 말이로구나!" 렉은 과장된 몸짓으로 열심히 주변을 둘러보았다. "그건 대체 정확히 뭐고…… 언제 이루어지는 걸까?"

"우리한테 벌어진 일을 신경 쓰는 줄은 몰랐네요." 누어가 말했다.

렉은 바닥에서 손가락뼈 하나를 집어 들어 우리에게 흔들어 댔다. "우리 도움을 애정과 혼동하진 마라. 도미노가 쓰러지기 시작했다." 그가 손가락으로 허공을 저었다. "이게 계속된다면, 너희

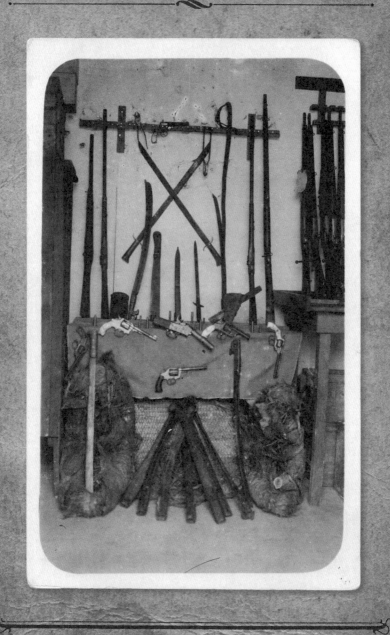

임브린들이 막지 못한 암세포는 태평양 너머 우리 쪽에도 퍼질 수 있어. 우린 그걸 용납할 수가 없다."

"엄청 훌륭하시네요." 밀라드가 말했다.

"영웅들은 원래 생전에 인정을 받는 일이 드문 법이지." 렉이 손가락뼈를 집어던지며 말했다. "그러니 상관없다."

"하지만 상황이 정말로 나빠진 경우에도 우리가 여기 계속 얼씬거릴 거라고 기대하진 마라." 몸통의 절반이 멧돼지인 언터처블 일원이 모래주머니를 들고 지나치며 말했다. "우린 너희 대신 죽으러 온 게 아니라 투자한 걸 지키러 온 거니까."

나는 렉을 향해 고개를 홱 돌렸다. "무슨 투자요?"

렉의 표정에 짜증스러운 빛이 스쳤지만 그는 재빨리 평온을 되찾았다. "**너희에 대한 투자지.**" 억지로 꾸며낸 듯 상냥한 말투로 그가 말했다. "앞으로 오랜 세월 우리와 친구이자 동지로 남기를 바라고 있는 너희 종족 말이다."

그러나 그들이 무언가 말실수를 한 것은 틀림없었으므로, 우리에겐 이제 그들을 신뢰하지 못할 이유가 더 생겨난 셈이었다.

"그만 가자, 온종일 시시껄렁한 수다나 떨고 있을 시간이 없어." 밀라드가 말했다.

렉은 거드름을 부리 듯 손가락 두 개를 들어 올려 작별 인사를 고했다. 그러고는 그가 팔을 휘젓자 허공으로 둥둥 떠오른 모래주머니가 그의 뒤를 따라 행정부 건물로 들어갔다.

렉의 능력이 바로 저것이었군, 이라고 나는 생각했다.

수선공의 작업장은 악마의 영토 외곽에, 욕조에 뜬 거품처럼 우리 루프의 중심부를 둘러싸고 있는 지역에 자리를 잡고 있었다. 지그재그로 구부러진 길로 꺾어질 때마다 밀라드는 조금만 더 가면 된다고 안심시켰지만, 목적지는 모퉁이를 아무리 돌아도 나타나지 않았다. 그러는 사이 길은 점점 좁아지고 허름한 공동주택 건물은 더욱 심각하게 기울어 금방이라도 쓰러질 것 같았고, 그곳에 사는 평범한 인간들의 눈빛은 더욱 사납고 무시무시해졌다.

두 경호원을 따돌린 건 큰 실수가 아니었을까 걱정되기 시작할 정도였다.

어느 집 문간에서 할머니 하나가 씨근덕거리며 소리쳤다. "썩 꺼져라, 이 저주받은 이방인들아!" 그러고는 짜증스럽게 머리를 긁어대며 우리를 향해 침을 뱉었다.

우리는 길 반대편으로 달아났고 할머니는 지하 소굴 같은 집으로 들어갔다. "맙소사, 왜 저래?" 누어가 물었다.

"아마 이, 벌레…… 쥐 때문일 거야." 밀라드가 말했다. "이곳 루프에 갇혀 사는 일반인들은 아예 멀리하는 게 좋아. 여기도 며칠째 비처럼 피와 뼈가 쏟아져 내리고 있잖아, 저 사람들은 세상의 종말이 왔다고 생각할 거야."

"저 사람들 생각이 옳을지도 몰라." 누어가 말했다.

"이렇게 동떨어진 외곽에 사는 이상한 종족이 있는 줄은 몰랐어." 얼른 화제를 바꾸려고 내가 말했다.

"클라우스뿐이야." 밀라드가 대꾸했다. "사람들이 자기 코앞에서 숨 쉬는 걸 못 견디겠다나. 좀 괴짜시거든. 나도 남 말할 처지는 아니지만 말이야."

버려진 것 같은 주택가 한가운데서 마침내 우리는 수선공의 집을 발견했다. 비바람에 탈색된 문 위에는 시계 수리, 라고 적힌 손 글씨 간판이 걸려 있었다. 우리가 노크를 할 겨를도 없이 먼저 문이 벌컥 열리더니 눈앞으로 총구가 나타났다. 백발을 헝클어뜨린 노인이 총구가 나팔처럼 벌어진 구식 2연발 권총을 휘두르고 있었다.

"원하는 게 뭐냐? 썩 꺼져라! 죽여버릴 거야!"

"쏘지 마세요!" 양팔을 허공에 들어 올리고 내가 소리치자 밀라드와 누어가 바닥에 납작 엎드리는 소리가 들렸다.

"저예요, 클라우스, 밀라드 널링스요!"

노인이 땅바닥을 내려다보았다. **"뭐라고?"**

"밀라드 널링스라고요!"

노인은 눈을 찌푸려 밀라드의 목소리가 들려오는 텅 빈 공간을 응시하다가 천천히 총을 내렸다.

"젠장. 찾아올 거라고 왜 미리 말을 안 했어?"

노인은 하는 말마다 쩌렁쩌렁 목청을 높였고, 말을 하지 않고 있을 때에도 입을 헤벌리고 있었다. 청력에 심한 문제가 있는 게 틀림없었다.

"지난번에 제가 보낸 앵무새를 쏴버렸으니까 그렇죠." 밀라드도 거의 소리치듯 대답했다. "얘들은 제 친구예요, 클라우스. 전에 제가 얘기했죠?"

클라우스는 고개를 끄덕이더니 다시 길쭉한 구식 권총을 들

어 올려 우리 머리 위쪽으로 총알을 발사했다. 우리는 바닥에 몸을 던졌다.

"네놈들이 아무리 얼씬거려도 소용없어!" 노인은 길 건너편에 구멍처럼 뚫린 창문에 대고 고함쳤다. 용기를 내어 머리를 감쌌던 손을 풀자 눈앞에 보이는 건 둥지처럼 텁수룩한 새하얀 수염 사이로 반달처럼 갈라진 창백한 입술을 씩 구부려 짓고 있는 노인의 환한 미소였다. **"호들갑 떨지 마라, 공포탄일 뿐이니까."** 방백처럼 대사를 읊은 노인은 작업장으로 자기를 따라오라고 손짓했다. 나는 노인의 뒤에서 전방을 훔쳐보았다. 실내는 무척 어두워서 보이는 거라곤 내가 방금 엎드려 있던 곳에 쌓인 잡동사니 물건들뿐이었다.

누어가 주변을 돌아보며 씨근덕거렸다. "밀라드, 어디 있는 거야? 넌 머리통 한 대 된통 맞아야 해."

"클라우스한테 신경 쓰지 마, 대체로 무해한 분이니까." 밀라드가 작업장 문 안쪽에서 말했다. "구더기 한 마리도 해치지 않을 분이거든……. 그냥 케케묵은 미국인일 뿐이야."

"그건 또 무슨 소리야?" 누어가 일어나는 걸 도와주며 내가 물었다.

"우연히 알게 된 천재이기도 해." 밀라드가 내 말을 무시하며 대꾸했다. "와이트의 부하들한테 속아서 이곳으로 일을 하러 오기 전에는 임브린이 존재하지 않는 캘리포니아의 루프 절반을 계속 돌아가게 만든 장본인이었어."

"어허?" 클라우스가 작업장 안쪽 어디선가 소리쳤다. "열병의 시궁창에서 날아온 빌어먹을 파리들을 집 안으로 들이고 싶은 거냐, 아니면 너희가 들어와서 위스키를 마실 테냐?"

나는 몸을 일으켜 누어가 완전히 일어서는 걸 도왔다.

"난 집으로 돌아갈래." 누어가 말했다. "와이트들이 시키는 일을 했던 노인을 우리가 어떻게 믿을 수 있겠어?"

밀라드는 짜증스러운 듯 한숨을 쉬더니 가까이 다가와 낮은 목소리로 말했다. "클라우스는 꼬드김에 넘어가 악마의 영토에 와서 **강제로** 와이트를 위해 일했던 거야. 놈들이 클라우스의 부인을 인질로 잡아서 팬루프티콘의 감옥 루프에 가둬뒀기 때문에 놈들을 도와줬던 거라고 샤론이 말해줬어. 클라우스는 놈들과 최대한 멀리 떨어져서 이곳에 살았어. 믿어지지 않을지 모르지만 워낙 멀리 살고 있어서 악마의 영토가 해방된 걸 한 달 전까지도 알지 못했다니까. 어쨌든 내가 말했다시피 클라우스는 천재야. 지금까지 나는 꽤 오래 클라우스하고 친하게 지냈어. 주로 술이긴 했지만 소소한 선물을 챙겨 와 지루한 얘기를 들어주면서 시간을 보냈지. 클라우스의 흥미를 끌 수만 있다면 우리를 도와줄 수 있을지도 몰라."

안쪽에서 유리가 부딪치는 소리가 나더니 곧이어 뭔가 바닥에 떨어져 박살이 났고 클라우스는 욕설을 지껄였다.

"좋아, 알겠어." 누어가 숨죽인 목소리로 말했다. "정말로 저할아버지가 고칠 수 있다고 생각한다면……."

"잘 생각했어!" 밀라드는 노래하듯 외친 뒤 소매치기를 하듯 누어의 주머니에서 V의 장치를 꺼내 안으로 들어갔다.

"아!"

"클라우스, 정말 흥미로워 하실 만한 물건을 제가 가져왔거든요……."

누어와 나는 서로를 보며 고개를 절레절레 흔들었다. 밀라드가 가끔 어처구니없게 굴기는 하지만 좋은 의도를 지닌 사람에게 계속 화를 내는 건 어려운 일이었다. 우리는 어둑어둑한 작업장 안으로 걸어 들어가며 삐걱대는 문을 닫았다.

🜪

클라우스의 작업장 내부는 거대한 시계가 폭발해 내용물이 주변 모든 공간에 쏟아져 나온 것 같은 몰골이었다. 의자, 테이블, 바닥 여기저기, 여러 개나 되는 길쭉한 작업대에 분해된 장치들이 쌓여 있었다. 제대로 작동하는 시계들도 많았다. 높이 솟은 대형 괘종시계, 작고 둥근 탁상시계, 단순한 모양의 벽시계, 정교하게 조각된 뻐꾸기시계까지. 시계추가 흔들리는 소리가 사방에서 들려와 정신이 혼미해졌다.

클라우스는 뒷방에서 짝이 맞지 않는 머그잔이 놓인 쟁반을 들고 쿵쾅거리며 걸어나와 우리와 가장 가까운 작업대 위를 팔뚝으로 쓱 밀어내 공간을 만들었다. 노인은 누어의 손에 머그잔을 쥐여준 뒤 내게도 컵을 안겼고, 밀라드가 있을 법한 방향으로 세 번째 잔을 흔들어 결국 투명인간 친구가 머그잔을 받아들도록 했다.

"환영한다, 원샷, 너희 건강을 위해 **건배!**" 클라우스는 이렇게 말하며 잔을 입에 대고 기울였다. 밀라드의 잔이 들려 기울어지더니 초록색 액체가 흘러나왔다가 밀라드의 입술을 지나며 사라졌다. 누어도 단숨에 잔을 비우더니 얼굴을 얻어맞은 사람 같은 표정으로 기침을 해댔다. 나는 조심스럽게 한 모금을 맛보았다. 입에 불이 붙은 것 같은 맛이었으므로, 나는 클라우스가 내게 따라준 술이 아직 그대로 잔에 담겨 있다는 걸 눈치채지 못하기를 바라며 머그잔을 계속 입에 대고 있었다.

"슈렁큰헤드에서 파는 싸구려 술보다 훨씬 낫지 않아?" 클라우스가 말했다. "게다가 웬만한 용매제보다 녹슨 회중시계를 더 반짝반짝 닦아낼 수도 있지." 타는 듯한 알코올 액체가 목구멍을 타고 내려가자, 케르놈 섬에서 아버지와 내가 머물렀던 냄새 고약한 프리스트 홀이 퍼뜩 떠올랐다. 그 모든 일이 일어난 것이 불과 1년도 되지 않았다는 사실이 믿어지질 않았다. 얼마 전까지만 해도 나는 밀라드나 엠마나 페러그린 원장을 만난 적이 없었다.

당시에 존재했던 소년은 지금의 나에겐 낯선 사람이었다. 그것은 또 다른 삶이었다.

"퍽이나 유서 깊은 물건을 가져왔구나." 클라우스가 말했다. 밀라드는 방출기를 노인에게 건넸고, 클라우스는 한쪽 눈에 끈 달린 소형 돋보기를 장착해 근시안 외눈박이 괴물 같은 모습으로 상체를 구부려 장치를 면밀히 살폈다. 그는 장치를 뒤집더니 바늘귀처럼 끝이 가느다란 드라이버로 뚜껑을 열었다. 방금 독한 술을 마셨음에도, 혹은 어쩌면 그 술 때문인지, 그의 손놀림은 안정적이었다.

"흐으으음." 돋보기로 들여다보며 그가 말했다. "굉장하군." 그는 돋보기를 휙 벗겨내고는 밀라드를 향해 고개를 휙 돌렸다. "이거 퍼플렉서스 어나멀러스에게도 보여줘봤니?"

"아뇨. 퍼플렉서스는 기계 쪽에 관심이 없어요. 서류와 지도, 미분 방정식은 좋아하지만……."

"그 인간은 손버릇이 나빠." 클라우스가 느닷없이 말을 끊었다. "그자에게 뭐든 반짝거리는 물건을 보여주면 돌려받지 못할 가능성이 높아. 그자가 지난주에 작업장에 다녀갔는데, 가장 오래되고 귀중한 시계의 핵심 부품이 감쪽같이 사라졌어!"

밀라드의 표정을 볼 수는 없었지만 믿지 못하는 얼굴일 거라고 나는 확신했다. "퍼플렉서스는 잃어버린 부품과 아무런 상관이 없을 거라고 믿지만, 그래도 다음번에 만나면 물어볼게요……."

수백 개의 시계가 동시에 정각을 알리며 갑작스런 불협화음이 작업장을 뒤흔들었다. 누어와 나는 각자 귀를 막았다. 클라우스는 아무렇지도 않은 듯 다시 방출기에 관심을 집중했다.

노인의 청력에 문제가 생긴 이유는 확실했다. 자기 시계 때문에 청각 장애가 생긴 것이었다.

종소리가 멈추자 클라우스가 말했다. "이 물건은 쓸모를 다했다는 거 알지? 일회용이야."

"네, 알아요." 밀라드가 말했다. "하지만 되살릴 방법이 있는지, 한 번 더 사용할 수 있기를 바라고 있어요."

노인은 눈을 휘둥그렇게 뜨더니 껄껄 웃음을 터뜨렸다. "안 돼, 안 되고 말고, 방법이 없어. 불가능한 일이야. 가능하다고 하더라도 고치진 않을 거다. 해봤자 손해야."

"어째서요?" 내가 물었다.

클라우스는 의자에 등을 기대며 비난하듯 손가락으로 스톱워치를 가리켰다. "이 물건의 동력이 뭔지 아니?"

"스프링이겠죠?"

"스프링으로 작동되는 **조절 장치**야. 아니, 방출 반응이 동력이지." 전문 분야 이야기로 접어들자 클라우스는 고집 센 수리공이라기보다는 점점 더 과학자처럼 보이기 시작했다. "이 물건은 눈 깜짝할 새에 너희를 전부 미국 동부 해안까지 날려 보내고 시간도 며칠 거슬러 옮겨줬을 거다."

"저야 모르죠, 클라우스." 밀라드가 말했다. "그러니까 할아버지가 설명 좀 해주세요."

노인은 우리에게 몸을 기대며 목소리를 낮췄다. "만들기도 어렵지만, 영혼을 추출해 응축시켜야 하니까 도덕적으로도 위험한 물건이란 말이다. 너희도 알다시피, 중독자들은 그걸 술리라고 부르지."

실로 오랜만에 들어보는 그 낱말에 맥박이 빨라졌다. 그건 와이트 놈들이 우리 할아버지한테서 추출한 물질이었다. 와이트들은 의지력이 약한 이들을 중독시켜 통제하기 위하여 이상한 종족들에게 그 물질을 팔았다.

"앰브로시아 말씀이시죠?" 내가 물었다.

돋보기 너머로 기괴하게 확대되어 보이는 부릅뜬 눈으로 클라우스가 힐끔 나를 쳐다보았다. "그래, 그렇게도 부르지." 노인이 고개를 끄덕이며 말했다. "그렇기 때문에 이런 기적에 가까운 발명품은 절대로 대량생산을 할 수가 없다." 그는 방출기를 조심스레 두들겼다. "연료를 구하기가 너무 어렵거든."

"우리가 그 물약을 한 병 구해다 드린다면요?" 밀라드가 물었다.

"어떻게?" 노인이 나를 쏘아보며 말했다. "저 녀석이 판매상인가?"

누어가 웃음을 터뜨렸다.

"아뇨, 아니에요, 클라우스. 그런 자들은 우리가 악마의 영토에서 모두 내쫓았잖아요. 얘가 누군지 모르세요?"

"모른다, 알고 싶지도 않아. 나는 술리를 다루는 놈들과는 누구든 거래할 마음이 없어."

"쟤는 판매상 아니라니까요." 밀라드가 말했다. "하지만 제이콥이 한 얘기는 지난번에 와이트 놈들의 은거지를 무너뜨렸을 때 남은 물약을 한 병쯤 구할 수 있을지도 모른다는 뜻이에요. 전투가 끝나기 전에 대부분 파괴되었을 거라고 믿지만 놈들이 그 물약을 엄청 쌓아두고 있었거든요."

"너희가 그걸 손에 넣을 수 있다고 해도 난 그런 물건에 손도 대지 않을 거다."

밀라드는 잠시 생각에 잠겼다가 대꾸했다. "저희가 할아버지의 뼈 시계 대퇴골을 되찾아드릴 수 있다면요?"

클라우스는 새하얀 수염을 북북 긁었다. "그 뼈 시계에 얽힌 사연을 아느냐? 그건 이상한 세계 시계학 계보에서 아주 특별한 부품이야."

"전 몰라요." 내가 이렇게 말한 뒤 밀라드가 있는 쪽을 흘끔 쳐다보자, 밀라드 역시 고개를 저었다.

"그럼 내가 사연을 들려주마." 클라우스가 말했다. 그는 동그란 스툴에 엉덩이를 걸치고 앉아 팔짱을 끼었다. "아주 먼 옛날, 프라하에 미클라우스라는 이름의 이상한 시계공이 살았다. 그 사람은 도심 중앙 광장에 시계탑을 세웠는데, 그건 그 누구도 본 적 없는 엄청난 걸작이었지. 다른 도시에서도 다들 경쟁적으로 미클라우스에게 그 시계와 똑같은 시계를 만들어달라고 했지만, 프라하의 시의원들은 시기심이 많은 자들이어서 자기네 도시의 자부심이 깎이는 걸 절대 용납하지 않았기에 미클라우스가 다시는 똑같은 시계를 만들지 못하도록 눈을 멀게 했단다. 그러자 미클라우스는 정신을 놓아버렸고, 어느 날 밤 거대한 시계탑 안에 스스로 몸을 던져 시계 장치 속에서 으스러져 죽고 말았어."

"**빌어먹을.**" 누어가 속삭였다.

"미클라우스의 아들도 시계공이었는데, 아버지를 기리는 의미로 미클라우스의 뼈를 발굴해 인골로 또 다른 시계를 만들었지. 전설에 따르면 프라하에 있는 그 시계보다 더 엄청난 작품이라는구나. 프라하에 가본 적이 없으니 나도 장담할 순 없다. 아무튼 미클라우스의 인골로 만들어진 시계이니 유령이 출몰하는 건 당연하고 이상한 능력도 분명 갖고 있다는데 그게 뭔지는 나도 아직 알아내지 못했다. 어쨌거나 그건 오랜 세월 내가 애지중지 아끼면서 시간이 날 때마다 조금씩 고치던 시계였어."

"그런 시계를 할아버지가 어쩌다가 갖게 되신 거예요?" 밀라드가 물었다.

"유산으로 물려받았지. 미클라우스는 나의 증조할아버지뻘 되는 친척이고 내 이름도 그분한테서 물려받은 거다." 클라우스가 너무 대수롭지 않게 말했기 때문에 우리가 그 말의 의미를 이해하는 데는 좀 시간이 걸렸다. 클라우스는 약간 패배감에 젖은 표정으로 한숨을 쉬었다. "퍼플렉서스의 사무실 문을 뚫고 들어가 뼈를 되찾아오려고 했지만, 경비원들에게 쫓겨나고 말았어. 어찌나 거물인지 내가 또다시 그런 짓을 시도했다간 악마의 영토에서 추방될 거라고 하더구나. 애당초 내가 여길 들어오고 싶었던 것도 아닌데……." 으쓱 들어 올렸던 노인의 어깨가 축 처지면서, 순간적으로 육중한 체구의 노인이 엄청 작아 보였다. "하지만 이젠 여기가 집이지."

나는 와이트들에게 포로로 잡혀 왔다는 노인의 부인은 어떻게 되었을까 궁금해졌다. 그러나 지금 여기 없는 사람에 대해서 굳이 물어볼 필요는 없었다. 어떤 목적으로든 술리를 활용한다는 생각 자체에 보인 노인의 반응으로도 짐작이 됐다.

"만약에 저희가 그 뼈를 찾아다 드리고, 술리 약병도 갖고 오면 그 방출기를 재가동할 수 있을까요?" 내가 물었다.

"그러고 싶지 않구나, 정말이지 조금도 그럴 마음이 없어." 클라우스의 이마에 땀방울이 맺혔다. 그는 재킷에서 더러운 천 조각을 꺼내 이마를 훔쳤다. "무엇 때문에 그게 필요한지 말해봐."

나는 불편하게 몸을 뒤치고 있는 누어를 쳐다보았다. "네가 얘기해."

"그건 우리 목숨을 한 번 구했어요." 누어가 말했다. "친구들 생각으론 우리 목숨을 또 한 번 구하기 위해서 그게 필요할 것 같대요."

"누어는 모든 걸 해결할 열쇠예요, 클라우스." 낮은 목소리로 밀라드가 말했다. "누어가 없으면 카울을 막지 못할 수도 있어요. 그러니까 최악의 상황이 벌어져, 카울이 임브린들이 친 방어망을 뚫고 들어오게 되면……."

"실패를 대비한 안전장치가 필요한 게로구나." 클라우스가 말했다. 고함을 지르는 듯했던 그의 목소리마저 속삭임에 가깝게 작아졌다. "너희가 내게 뼈와 술리를 가져온다면, 나도 최선을 다 하마. **하지만……**." 그가 경고하듯 굽은 손가락 하나를 들어 올렸다. "장담은 못한다. 오늘까지 방출기라고는 만져본 적도 없었던 데다, 너희도 알다시피 이런 건 두 번 사용하려고 제작된 게 아니야. 너희들 코앞에서 터져버릴 수도 있어."

"그걸 고칠 수 있는 사람이 세상에 있다면, 할아버지가 바로 그분이에요." 밀라드가 말했다. "그런 분야에선 클라우스가 최고 시잖아요."

클라우스는 씩 웃었다. "네 손은 어디 있니?" 밀라드의 소맷자락이 올라가더니 클라우스가 내민 손과 악수를 했다. 이어 클라우스는 상체를 수그려 작업대 아래를 뒤졌다. 그는 탁한 액체가 담긴 병을 하나 끄집어냈다. "작별의 의미로 한 모금 할래?"

"아뇨, 전 됐어요." 밀라드가 말했다. "오늘은 우리 모두 정신을 똑바로 차리고 있어야 하거든요."

누어의 얼굴에 희미한 두려움이 스쳐 지나갔다. "저는 한 모금 마실래요." 누어가 말했다. 클라우스가 누어의 머그컵에 술을 더 따라주었다.

나는 누어에게 몸을 수그렸다. "괜찮겠어?"

작업대 꼭대기에서 **땡** 길게 울리는 금속성이 울리더니, 몇 분 늦게 복잡하게 생긴 뻐꾸기시계가 시간을 알리기 시작했다. 작은 문이 열리고, 검은색 긴 망토를 두른 사형집행인과 무릎을 꿇은 죄수가 놓여 있는 선반 같은 무대가 튀어나왔다. 정각을 알리는 종이 칠 때마다 사형집행인이 도끼를 내리쳤고 죄수의 잘린 머리가 몸과 분리되면서 목구멍 안쪽에서 스프링에 달린 붉은색 펠트천 조각이 튀어나왔다. 참수형이 열 번 반복되는 동안 누어는 목을 젖혀 술을 마시다, 얼굴을 찡그리며 탁 소리와 함께 머그잔을 내려놓았다.

나는 누어가 점점 걱정되기 시작했다. 악마의 영토 외곽의 어두운 거리를 서둘러 걸어가는 내내 누어는 거의 말이 없었다. 집에서 양조한 도수 낮은 알코올을 방금 들이켰기 때문일 수도 있겠지만, 아무래도 앞으로 우리가 해야 할 일을 떠올리며 자신만의 상념에 빠져 있는 게 더 정확할 것 같았다. 오래전에 잃어버렸던 사랑하는 사람의 부활을 목도해야 하는 이에겐 어떻게 질문을 던져야 할까? 다정하지만 직설적이어야 한다고 나는 결심했다.

바닥에 깔린 자갈돌이 군데군데 파헤쳐지고 쓰레기가 나뒹굴던 저지대 도로를 지나가다 누어가 비틀거렸다. 나는 누어가 넘어지기 전에 팔을 붙잡았다.

"이런 곳에 얼굴을 처박고 넘어지면 틀림없이 살을 파먹는 뾰루지가 돋아날걸." 내가 말했다.

"천국에서 보내는 날이 되겠네." 누어가 음산한 웃음소리를 냈다.

"너 마음의 준비는 됐어?" 여전히 누어의 팔을 잡은 채로 내가 물었다. "에녹이 하려는 그 일 말이야, 꽤나…… 험악할 수도 있어. 나도 전에 몇 번 본 적 있는데, 보기 좋지는 않았어." 브로닌의 가엾은 죽은 오빠 빅터가 떠올랐다. 절반 밖에 남지 않은 얼굴로 죽음에서 깨어나 시를 읊던, 케르놈에서 작은 박물관을 운영했던 남자 마틴도 떠올랐다. 그때 목격했던 장면은 이후 계속 꿈에 나타나 나를 따라다녔다.

누어는 어깨를 으쓱했다. "난 이미 엄마가 살해당하는 걸 지켜봤어. 아무리 험악하다고 해도 그것보다야 얼마나 더 괴롭겠어?"

"가끔 어떤 일은 실제로 일어나기 전에는 모르는 거야."

우리는 한동안 침묵 속에서 걸어갔다. 이어 누어가 나직이 말했다. "넌 할아버지랑 다시 이야기를 나눠보고 싶다는 생각 해본 적 없어?"

"에녹의 방식으로 말이야?"

"아니, 그냥…… **어떤** 식으로든."

"여기 온 뒤로 한동안은 늘 그 생각만 했어. 모든 일에 할아버지 의견을 듣고 싶었지. 할아버지한테 내가 하려는 일을 이야기하고 되고자 하는 모습을 보여드리고 싶었어. 그러면 할아버지가……."

"자랑스러우셨겠지."

나는 약간 당황해서 고개를 끄덕였다.

누어는 팔을 뻗어 나에게 둘렀다. "할아버지가 정말 자랑스러워 하셨을 거라고 난 굳게 믿어."

"고마워. 나도 그러면 좋겠어." 갑자기 감정이 물밀 듯 복받쳐 오는 걸 느끼며 내가 말했다. 여전히 할아버지가 그리웠지만 그런 생각은 마음 저 깊은 곳으로 밀려난 희미한 아픔이었다. 그러나 어떤 기억은 순간적으로 도무지 견딜 수 없어질 때까지 그 아픔을 날카롭게 벼리기도 한다.

나는 심호흡을 했다. 넓은 웅덩이를 함께 건너뛰며 누어는 나와 옆구리를 바싹 붙여 왔다. 아픔이 무뎌지면서 그 대신 누어에 대한 어마어마한 고마움이 느껴졌다. 누어는 겨우 한두 마디 말로도 내 기분을 나아지게 해줄 수 있었다. 누어의 진심 어린 말을 내가 절대 의심하지 않기 때문이었다. 누어는 단 1초라도 나를 거짓으로 대한 적이 없었다. 누어는 순진하지 않으면서도 솔직담백했다. 내가 반한 누어의 장점 목록은 점점 늘어나고 있는데 거기 두 줄이 보태졌다. 다시 감정을 추스른 내가 입을 열었다. "어쨌든 그런 바람을 예전만큼 품지 않게 되는 순간이 오더라고. 할아버지가 나를 어떻게 생각하셨을까 하는 것보다 내가 스스로를 어떻게 생각하는지가 더 중요한 순간이 말이야. 그래서 할아버지를 그리워하는 만큼 이제는 할아버지가 그냥 그대로…… 떠나가신…… 편이 더 낫다고 생각해."

"난 V한테 그런 걸 기대한 적 없어." 누어가 말했다. "나는 그분이 돌아가셨다는 게 너무 화가 났어. 옛날에 진실을 알았더라면 난 망가져버렸을 거야."

"그래도 내 생각은 같아. 그분을 부활시키는 공간에 네가 함께 있지 않는 게 좋을 것 같아."

"아니야, 난 꼭 그 자리를 지켜야 해."

"왜?"

"V가 단순히 에녹의 꼭두각시가 아닐 수도 있잖아? 그분의 일부분이라도 정말로 실재한다면? 하다못해 불씨 같은 거라도?"

"불씨 같은 건 없어, 누어. **뭔가 공포 영화에 나오는 것 같은 모습일 뿐이야,** 라고 나는 생각했지만 입 밖으로 내지는 않았다. "남은 평생 그 이미지가 뇌리에서 떠나지 않게 될 필요는 없잖아."

누어가 내 팔을 놓아버렸다. 잠시 내면으로 다시 침잠한 듯했다. "엄마가…… **겁을 내면** 어떡하지?"

"겁을 내다니?"

"너라면 그러지 않겠어?"

"그분은 자기한테 무슨 일이 일어나는지 알지도 못 해."

이쯤 밀라드가 끼어들어 지원사격을 해주길 바랐지만, 녀석은 우리가 은밀한 대화를 나누고 있다는 걸 알기에 일부러 열 발자국 앞서 걷고 있었다.

"난 그 자릴 꼭 지켜야 해." 누어는 고집스레 말한 뒤 나를 흘끔 쳐다보았다. "그리고 너도, 부탁이야."

"당연히 나는 같이 있을 거야."

"고마워." 누어는 미소를 지으려 애를 쓰는 듯했지만 오히려 움찔 인상을 썼다. "난 괜찮을 거야." 주문을 외듯 스스로 마음을 다잡으며 누어가 되풀이해 말했다. "난 괜찮을 거야."

제 9 장

chapter nine

어와 밀라드와 나는 집을 몰래 빠져나왔을 때와 똑같은 방식으로, 뒷골목을 지나 기둥을 타고 올라 열려 있던 2층 창문으로 기어들어갔다. 주방에서 목소리가 들려 아래층으로 내려가보니 페러그린 원장과 다른 친구들이 이미 돌아와 있었다. 페러그린 원장이 행주로 젖은 머리를 닦아내는 사이 렌 원장은 식탁에서 무릎에 앉아 졸고 있는 암탉을 쓰다듬는 중이었다. 엠마는 지친 듯 난롯가 의자에 쓰러지다시피 앉아 있었다. 브로닌은 싱크대 앞에 서서 잘 지워지지 않는 팔뚝의 핏자국을 닦아내고 있고 올리브는 응급처치 도구를 들고 그 주변을 서성였다. 폭풍이 휩쓸고 지나간 도시에서 피투성이 시체를 옮기다가 돌아온 사람들에게 딱 기대할 수 있는 모습이었다.

피오나와 휴도 돌아와 있었다. 그런데 에녹은 어디에 있지? V는 어디에?

응접실로 이어지는 문을 굳게 닫아놓고 지키고 있던 애디슨은 우리가 마지막 계단을 몇 개 내려가 부엌으로 들어서자 우릴 보며 꽥꽥거렸다.

"너희는 어딜 갔었던 거야?"

"너희를 지키라고 붙여둔 경비들 몰래 빠져나갔더구나." 페러그린 원장이 말했다. 화가 났다기보다는 지친 것 같은 말투였다.

"죄송해요, 원장님." 밀라드가 말했다. "다 제 잘못이에요. 제가……."

원장은 한 손을 휘휘 저었다. "그 얘긴 나중에 하자꾸나. 지금은 더 중요한 문제가 있잖니." 원장은 우리가 어디에 갔었던 건지도 묻지 않았다. "올리브, 반창고 붙이기 전에 소독약도 바르는 거 잊지 마라."

"네, 원장님."

"문제가 생겼었나 봐?" 내가 물었다.

"그렇다고 할 수 있지." 목 언저리를 문지르며 엠마가 투덜거렸다.

"네 부모님이 **엄청** 비협조적이셨어." 브로닌이 말했다.

"너희 외삼촌들도 마찬가지였고." 엠마가 말했다.

"부모님이 돌아오셨어?" 불안감이 치솟는 걸 느끼며 나는 약간 움츠러들었다. "부모님을 봤어?"

"응, 게다가 불법 침입자를 되게 언짢아하셨어." 브로닌이 대답했다.

엠마가 설명을 이어갔다. "수상한 사람들이 자기네 뒷마당을…… **뭔가에**…… 이용했다는 것까지 알아내고는 조치를 취하셨더라."

"사설 경비원들을 고용했어." 애디슨이 말했다.

"아주 공격적인 사설 경비원들이었지." 브로닌이 덧붙였다.

"우린 원하던 걸 손에 넣고 돌아오다 사소한 부상을 입었을 뿐이다." 페러그린 원장이 설명했다. "그 정도면 성공이라고 할 수 있지." 원장은 머리를 다 말리고 젖은 타월을 의자 등받이에 걸었다.

"그건 그 사람들 피야, 네 피야?" 올리브가 바짝 붙어 서서 팔에 반창고를 붙이는 사이 누어가 브로닌에게 물었다.

브로닌은 어깨를 으쓱했다. "둘 다 조금씩 섞였을걸."

"피는 **나도** 흘렸어." 애디슨이 찢어진 옆구리를 핥으며 웅얼거렸다.

"어떡해, 너도 다쳤어?" 올리브가 구급함을 들고 부리나케 애디슨에게 다가가며 말했다. "반창고가 거의 다 떨어졌어!"

"네 가족을 다른 데로 보내야겠다." 렌 원장이 말했다. 무릎에 앉아 있던 암탉이 렌 원장의 손에서 빵 부스러기를 쪼아 먹었다.

"보내다뇨?" 내가 물었다.

"카울은 너를 목표로 삼았어. 카울이 너희 부모님까지 납치를 시도할 수도 있다고 생각하는 게 합리적이야."

"나라면 그럴 거야." 휴가 말했다. "내가 납치된다는 뜻이 아니라, 내가 카울이라면……."

"부모님을 어디로 보내시려고요? 기간은 얼마나요?" 내가 물었다.

"자세한 건 우리한테 맡기렴." 페러그린 원장이 말했다. "단순하게 어디로든 먼 곳으로 휴가를 떠나시도록 설득할 거야."

"부모님은 방금 휴가에서 돌아오셨어요." 내가 말했다.

"그럼 또 다른 휴가를 떠나도록 설득해야지." 렌 원장이 날카롭게 말했다. "차라리 부모님이 인질로 잡힐 위험을 감수할 생각이 아니라면 말이다."

"제이콥이 당연히 그럴 리는 없어요." 엠마가 대꾸하고는 나를 쳐다보았다. "그렇지?"

"물론이지." 말은 그렇게 했지만 분노가 치밀어 오르기 시작했다.

모두의 신경이 곤두서 있었다.

"언쟁은 하지 말자꾸나." 페러그린 원장이 말했다. "제이콥, 네 부모님은 최대한 살살 달래볼 거라고 약속하마. 그리고 이번 일이 모두 끝나면 그분들을 다시 제자리로 돌려놓을 거야."

"그러고는 부모님의 기억을 지우시겠죠." 내가 말했다. "아무런 일도 없었던 것처럼요."

"그래, 맞는 말이다."

원장은 내 목소리에 담긴 묘한 비아냥거림을 알아채지 못했거나 무시하기로 했거나 둘 중 하나인 듯했다. **아무 일도 없었던 것처럼**이라는 말은 달콤하게 들리는 동화였다. 부모님은 절대 예전과 같을 리 없다. 부모님 인생은 완전히 엉망진창 속속들이 뒤집히고 가루가 되도록 망가졌다. 작년에 일어났던 가장 충격적인 사건들을 기억하지 못한다고 하더라도, 이미 몇 번이나 기억을 지우는 과정에서 입은 일종의 뇌 손상을 감안하면 그 상처는 절대 사라지지 않을 것이다. 그러나 그 부분에 대해서 내가 할 수 있는 일도 없을뿐더러, 내 부모님을 지키기 위해 임브린들로서는 나름 최선의 방식을 시도한다고 해서 화를 낼 이유도 없었다. 그래서 나는 심호흡을 하며 스스로에게 정신을 집중해 마음을 다잡으려 노력했다.

"넌 어떠니, 프라데시 양?" 렌 원장이 물었다. "카울이 너의 약점을 잡아 조종하려고 고문할 만한 사람이 있니? 너랑 가까운 사람이라면 누구든?"

누어는 신랄하게 웃어댔다. "그런 사람은 카울이 벌써 죽였는데요."

"네 친구는 어때?" 밀라드가 말했다.

누어는 바짝 긴장하며 밀라드를 돌아보았다. "설마 카울이 릴리를 해칠 거라고 생각하는 건 아니지?"

"카울의 악행엔 한계가 없으니까." 밀라드가 대꾸했다.

누어의 얼굴에 새로운 먹구름이 드리워졌다. "릴리한테 무슨 일이 생긴다면 난 견딜 수 없을 거야."

"나도 마찬가지야." 밀라드가 말했다. "페러그린 원장님, 개인적으로 제가 릴리를 지키는 임무를 맡고 싶습니다."

"참으로 고귀한 생각이다만, 넌 여기 있는 우리에게 필요한 사람이야." 페러그린 원장이 말했다. "최고의 경호원을 보내서 릴리를 지켜보도록 하마."

"그냥 제 친구도 이곳으로 데려올 수 있으면 좋겠어요." 누어가 말했다.

"그럴 수 있다면 얼마나 좋겠니." 페러그린 원장이 안쓰러워

했다. "하지만 그 애는 평범한 인간이야."

"릴리는 감시당하고 있다는 걸 알아차릴 거예요. 경호원에게 제가 보내는 메시지를 전달하게 하면 좋겠어요. 그래야 자길 감시하는 게 악당들이 아니고 저도 무사하다는 걸 친구가 알 수 있겠죠."

페러그린 원장도 찬성했다. 종이와 연필이 준비되자 누어는 경호원이 친구에게 읽어줄 짤막한 편지를 끼적이기 시작했다. 편지를 채 끝마치기도 전에 응접실로 이어진 문이 약간 열리더니 기다란 검정 장갑을 끼고 붉은 얼룩이 점점이 뿌려진 하얀 앞치마를 두른 에녹이 모습을 드러냈다.

"준비는 다 됐어요." 에녹은 이렇게 말한 뒤 페러그린 원장을 향했던 시선을 누어에게 옮겼다. "넌 어때?"

누어는 침을 꿀꺽 삼킨 다음 연필을 내려놓았다. 엠마가 우리와 합류하려고 자리에서 일어났지만 페러그린 원장이 한 손을 들어 행동을 막았다. "꼭 필요한 사람들 이외에 구경꾼은 필요 없다. 제이콥, 누어, 렌 원장님, 나, 오코너 군만 들어갈 거야."

엠마는 다시 의자에 앉았다. "시신을 **회수할** 땐 나도 꼭 필요한 사람이라시더니……."

"사사로운 일이 아니잖아, 엠마." 에녹이 말했다. "깊은 죽음의 잠에서 억지로 깨어나 심문을 당하길 바라는 사람은 아무도 없을 테고, 구경꾼이 많아지면 고인도 더 혼란스러울 거야. 시신이 조금은 수줍어할 수도 있거든."

"괜찮아." 브로닌이 대꾸했다. "어차피 난 지켜볼 마음 없었어. 보고 나면 항상 악몽이나 꾸게 되더라고."

"브로닌." 올리브가 등 뒤로 누어를 가리키며 핀잔을 주었다.

브로닌은 당황한 표정을 지었다. "맙소사. 미안해. 영화관에 가서 공포 영화를 본다고 상상해, 난 그러거든."

"난 괜찮을 거야." 누어가 퉁명스레 대답했다. 자신에게 쏟아 지는 모든 사람들의 동정심이 불편한 모양이었다. "중요한 건 모 임 장소가 어디인지 찾아내는 거잖아."

"맞는 말이다." 페러그린 원장이 말했다. "에녹, 앞장서거라."

V는 창가에 놓인 긴 목재 테이블에 누워 있었다. 블라인드 사이로 스며든 햇빛이 V의 몸에 투박한 줄무늬를 그리듯 가로질 렀다. 의대 해부 실험에 쓰이는 사체 같았다. 다리는 곧게 뻗었고 맨발은 바깥쪽으로 벌어지고, 절개된 가슴은 양쪽으로 벌어져 있 었다. 테이블 아래 놓인 양동이로 핏방울이 쉴 새 없이 똑똑 떨어 졌다. 방부 처리된 내장을 담은 유리병 일부는 뚜껑이 열린 채로 창가에 줄지어 놓여 있었는데, 유리병에서 쏟아져 나온 방부액의 냄새가 매캐하게 코를 찔렀다.

"양 두 마리와 사자, 암소의 심장은 이미 사체 안에 이식했어 요." 에녹이 설명했다. "닭 한 마리는 싱싱한 심장으로 구해야 했 는데, 피오나한테는 말하지 마세요. 사실을 알게 되면 엄청 속상 해 할 거예요. 이제 남은 건 시인의 심장뿐이에요."

페러그린 원장이 얼굴을 찌푸렸다. "닭 심장을 어디에서 구 했는지는 묻지 않겠다."

에녹은 원장을 향해 건방지게 윙크를 했다. "그러는 편이 낫겠죠."

에녹은 V를 죽음에서 소생시키는 과정을 시작한 터였고, 누어를 위해서라도 가장 최악인 부분이 이미 지나갔다는 사실이 내심 반가웠다. 나는 에녹이 인간을 소생시키는 과정을 전에 딱 한 번 본 적 있었다. 케르놈에서 죽은 박물관 직원 마틴을 되살려낼 때 양의 심장을 다섯 개쯤 이식하는 과정 몇 분은 꽤나 섬뜩했다. 누어는 유혈이 낭자한 초반부 과정을 지켜보지 않아도 되어 다행이었다.

나는 꽤 오래 차마 V를 쳐다볼 수가 없었다. 침입자가 된 기분이었다. 그러나 시야 끄트머리에서 V의 발이 움찔거리는 장면이 포착되었고, 누군가 잠에서 덜 깬 사람의 헛소리 같은 나지막한 중얼거림이 들리는 것 같았다.

에녹이 테이블 아래로 손을 뻗어 축축한 정육점 종이 포장지로 싼 물건을 꺼내들었다. "안타깝지만 시간이 너무 부족해서 **유명한** 시인의 심장은 못 구했어요." 에녹이 포장지를 펼쳐 야구공만한 크기의 얼룩덜룩한 회색 덩어리를 꺼냈다. "시시하게 글줄이나 써재끼던 가엾은 빈털터리뿐이더라고요."

"그자가 쓴 시를 V가 암송하는 거니?" 렌 원장이 물었다.

에녹은 킥킥 웃었다. "아닐걸요. 이건 그 사람의 심장이지 뇌가 아니니까요. 하지만 V의 혀를 움직이게 도와줄 순 있어요."

우리가 방 안에 들어선 이후로 누어는 한마디도 하지 않았다. V에게 시선을 돌리지도 못하고 차라리 벽을 응시하고 있는 것 같았다. 내가 서로 팔이 스칠 정도로 가까이 다가가자 누어가 소스라치듯 놀랐다. 누어는 콧노래로 옛날 TV 광고 주제가를 부르고 있었다.

"다들 준비됐겠지?" 페러그린 원장이 물었지만 시선은 오로지 누어에게 고정되어 있었다.

"네." 누어가 말했다. "제발 그냥 진행하세요."

에녹은 부추김이 필요 없는 상태였지만 즐거워하지도 않았다. 삶에서 에녹이 진지하게 대하는 것들이 거의 없기는 해도, 일에 대해서 만큼은 철저했다.

그는 돌아서서 테이블을 마주했다. 페러그린 원장은 렌 원장 곁으로 한 걸음 더 다가갔다. 에녹은 검은색 장갑을 벗고 시인의 심장을 왼손으로 잡더니 자기 머리 위로 들어 올렸다. 그리고는 V의 시신 위로 몸을 수그려 오른손을 벌어진 가슴속에 집어넣었다.

나는 움찔했다. 누어의 시선은 여전히 벽에 고정되어 있었다.

에녹은 정신을 집중하느라 눈을 가늘게 뜬 채 오른손으로 V의 가슴속을 헤집었다. 갑자기 무언가에 손이 걸린 듯 움찔하더니 잠시 후 몸을 떨었고 맹렬한 경련이 전신으로 퍼져나갔다. 나는 달려가 에녹을 돕고 싶은 충동과 싸우고 있었지만 사실 내가 할 수 있는 일은 아무것도 없었다. 이건 에녹이 감당해야 하는 과정이었다.

에녹의 왼손에 들렸던 시인의 심장이 부르르 떨더니 박동하기 시작했다.

"시작되는구나." 페러그린 원장이 속삭였다.

처음엔 V가 조용히 신음하기 시작했다. 숨이 막힌 것 같은 소리를 냈다. 혹은 메마른 목구멍을 적시는 헛기침 같은 소리.

"일어나요, 죽은 여인이여." 에녹이 주문을 외듯 말했다. "일어나서 말을 해요."

에녹은 심장을 들고 있던 팔을 내렸다가 곧이어 무언가에 물린 듯 V의 가슴속에 넣었던 오른손을 재빨리 꺼냈다.

V가 일어나 앉았다. 이런 장면이 이어질 것을 알고 있었으면서도 나는 그 충격에 대비하지 못했다. V는 전기 충격을 받은 헝겊 인형처럼 갑자기 벌떡 일어나 펄럭거리듯 경련했다. 머리가 한쪽으로 기울어졌다. 눈을 떴지만 눈동자가 이리저리 굴러다녔다. 껌을 씹듯이 소리 없이 입이 움직였다.

에녹의 머리칼은 감전된 것처럼 위로 솟구쳤고 양손에서 김이 올라왔다. 잠시 어리둥절한 표정을 짓던 에녹은 이내 머리를 쓸어 넘긴 뒤 페러그린을 돌아보았다. "이제부턴 원장님이 맡으세요." 약간 쉰 목소리로 에녹이 말했다.

페러그린 원장은 V를 향해 한 걸음 다가섰다. "난 알마 페러그린이에요." 잠시 뜸을 들였다. "V, 벨야, 내 말 들려요?"

죽은 여인의 목구멍에서 가르랑거리는 소리가 새어 나왔지만 그뿐이었다.

페러그린 원장은 다시 시도했다. "이런 말을 하게 돼서 유감스럽지만 당신은……." 원장은 머뭇거렸다. 손을 올려 가볍게 헛기침을 했다. "소식을 전하기가 쉽지 않네요. 당신은 죽었어요. 퍼시벌 무르나우가 당신을 살해했죠. 정말 너무 미안해요."

V의 머리가 퍼뜩 똑바로 일어섰지만 눈동자는 계속해서 정처 없이 움직이고 있었다.

"내 말이 들리는 걸까?" 페러그린 원장이 에녹에게 물었다.

"계속 말을 거세요." 에녹이 말했다. "가끔은 소통하기까지 시간이 많이 걸리기도 해요." 그러나 무척 긴장한 에녹의 태도에서 나는 때때로 아예 죽은 자와 소통이 불가능할 수도 있다는 느낌을 받았다.

페러그린 원장이 계속해서 말을 걸었다. "우린 정보가 필요해요, V. 당신한테 물어볼 게 있는데, 어떻게든 당신이 대답을 해주어야 할 아주 중요한 일이에요."

렌 원장이 인내심을 잃고 페러그린 원장 옆으로 다가가 끼어들었다. "모임 장소가 어디죠? 일곱 명의 임브린이 만나는 비밀 회동 장소 말이에요."

V는 얼굴을 찌푸리며 고통스러운 듯 머리를 홱 젖혔다.

"너무 시끄러워." 사포로 문지른 듯 거친 목소리로 V가 말했다.

누어는 소스라치게 놀라며 내 손목을 꽉 잡았다.

"렌 원장님, 제발 진정하세요." 에녹이 말했다. "이분은 죽은 거지 귀가 먹은 게 아니에요."

"너무 밝아." V가 말했다.

"너무 밝대요!" 페러그린 원장이 말했다. 원장은 재빨리 창가로 걸어가 블라인드 줄을 당겼고 실내가 어둑해졌다.

V는 앞으로 축 늘어졌다. 신음을 하며 빠르게 몇 번 호흡한 다음 고개를 들었다. 눈동자는 여전히 초점을 맞추지 못하고 이리저리 방황했다. **누구우우우.** 숨소리처럼 V가 말을 내뱉었다. "거기 누구야?"

"알마 페러그린이에요." 페러그린 원장이 말했다.

"나는 렌 원장이에요."

에녹이 살짝 머리를 수그려 인사했다. "에녹 오코너입니다. 오늘 당신의 부활 현장에 함께하게 되어 기쁘군요."

V는 아직 반응을 보이지 않았다. 페러그린 원장은 나를 쳐다보았다. 내가 이름을 말했다. V의 고개가 약간 기울어졌다. 입이 벌어졌다가 다시 닫혔다.

누어는 억지로 자신을 다그쳐 V를 쳐다보았다. "누어도 있어요."

V가 동요했다. 눈동자가 방황을 멈추고 누어에게 초점을 맞췄다. "아가?" 죽은 여인이 숨을 헐떡였다. "너니?"

누어는 괴로운 듯 시선을 외면했다. 죽음이 너무도 확연한 누군가의 입에서 나온 **아가**라는 말은 나에게도 충격이었다.

나는 누어의 손을 꼭 잡아주었다. 누어도 맞잡은 손에 힘을 주었다. 힘의 원천을 끌어올렸다. 그러고는 다시 V를 마주했다.

"네. 누어예요."

"이리 오렴. 네 얼굴 좀 보여줘."

누어는 머뭇거렸다.

렌 원장이 말했다. "V, 당신한테 물어볼 게 있어요."

죽은 여인이 누어를 붙잡으려는 듯 팔을 들어 올렸다. "더 가까이 와. 어디 좀 보자. 널 만져보게 해줘."

누어는 내 손을 놓고 테이블로 다가갔다. 손을 뻗어 허공에서 V의 손을 잡은 순간 누어의 전신에 전율이 흐르는 게 눈에 보였다.

V는 누어의 손을 잡고 주물렀다.

누어는 얼어붙은 것 같았다.

"말 좀 해." 에녹이 속삭였다.

"엄마." 누어가 말했다. "죄송해요."

V는 엉덩이를 들썩이며 몸을 좌우로 흔들었다. "뭐가 죄송해?"

"엄마한테 일어난 일이요. 내 잘못이었어요."

"괜찮다, 아가. 엄만 이제 더는 화 안 나. TV는 또 사면 돼."

누어는 헉 숨을 몰아쉬며 손을 빼냈다.

V는 신음했다. "어딜 가려고? 돌아와라."

"그건 아주 옛날 일이에요, 엄마."

에녹이 끼어들었다. "아주머니, 당신은 지금 죽은 상태예요." 제정신이 아닌 할머니와 대화를 하듯 에녹이 말했다. "당신은 살아 있는 게 아니라……."

누어가 손을 들어 그의 말문을 막았다. V는 잠시 아무 말도 하지 않다가 세상에서 가장 웃긴 농담을 들었다는 듯이 웃음을 터뜨렸다. 절개해 양쪽으로 벌려놓은 가슴에서 미세한 핏방울이 안개처럼 뿜어져 나왔다.

우리는 모두 어쩔 줄을 몰랐다. 에녹마저도. V의 불안한 웃음소리가 잦아들며, 끈이 끊어진 마리오네트처럼 축 늘어졌던 V가 길게 울부짖는 듯한 외침을 토하는 걸 들으며 나는 등골이 오싹해졌다.

에녹은 누어를 향해 눈을 부라리며 손가락을 휘저어 서두르라는 신호를 보냈다. 우리에게 주어진 시간은 얼마 없었다.

"엄마!" 누어가 큰 소리로 말했다.

V는 서서히 상체를 세워 다시 누어를 쳐다보았다. 얼굴은 고통으로 일그러졌다.

"꼭 여쭤볼 게 있어요." 누어가 말했다.

그 말에 렌 원장이 눈에 띄게 긴장을 푸는 것이 보였다.

"저녁식사 이후엔 간식 안 돼." V가 말했다. "규칙은 너도 알잖니."

"그거 아니에요, 엄마. 다른 거예요." 누어가 어깨 너머로 페러그린 원장을 흘끔 쳐다보자, 원장은 고개를 끄덕여 용기를 북돋아주었다. "엄마, 우린 전화를 한 통 받았어요. 우리더러 모임 장소로 가라는 전화였어요. 우리가 같이 그곳으로 가야 한다는 것 같아요. 엄마랑 제가요. 그런데 그럴 수가 없으니까 엄마 없이 저 혼자 가야 해요. 거기가 어딘지 얘기해줄 수 있으세요?"

V는 잠시 침묵했다. 에녹의 손에 들린 시인의 심장 소리만 들려왔다. 문 너머에서 귀를 기울이고 있는 친구들의 초조한 발소리도 들렸다.

이윽고 V가 길게 괴로움 신음을 내뱉었다. 깨달음과 애환이 담긴 소리. V가 이해를 한 것 같았다. 최악의 상황이 벌어졌다. 그 모든 희생에도 불구하고, V가 평생을 다 바쳐 막아내던 일이 일어나고야 말았다.

페러그린 원장이 엄숙한 표정으로 고개를 끄덕였다. "V, 내 말 잘 들어요. 카울이 돌아왔어요. 우린 일곱 명을 모아서……."

누어가 다시 테이블로 다가갔다. 조금 전에 있던 자리로 V에게 가까이. "부탁이에요, 엄마. 우린 곤경에 빠졌어요. 엄마의 도움이 필요해요. 그게 어딘지 알려주세요, 엄마. 모임 장소요."

V의 신음이 멈추었다. 갑자기 고개를 쳐든 V가 누어를 쳐다보았다. "잘 시간 거의 다 됐구나." 상냥하게 V가 말했다. "하지만 동화책은 네가 이를 닦아야 읽어줄 수 있어. 이 닦았니?"

누어는 심호흡을 한번 한 뒤 대꾸했다. "꼭 있어야 하는 애들만 챙겼어요."

V는 새파란 입술을 위로 당기며 미소 지었다. "잠옷 입었니?"

"네." 누어가 말했다.

"페니도? 페니 인형은 어디 있니?" V가 물었다.

"바로 여기 있잖아요." 누어는 거짓말을 했다. 인형 같은 건 없었다.

"오늘 밤엔 무얼 읽을까? 『개구리와 두꺼비』? 『엘로이스』? 아니, 아니다, 알겠구나. 우리만의 특별한 이야기를 읽어줄게."

"지금은 그럴 시간이 없어요, 엄마."

"책꽂이에 가서 가져와. 어서. 표지가 떨어져 나가려고 하는 두껍고 오래된 책 말이다. 그래, 엄마도 알아. 종이테이프랑 두꺼운 도화지만 있으면 책은 수선할 수 있어. 안 돼, 책에는 반창고를 붙이는 거 아니야, 바보야. 그렇지, 이젠 가서 책을 가져오렴. 우리 딸 다 컸네."

누어는 움직이지 않았다. 연극처럼 펼쳐진 장면은 전적으로 V의 기억이었다.

"책장을 넘겨봐……. 그렇지, 네가 가장 좋아하는 부분이잖아. 자, 엄마 무릎으로 올라오렴."

누어는 몸이 굳어져 뒤로 물러나려 했지만 V가 손목을 잡고 놓아주지 않았다.

"앉아."

"질문에 대답하세요, 엄마."

V는 누어를 더 가까이 잡아당겼다. 누어가 몸부림을 쳤다.
"앉아, 앉으라니까. 엄마는 네가 그리워."

"제발 부탁이에요." 누어가 간청했다. "꼭 대답해주셔야
해요."

"엄마랑 책 읽어."

누어는 떨리는 한숨을 내쉬었다. 에녹은 눈을 휘둥그레 뜨고
더욱 다급하게 손가락으로 원을 그렸다.

"좋아요, 엄마."

"누어." 페러그린의 목소리엔 염려가 담겨 있었다. "정말 괜찮
겠니……."

"괜찮을 거예요." 그러고는 테이블에 걸터앉아 V가 자신을
무릎 위로 끌어당기도록 내버려두었다. V는 깊은 만족의 한숨을
내쉬며, 두 팔로 누어의 가슴을 안고 남아 있는 자신의 가슴으로
바싹 끌어당겼다.

누어는 기절할 것 같은 표정이었다.

"얘기해주세요." 누어가 말했다. 나머지 우리들이 놀라움과
두려움이 뒤섞인 시선으로 지켜보는 가운데 V는 누어의 어깨에
턱을 대고 이야기를 들려주기 시작했다.

"옛날, 아주 먼 옛날, 고슴도치처럼 등에 가시가 자라는 소녀
가 살고 있었습니다. 사람들은 소녀를 두려워하며 피해 다녔고,
부모님은 딸의 미래를 걱정했어요. 어느 해 겨울 시골에 전염병이

돌아 가엾은 소녀의 아버지가 세상을 떠나고 말았습니다. 어머니는 한 해 전 겨울에 닥친 굶주림으로 돌아가신 상황이었어요. 아버지의 영혼이 몸을 떠나는 순간, 아버지는 딸의 노랫소리를 들었습니다. '저에게 돌아오세요, 사랑하는 아버지, 저에게 돌아와주세요, 최대한 빨리!'"

임브린들은 의미심장한 시선을 주고받았다.

"딸을 너무도 사랑했던 아버지의 영혼은 엄청난 보상이 기다리고 있는 사후 세계로 떠나는 대신에 스스로 딸이 가장 좋아하는 인형 안에 깃들었습니다." 누어가 기억을 떠올려 뒷이야기를 이었다.

"맞아." V가 속삭였다. "아주 정확해." V는 너무 많은 이야기를 토해낸 까닭에 몹시 지치고 힘든 표정이었다. 머리가 누어의 어깨에 툭 떨어졌다. 에녹은 손가락을 휘휘 저었다. 그의 손에 들린 심장의 박동이 느려지고 있었다.

"엄마, 이젠 제 질문 차례예요……."

"미안하지만 그건 아침까지 기다려야겠구나. 안녕, 하며 잠자리에 들 시간이야." 꿈을 꾸듯 말을 마친 V는 곧 누어를 놓아주며 다시 테이블에 드러누워 꼼짝도 하지 않았다.

렌 원장이 헉 신음을 내뱉었다.

"오, 안 돼!" 에녹은 고장 난 시계라도 되는 듯 심장을 흔들었다.

누어는 벌벌 떨며 테이블에서 뛰어내렸다. "너 괜찮아?" 나는 누어를 끌어안으며 물었다.

에녹은 지친 심장을 바닥에 내던졌다. "**겨우 그게 다예요?**" 에녹이 V에게 소리쳤다. "죽음에서 살려내느라고 내가 얼마나 공을 들였는데 겨우 얻어낸 게 **잠자리 동화**라고요?"

"그건《이상한 아이들의 동화》에 실린 이야기였어." 렌 원장이 말했다. "도입부였긴 하지만 말이다."

"어렸을 때 제가 가장 좋아하던 이야기였어요." 누어는 떨고 있었다. 나는 누어를 데리고 바닥에 놓인 쿠션으로 다가가 함께 앉았다. 충격을 받긴 했어도 누어는 꿋꿋하게 견뎌내고 있는 듯했다. 하지만 누어는 겉모습 아래 수천 겹의 내면을 갖고 있어 그 속에 숨어드는 연습이 잘된 사람이었다.

"괜히 심장만 낭비했네요." 에녹이 씁쓸하게 말했다.

문이 활짝 열리면서 더는 호기심을 참지 못한 친구들이 엿듣는 걸 중단하고 응접실로 밀려들어왔다. 페러그린 원장은 나무라는 말도 하지 않았다. 낮은 목소리로 렌 원장과 열띤 회의를 하느라 바빴다.

올리브는 곧장 누어와 내가 앉아 있는 곳으로 달려왔다. "끔찍했어? 아니면 근사했어? 너 괜찮은 거야?"

누어는 그 질문에 혼란스러워진 듯 멍한 표정을 지었다.

"너무 급했다." 올리브가 말했다. "미안해."

페러그린 원장과 렌 원장이 갈라서더니 명령을 내리기 시작했다.

페러그린 원장이 말했다. "올리브, 넌 가서《이상한 아이들의 동화》의 축약되지 않은 원본을 찾아오너라. 지하 보관소 7열 3F 구역에 있단다. 꽤 무거우니까 브로닌도 함께 데려가렴. 책을 건물 밖으로 반출하려면 내 배지를 가져가야 해." 페러그린 원장이 주머니에서 무쇠 별 모양의 신분증을 꺼내는 사이, 렌 원장이 밀라드에게 말했다.

"널링스 군은 가서 확보 가능한 가장 오래된 《시간의 지도》를 가져와라. 지도 서가에서 못 찾으면 퍼플렉서스에게 물어보렴. 에녹, 너는 V의 시신에 수의를 입혀서 얼음에 보관하고 매장 부서에 연락해서 장례식을 준비하라고 해."

"이걸로 다 끝난 거예요?" 누어가 어리둥절해 물었다. "다시 깨워야 하지 않아요?"

"준비하려면 몇 시간 걸릴 거예요." 에녹이 말했다. "심장 개수도 두 배는 필요할 테고, 이번엔 더 싱싱한 걸로……."

"그럴 필요는 없을 것 같구나, 오코너 군." 페러그린 원장이 말했다.

"하지만 V는 아직 모임 장소가 어딘지 얘기하지 않았잖아요!" 휴가 소리쳤다.

"사실은." 두 임브린이 동시에 입을 열었지만, 곧이어 페러그린 원장이 말을 마쳤다. "방금 얘길 해준 것 같아."

제 10 장

chapter ten

"V가 들려준 건 '펜세부스 이야기'였어." 렌 원장이 말했다. "그리 널리 알려진 이야기는 아니지."

올리브와 브로닌이 보관소에서 엄청 낡고 엄청 큰 판형의 《이상한 아이들의 동화》책을 갖고 막 돌아왔으므로 우리는 모두 주방에 모여 있었다. "보관소 직원 말로는 이 책을 만드는 데 들어간 양가죽이 300마리 분이래요." 브로닌은 피오나가 앉아 있던 장의자 한구석에 책을 내려놓고 약간 헐떡거리면서 말했다. 책이 탁소리를 내며 의자에 떨어진 바람에 닭의 깃털이 구름처럼 허공으로 휘날리자 피오나는 인상을 찌푸렸다.

"우리가 봤던 책은 손 글씨로 적힌 거였어요." 누어가 말했다. "그래서 저는 항상 그게 엄마가 지어내서 직접 적어둔 동화라고 생각했어요. 고아가 된 아이를 위로하고, 어쩌다가 내가 엄마랑 살게 됐는지 설명하려고요."

"책에 모임 장소에 대한 단서가 들어 있다고 생각하세요?" 호러스가 물었다.

"내 짐작엔 그렇단다." 페러그린 원장이 말했다. "너희도 알다시피 《이상한 아이들의 동화》엔 종종 비밀이 암호처럼 담겨 있으니까."

"하지만 V는 도입부만 들려주었지." 렌 원장이 피오나와 거대한 가죽 장정의 책 사이에 자리를 잡고 앉으며 말했다. "나머지를 읽으면서 또 무슨 이야기가 드러날지 알아보자꾸나."

렌 원장은 브로닌의 도움을 받아 표지를 넘긴 뒤 밀랍을 입힌 책장을 십여 페이지 넘긴 뒤에야 비로소 그 이야기를 찾아냈다. 렌 원장은 이중 초점 안경을 매부리코 끝에 걸쳐 균형을 잡은 뒤 책을 읽기 시작했다.

"'옛날, 아주 먼 옛날, 고슴도치처럼 등에 가시가 자라는 소녀가 살고 있었습니다.'" 렌 원장은 눈을 가늘게 뜨며 그 페이지를 넘겼다. "그래, 그래, 우리가 기억하는 대로야……. 아, 여기로군. '딸을 너무도 사랑했던 아버지의 영혼은 엄청난 보상이 기다리고 있는 사후 세계로 떠나는 대신에 스스로 딸이 가장 좋아하는 인형, 페니 안에 깃들었습니다. 그러면 딸이 평생 살아가는 동안 모든 나날을 지켜줄 수 있기 때문이었습니다. 소녀는 인형을 엄청 소중히 아꼈어요. 아버지의 영혼이 안에 깃들어 있다는 사실을 알지 못하면서도 소녀는 인형과 깊은 유대감을 느끼며 어디든 데리고 다녔고 말도 걸었습니다. 가끔은 인형이 말대답도 하는 것 같았죠.'"

누어는 눈을 감고서 입술을 움직이며 렌 원장이 읽어주는 이야기를 소리 없이 따라 암송했다.

렌 원장이 계속해서 책을 읽었다. "'나이를 먹으면서 소녀는 페니에 대한 애착이 덜해져, 어느 날 여행을 떠났다가 그만 여객선에 놓고 내리는 일이 벌어졌습니다. 소녀가 실수를 깨달았을 땐 이미 배는 항구를 떠난 뒤였어요. 멀어져가는 배를 보며 소녀는 떠난 배를 잡기엔 너무 늦었다는 걸 깨달았습니다. 소녀는 부두에 서서 배를 향해 노래를 불렀습니다. **나에게 돌아와줘, 사랑하는 페니, 최대한 빨리……**.'"

우리들 중 몇몇은 서로 눈빛을 주고받았다. **같은 구절이 또 나왔다.**

"'소녀는 사방을 둘러보며 인형을 찾았습니다. 바람 속에 인형의 목소리가 들리는지 귀를 기울였죠. 페니의 목소리는 들리지 않았지만, 전에는 거의 신경도 쓰지 않았고 귀담아들을 생각도 하지 않았던 다른 사람들의 목소리가 들려오기 시작했습니다. 동물들의 목소리도요. 동물들은 이제 어른이 된 소녀가 자신들을 겁내지 않았으므로, 인간에게 말을 거는 걸 두려워하지 않았어요. 여인은 동물들을 만날 때마다 기꺼이 받아들이고 자기 자식인 것처럼 돌봐주었고, 안전하게 지낼 수 있도록 큰 집을 지었습니다. 여인의 집은 바다와 가까웠기 때문에 가끔 끔찍한 폭풍에 휩쓸리기도 했습니다. 어느 날 밤 한 번도 본 적 없는 폭풍이 불더니 해변 암초에 걸린 배가 난파되었습니다. 거센 바람이 멎은 뒤 여인은 무슨 일이 벌어진 건지 보러 밖에 나갔다가, 난파된 선체 사이에서 유일한 생손자인 어린 소년을 발견했습니다. 흠뻑 젖어 덜덜 떨고 있던 소년은 인형을 꼭 끌어안고 있었습니다. 소년은 여인에

게 달려와 와락 안겼습니다. 한 번도 본 적 없는 소년이었지만 여인은 아이를 꼭 안아주었습니다.'

'여기 오면 꼭 당신이 있을 거라고 페니가 말해줬어요, 라고 소년은 말했습니다.'

'바다 괴물들이 배를 뒤쫓다가 침몰시켰다고 소년은 설명했습니다. 제가 기억하는 한 그 괴물들은 저를 계속 따라다녔어요. 하지만 페니는 당신이 나를 안전하게 지켜줄 거라고 말했어요. 그래서 페니가 최대한 빨리 가야 한다고 말한 대로 내가 온 거예요.'

'여인은 소년을 받아들여 안전하게 지켜주었습니다. 소년은 평범한 방식으로는 먹거나 마시지도 않는 이상한 아이였습니다. 옷 속에 감추어진 소년의 등과 발바닥에는 뿌리가 달려 있어서, 배가 고프면 소년은 밖에 나가 고운 진흙이 깔린 정원에 두어 시간 누워 있었습니다. 하지만 여인은 신경 쓰지 않았습니다. 소년과 함께 지내게 되어 반가웠고, 비록 페니는 이제 어린 소년의 소유였지만 인형이 돌아온 것이 너무도 기뻤습니다. 차마 소년에게 인형을 돌려달라고 말할 수는 없었어요. 인형과 소년은 늘 서로 대화를 나누었습니다. 소년이 소리 내어 인형에게 말을 걸면 인형은 소리 없이 대꾸해주었습니다. 그러던 어느 날 아침, 소년이 그곳에서 함께 산 지 몇 년이 흐른 뒤였는데, 여인은 창가에서 울고 있는 소년을 보았습니다. 무슨 일인지 묻자 소년은 인형이 떠나갔다고 대꾸했습니다. 저 마차를 타고요, 라고 소년은 말했습니다. 말 한 마리가 끄는 짐마차가 좁은 길을 달려가는 모습이 창문으로 보였습니다. 소년은 노래를 불렀습니다. 나에게 돌아와줘, 나에게 돌아와줘, 최대한 빨리……'

'오랜 세월 여인과 소년은 그 인형을 다시 보지 못했습니다. 소년은 나이가 들었고 여인은 더 나이를 먹었습니다. 끔찍한 전쟁이 벌어져, 유혈이 낭자한 전쟁은 두 사람을 둘러싼 땅을 산산조각 내버렸습니다. 다른 나라 군인들이 찾아와 두 사람의 집을 점령했습니다. 소년은 체포되어 끌려갔습니다. 장교와 사병들이 집 안으로 이주해 사는 동안 여인은 동물들과 함께 마구간에서 지냈습니다. 군인들은 동물 몇 마리를 죽여 잡아먹었기에, 여인은 슬피 울다가 잠자리로 삼은 건초 더미에서 좀처럼 일어날 수 없을 정도로 비참함에 빠졌습니다.'

'전투는 계속 이어졌습니다. 외국 군인들은 절대 떠나갈 것 같지 않았습니다. 그러던 어느 날 마구간 문을 두들기는 소리가 들려왔습니다. 노크의 주인공은 어리고 겁에 질린 아군 부상병이었는데, 발각되면 살해당할 것이 틀림없었습니다. 여인은 부상병을 숨겨주고 먹을 것을 챙겨주며 상처도 치료해주었습니다. 말을 할 수 있을 정도로 기운을 차린 부상병은 할머니가 된 여인에게 감사 인사를 하며, 여인을 만나려고 적진을 뚫고 몇 주간이나 걸어왔다고 설명했습니다. 이유를 묻자 부상병은 배낭을 뒤져 엄청 낡고 꾀죄죄한 인형을 꺼내 보여주었습니다. 그러고는 부상병이 미소를 지으며 속삭였습니다. **당신한테 도움이 필요하다고 페니가 말해주었어요**……'

'**최대한 빨리**, 할머니는 부상병 대신 뒷말을 이었습니다.'

'그 군인은 손만 대면 고형 물질을 기체로 변형할 수 있는 능력을 갖고 있었으므로, 그날 밤 몰래 할머니의 집으로 숨어들어 침대마다 찾아다니며 적군들을 무해한 연기 덩어리로 바꿔버렸습니다. 동이 틀 무렵엔 적군들 모두 성난 붉은 구름이 되어 지붕 위로 떠다니며 소용돌이치다 씨근덕거리는 것 말고는 더는 여인에게 아무런 해도 끼칠 수 없게 되었죠.'

'인형은 몇 번 찾아왔다 떠나기를 반복했는데, 오늘날까지도 여전히 지구를 떠돌며 집이 필요한 떠돌이 아이들을 도와주고 있다고 전해집니다.'" 렌 원장은 안경을 벗고 책에서 고개를 들었다. "이야기는 여기서 끝이다."

"그래서요?" 에녹이 성급하게 대꾸했다. "귀여운 동화이긴 하지만……."

"최대한 빨리.'" 엠마가 말했다. "인형을 부를 때 주인공이 대신 언급한 이야기가 바로 그 부분이네요."

"뭔가 의미가 있을 거예요." 휴가 말했다. 휴는 페러그린 원장을 쳐다보았다. 원장은 손끝으로 턱을 고이고 시선을 천장에 고정한 채 깊은 생각에 잠겨 앉아 있었다.

"그밖에 다른 건?" 페러그린 원장이 물었다.

"저도 페니라는 인형이 있었어요." 누어가 말했다. "오래되고 망가져 눈도 하나밖에 없었지만, 절대로 그 인형과 떨어지기 싫어했어요."

모두들 누어를 쳐다보았다.

"그게 **진짜** 페니였을까?" 브로닌이 물었다. "아니면 그냥 동화 속 이야기를 따라서 네 인형에 이름을 붙였던 걸까?"

누어는 머리를 흔들었다. "V는 페니가 이야기에 나오는 인형이라고 말했어요. 하지만 잘 모르겠어요. 항상 저는 페니가 말을 할 수 있다고 상상했지만, 당연히 실제로 말을 하진 않았거든요."

"어쩌면 네 마음속에서 말을 했을지도 몰라." 호러스가 낮은 목소리로 말했다.

"엄마는." 누어는 갑자기 말을 멈추었다. "V는 자기가 내 옆에 없을 때 페니가 나를 지켜줄 거라고 말했어요. 우리가 헤어지더라도 페니가 나를 도와서 다시 V한테 데려다줄 거라고요. 하지만 우리가 와이트들한테 습격을 받은 뒤에, V가 저를 포기하는 수밖에 없다고 결정을 내리기 직전에 페니는 사라졌어요. 저는 엄청 낙담했고요."

"아마 V가 인형을 멀리 숨겼을 거야." 엠마가 말했다. "그래야 인형이 너를 다시 V에게 이끌어줄 수 없을 테니까. 네 안전을 위해서." 거의 울음을 터뜨릴 것처럼 엠마의 목소리가 떨렸다.

누어의 얼굴은 어두워졌지만 아무 말도 하지 않았다.

"그밖에 다른 건?" 페러그린 원장이 기대에 차서 우리 표정을 살피며 다시 물었다. "루프 역사 수업을 떠올려보렴." 아무도 대답하지 않았다. 페러그린은 얼굴을 찌푸렸다. "공부는 소홀히 한 채 너무 오래 뛰놀기만 하도록 너희를 내버려둔 것 같구나. 렌 원장님이 좀 설명해주시죠……."

"이상한 동물들이 지내던 동물원을 관리했던 임브린은 나 혼자가 아니었어." 렌 원장이 말했다. 애디슨의 귀가 쫑긋 솟았다. "내 전임자가 한 분 더 계셨지. 그리젤다 턴 원장님이라는 분이야. 하지만 그분의 루프는 제1차 세계대전이 끝나갈 무렵인 1918년에 비극적으로 붕괴되고 말았어. 포탄을 맞아 파괴되었거든."

"우리가 지내던 가엾은 루프의 운명과 비슷한 것 같네요." 엠마가 말했다.

"그보다 전에 벌어진 일이란다." 렌 원장이 설명을 이어갔다. "턴 원장님의 동물원이 적군에게 짓밟혔던 이야기는 '펜세부스 이야기'의 사건들과 놀라울 정도로 비슷하단다."

"그러니까 원장님 말씀은……." 올리브가 숨을 헐떡이며 대꾸했다. "거기가 동화 속의 루프일 수도 있다는 거지요?"

"V가 특정한 잠자리 동화를 우리에게 들려준 이유가 있을 거라고 생각한다." 페러그린 원장이 말했다. "어릴 때 누어에게 동요를 가르쳐주었던 것과 마찬가지일 거야. 중요한 단서겠지."

렌 원장이 고개를 끄덕였다. "턴 원장의 루프가 모임 장소인 것 같아."

"어쨌든 V도 임브린이 틀림없으니까요." 에녹이 말했다. "항상 말도 수수께끼처럼 하고요."

"하지만 그 루프는 사라졌다면서요." 누어가 못미더운 듯 말했다. "오래전에 파괴되었다고 말씀하셨잖아요."

"그랬지." 페러그린 원장이 말했다. "그래서 확실히 더 찾아가기가 어려울 거다."

"하지만 그렇기 때문에 숨어 있을 장소로는 더 적합하지." 렌 원장이 눈을 빛내며 말했다. "그런 곳에 피신하는 건 아주 명석한 행동이야."

"하지만 존재하지도 않는 루프를 어떻게 찾아요?" 누어가 물었다.

"그건 우리에게 맡겨." 밀라드가 말했다. 그의 목소리가 들려온 곳을 향해 우리 모두 돌아보자 열린 문에서 옷자락이 펄럭거렸다. "길 좀 비켜주시죠!"

밀라드는 검은색 양복을 입은 시간 관리국 직원 둘을 이끌고 방 안으로 들이닥쳤다. 세 사람은《이상한 아이들의 동화》책보다도 더 큰 판형의《시간의 지도》책을 들고 문을 지나 식탁 위에 내려놓았다.

"다들 조심해, 이건 우리 전부보다 오래된 보물이야!" 밀라드가 직원들을 다시 밖으로 내쫓은 뒤 문을 닫았다. 그러고는 누어를 돌아보며 입을 열었다. "고대 로마나 그리스 같은 곳의 붕괴된 지 오래된 옛 루프를 방문하는 게 가능하냐고 네가 물었을 때, 건너뛰기라는 기술을 내가 설명해줬잖아."

누어가 약간 자세를 똑바로 하며 대꾸했다. "그랬지."

"펀 원장님의 루프를 찾아가기 위해서는 이제부터 그 방법을 동원해야 할 거야."

"어려울까?" 내가 물었다. "얼마나 오래 걸리겠어?"

"그거야 우리가 무엇을 뛰어넘어서 어디로 **건너뛸지**에 달려 있겠지." 밀라드가 묵직한 지도를 펼치며 말했다. "턴 원장님의 원조 루프는 프랑스 북부에 있었고, 여기 까마귀가 나는 그림이 있는 지점에서 그리 멀지 않아. 루프는 1916년에 개설되었다가 1918년에 무너졌어. 상당히 짧은 기간이지." 밀라드는 한 페이지가 거의 베갯잇만 한 지도를 조심스럽게 넘겼다. "얼마 안 되는 그 기간 동안 개설된 또 다른 루프를 찾은 다음에, 과거를 가로질러 턴 원장님의 루프가 붕괴하기 이전으로 찾아가야 한다는 뜻이야."

"**전쟁터**를 가로질러야 한다는 뜻이야?" 클레어가 물었다.

"우리는 지금도 전쟁터에서 **살고 있어**, 클레어. 무슨 차이가 있지?" 휴가 말했다.

"약간 아슬아슬하고 복잡해질 수도 있겠어……." 밀라드가 맞장구를 쳤다.

"뭐든 좋은 건 쉽게 얻어지지 않는 법이야." 엠마가 말했다. "하지만 예언에 나온 다른 여섯 명이 모두 거기 모인다면, 위험과 곤경을 감당할 가치가 있을 거야."

"하지만 그 사람들을 찾는다 해도 내가 어떻게 해야 해?" 누어가 물었다. "그 점에 대해서도 이야기 속에 단서가 있어?"

페러그린 원장은 우릴 안심시키려고 애를 쓰는 것 같았다. "거기까진 아직 걱정하지 마라. 결국엔 다 확실해질 테니까."

누어는 이맛살을 찡그리며 팔짱을 꼈다.

밀라드는 여전히 《시간의 지도》 책을 넘기며 연결이 될 만한 루프를 찾는 것과 동시에, 과거를 얼마나 거슬러 올라가야 턴 원장의 루프 입구에 당도할 수 있을지 계산하고 있었는데 문득 누군가 현관문을 두들기기 시작했다.

출입구와 가장 가까이 있던 휴가 달려 나가 문을 열었다.

현관문 앞 계단에는 숨을 헐떡이는 청년이 서 있었다. "빨리 가셔야겠어요! 악마의 영토에 할로개스트가 돌아다니고 있어요!"

"뭐라고?" 페러그린 원장이 청년을 돌아보았다.

현관문으로 달려가는 나의 심장이 쿵쾅거리기 시작했다. "우리가 데리고 있던 녀석인가요?" 청년이 말하는 할로개스트가 부디 내 손으로 길을 들여 그레이브힐에서 나란히 함께 싸웠고, 그 전에는 팬루프티콘의 충전지 역할도 맡았으며 현재는 은퇴해 몸을 회복 중인 녀석이기를 빌었다. 그 녀석은 내가 마지막으로 확인했을 때 과거 유혈 스포츠 경기장으로 쓰던 곳에 갇혀 있었다.

"아닌 것 같아." 청년이 재빨리 대답했다. "이번 녀석은 전에 보던 놈들과 전혀 달라. 어쨌든 놈은 아수라장을 만들면서 사람들을 해치고 있어. 그러니까 포트먼 군, 바쁘지 않다면 부디 어서 가서 놈을 죽여주지 않겠어?"

페러그린 원장은 모두들 집 안 대피소로 피신하라고 말한 뒤, 나와 브로닌, 엠마만 데리고 무슨 일인지 확인하러 달려 나갔다. 다급히 뛰어가면서도 나는 아직 할로우를 감지하지 못하고 있다는 걸 알아차렸다. 그건 이상한 일이었고 어쩌면 나쁜 징조였다. 이제 나의 능력은 많이 향상된 상태라, 반경 1.5킬로미터 이내에 있는 할로우는 어떤 경우라도 즉각 알아차렸어야 당연했다. 그 정도 범위라면 악마의 영토 전역을 쉽사리 포함하는 거리였다.

"이번 녀석은 **어떻게** 다른데요?" 청년을 따라 황급히 계단을 내려가며 내가 소리쳐 물었다.

청년은 좁은 다리 앞에서 걸음을 멈추고 나를 돌아보았다. 겁에 질린 표정이었다. "포트먼 군, 이번 할로우는 **내 눈에도** 보여."

악마의 영토에 길들이지 않은 할로우는 존재하지 않는다고 추정되었으므로, 이곳을 멋대로 돌아다니는 할로우 역시 **결단코** 없어야 당연했다. 이런 당혹스러운 상황에 마음의 준비가 된 사람은 아무도 없었다. 루프 입구 주변을 강화하는 흙벽도 아직 마무리되지 못했다. 할로우는 상처 하나 없이 말짱하게 침투해, 열병의 시궁창과 우리 집 주변을 흐르는 지류가 합류하는 지점에서 그리 멀지 않은 수백 미터 전방에서 소동을 벌이고 있었다. 놈은 바지선을 여기저기 휘젓고 다니며 생필품을 하역하던 선원들을 공포에 떨게 만들었고, 묵직한 상자들을 박살내 물속에 빠뜨리며 혀가 닿는 거리에 있는 이들을 모두 공격하는 중이었다. 이미 누군가의 말을 포획한 녀석은 이제 목재 다리에 올라가 축 늘어진 사체를 절반쯤 씹어 먹은 턱을 벌리며 킹콩처럼 포효했다.

"으, **끔찍해!**" 브로닌이 눈을 가리며 울부짖었다.

브로닌도 놈을 볼 수 있었다. 엠마와 페러그린 원장도 마찬가지였으므로, 그들은 흥미와 공포가 뒤섞인 시선으로 입을 떡 벌린 채 멀리서 난동을 부리는 할로우를 지켜보았다.

우리 **모두** 놈을 볼 수 있었다. 나는 이제 막 놈의 존재를 감지하기 시작했는데, 가까운 거리를 감안하면 그건 상당히 늦은 반응이었다.

"**흉측하다.**" 엠마가 입술을 일그러뜨리며 말했다. "할로우가 저렇게 추악하게 생겼다는 걸 알았더라면 훨씬 더 겁먹었을 것 같아."

나는 용기를 그러모아 싸움에 대비하려 애를 썼다. "놈은 내가 해결할게."

내가 일행과 떨어지려고 하자 페러그린 원장이 내 팔을 붙들었다. "놈은 **너**를 찾아온 거다. 너와 프라데시 양을. 이렇게 가면 곧장 카울의 덫으로 걸어 들어가는 꼴이야."

"이러다 놈이 누군가를 **죽이겠어요!**" 내가 반항했다.

"놈의 관심은 오로지 너희 둘을 죽이는 것뿐이야." 페러그린은 내 팔을 놓아주었다. "지금 당장은 민병대가 감당할 일이니 너희가 나설 때가 아니다. 게다가 이번 할로우는 모두의 눈에 보이니 작전도 더 쉬울 거야."

브로닌이 눈을 가렸던 손을 치웠다. "그런데 **어째서** 우리 눈에 보이는 걸까요?"

"아마도 나의 오라비가 어딘가에 보유하고 있던 열등한 종의 할로개스트겠지." 페러그린 원장이 추측했다. "어쨌거나 이론적인 확인 작업은 저 놈이 죽은 뒤에 할 수 있을 거다."

페러그린 원장은 할로개스트와 가까운 건물 지붕 위에 나타난 민병대 셋을 가리켰다. 그들은 지붕 끄트머리 쪽으로 육중한 기구를 밀고 있었다. "작살 대포란다." 페러그린 원장이 설명했다. "증기 동력으로 발사되는 최신형인데, 특별히 할로우를 잡기 위해 설계된 면도날처럼 예리한 쇠 그물이 날아가게 되어 있어."

포신이 얼마나 큰지 2미터도 넘는 장신의 민병대 세 사람을 거의 다 가릴 정도였다. 작살 대포를 지붕 끄트머리까지 빠르게 굴려 이동시킨 그들은 포구를 돌려 삼각대 위에 고정한 다음 목표를 조준했다.

"저런 걸로는 놈을 화나게 만들 뿐일걸요." 내가 경고조로 말했다.

"지금도 화나 있는 거 아니야?" 누어가 말했다. 돌아보니 누어가 우리 바로 뒤 다리 위에 서 있었다.

"조금도 화난 것 같지 않은데." 엠마가 말했다.

"너희는 집 안에 있으라고 부탁했잖니." 페러그린 원장이 이를 악다물며 말했다.

누어는 아차 하는 눈치였다. "제 눈에도 할로개스트가 **보일**

까요?"

"그래, 놈은 우리 모두 육안으로 볼 수 있다, 이젠 제발 집으로 들어가거라." 페러그린 원장이 다그쳤다.

누어는 원장의 말을 무시하고 할로우를 응시하더니 약간 헛구역질을 했다. "맙소사, 흉측하네요."

"제발, 저한테 맡겨주세요." 내가 말했다. "사람들 눈에 다 보인다는 건 알지만 저는 놈을 **통제**할 수 있잖아요. 저러다 다치는 사람들이 나오겠어요."

"그건 절대로 안 될 말이다!" 페러그린은 원장은 이성을 잃기 직전까지 몰린 듯했다.

민병대는 아직도 조준 중이었다. 할로우는 다리에서 풀쩍 뛰어올라 바지선에 올라 대형 나무 상자를 후려쳤고 상자는 원반처럼 포물선을 그리며 허공으로 날아갔다. 민병대는 할로개스트가 자기네를 향해 다가오는 걸 보고 몸을 숨겼다. 할로개스트는 그들이 있는 곳에서 멀지 않은 집의 지붕을 무너뜨렸다.

"저 사람들 어서 서두르는 게 좋을 텐데, 안 그러면 먹잇감이 되겠어요." 브로닌이 중얼거렸다.

이윽고 민병대는 다시 일어나 드디어 무기를 발포했다. 폭발음과 함께 작살 대포가 발사되며 새하얀 수증기가 뿜어 나왔다. 구름처럼 펼쳐진 쇠 그물이 열병의 시궁창을 넘어 날아갔지만, 할로우를 맞히지 못하고 더러운 물로 떨어져 물보라가 솟구쳤다. 잠시 후 쇠 그물이 날아가던 진로에 서 있던 사람의 몸이 수십 조각으로 산산이 잘려 바다으로 쓰러졌다.

누어와 엠마는 헉 하는 신음을 흘렸고, 페러그린 원장은 움찔하며 고대 이상한 언어로 빠르게 기도문 같은 말을 중얼거렸다.

"민병대가 기회를 날렸네요. 이젠 제 차례예요." 내가 말했다.

페러그린은 다시 내 팔을 잡았다. "절대 안 돼." 같은 말을 반복했지만 이전보다는 말투가 약해져 있었다.

할로우는 또다시 이동해 다른 바지선 갑판으로 뛰어오르더니 널빤지로 된 빈약한 잔교를 부서뜨렸다.

"놈이 저를 원한다면 저를 따라올 거예요. 그렇다는 건 제가 사람들이 덜 붐비는 지역으로 놈을 유인할 수 있다는 뜻이죠. 작살 대포를 쉽게 이동시킬 순 없잖아요?" 내가 말했다.

"내가 도와주면 쉽게 옮길 수 있어." 브로닌이 나섰다.

페러그린 원장은 얼굴을 찡그렸다. 이건 자기가 이길 수 없는 말싸움이었다. "어떻게 할 작정이니?" 페러그린이 내게 물었다.

"여기서 가까운 곳에 터널이 있잖아요, 그렇죠?"

"루프에서 외부로 이어지는 다리 터널이 있긴 하지." 엠마가 말했다.

거기까진 열병의 시궁창을 따라 8킬로미터쯤 되는 거리였다. "좀 더 가까운 곳이 필요해."

"생크힐 지하에도 터널이 있다." 페러그린 원장은 마지못한 듯 내 팔을 놓아주며 멀찍이 그 방향을 가리켰다.

"제가 가야 해요." 나는 뒷걸음질을 치며 말했다. "누구든 또 죽기 전에요."

페러그린 원장은 잠시 눈을 꾹 감았다. 다시 눈을 뜬 원장은 나와 싸우기를 단념한 듯했다. "그럼 가거라. 민병대에게 네가 갈 거란 걸 내가 알리마, 그리고 작살 대포는 너에게도 필요할 거야.

블룸 양과 브런틀리 양을 함께 데려가렴."

"저도요." 누어가 말했다.

"너는 안 돼!" 페러그린 원장이 내 팔 대신 누어의 팔을 그러쥐며 말했다.

"원장님 말씀이 옳아. 넌 위험을 감수하기엔 너무 중요한 인물이야." 내가 말했다.

"너무 중요해서 쓸모가 없네." 누어가 투덜거렸다. 그러고는 낮지만 진지한 목소리로 내 귓가에 속삭였다. "무사히 돌아와."

빠르게 달리기 시작해 페러그린 원장의 몸이 허공으로 솟구쳤다. 페러그린은 헐렁한 옷가지가 땅바닥에 떨어지기도 전에 흐릿한 깃털 뭉치로 변신해 날개를 펼치고 지붕을 향해 날아갔다.

민병대는 다시 작살을 쏘지 않고 있었다. 어쩌면 자신들이 벌인 일에 너무 경악했기 때문일 것이다. 혹은, 작살 그물이 한 발뿐인데 그걸 낭비했을지도 모른다는 생각에 기운이 빠졌다.

내가 뛰기 시작하자 브로닌과 엠마가 뒤를 따랐다. 기본적인 계획은 이제 겨우 머릿속에서 자리를 잡기 시작했다. 중요한 건 할로우에게 가까이 다가가 놈의 머릿속으로 파고들어야 한다는 것이었다. 정말로 놈이 열등한 형태의 할로개스트라면 어렵지 않을 것이라고 생각했다. 하지만 그런 막연한 추측은 내가 처한 곤경을 더욱 어렵게만 만들 뿐이었다.

우리는 얼기설기 놓인 나무다리로 강을 건넌 뒤 할로우를 향해 강둑을 따라 달려갔다. 이상한 종족들은 반대 방향으로 달아나고 있었다. 레오의 부하들 넷도 하얗게 질려 헐떡거렸다. 도그페이스와 종기 소년은 둘 다 겁에 질렸다기보다는 즐거워하는 것 같았다.

"가서 놈을 잡아, 제이콥!" 도그페이스가 속도를 늦추지 않으며 환호했다.

"겁쟁이들!" 엠마가 그들에게 소리쳤다.

할로우가 내지른 괴성이 거리에 울려 퍼지자, 겁에 질린 여자아이는 달아나기를 단념하고 물로 뛰어들었다. 다행히도 상황을 파악한 도그페이스가 되돌아가 소녀를 물에서 건져내주었다.

우리는 더러운 물이 흐르는 지류와 열병의 시궁창 원류가 만나는 지점에 당도했다. 그곳 주변 도로엔 사람들이 하나도 없었다. 할로개스트는 건물 3층으로 기어올라 난간에 매달려 미식가처럼 허공을 맛보듯 촉수 같은 혀를 내밀고 쩝쩝거렸다. 페러그린 원장의 말이 맞았다. 놈은 나를 찾고 있었다. 나의 **냄새를 감지하고 있었다.** 틀림없이 누어도 찾고 있었을 것이다.

우리는 할로우가 벌인 파괴의 현장으로 들어가며, 산산조각난 나무 상자의 잔해와 평생 먹어도 남을 듯한 분량의 블루치즈가 자갈밭에 쏟아져 코를 찌르는 냄새를 풍기는 장애물을 이리저리 피해 점점 접근했다. 생존 식량으로 블루치즈를 쟁여두는 사람들은 이상한 종족뿐일 것이다.

"내가 저쪽 터널 입구로 놈을 몰아갈게." 어깨 너머로 내가 소리쳤다. "브로닌, 지붕 위에서 저 작살 대포를 얼마나 빨리 지상으로 옮길 수 있겠어?"

브로닌이 한 블록 거리에 있는 건물을 올려다보았다. "2분." 브로닌이 자신만만하게 말했다.

터널 입구는 그 건물에서도 몇 블록 더 떨어져 옆길로 빠져야 했다. "1분이면 더 좋겠지만, 엠마와 내가 최대한 시간을 벌어볼게. 나보다 먼저 네가 터널에 대포를 가져다 놔야 해. 터널 제일 안쪽에 자리를 잡고서 우리가 들어오는 방향으로 조준해봐. 그러고 나서는 우리를 기다려줘."

"제대로 뭘 알고 일을 벌이는 거면 좋겠다, 제이콥." 브로닌은 이렇게 말한 뒤 우리와 헤어져 골목길로 달려갔다.

엠마와 나는 할로우가 열병의 시궁창 너머로 곧장 바라다 보이는 위치까지 계속해서 달려갔다. 나는 놈이 나를 보자마자 우리 쪽으로 달려올 거라고 짐작했고, 아니나 다를까 할로개스트는 이미 건물을 기어 내려오고 있었지만 그 이유는 내가 아니었다. 도로 한쪽 구석에 여자가 보였다. 긴 머리를 땋아 한쪽 어깨로 늘어뜨린 카우걸이 장총을 들고 있었다.

벽돌담과 강물 위로 여자의 목소리가 메아리쳤다. "너희는 거기 그대로 있어! 내 시야에서 벗어나지 말고!"

"어서 피해요! 그러다가 개죽음당할 거예요!" 엠마가 소리쳤다.

여자는 우리 말을 무시했다. 여자는 장총을 어깨에 단단히 대고 총구를 들여다보았다. 할로우는 건물을 절반쯤 내려오다 말고 막연히 호기심 어린 눈빛으로 여자를 응시했다. 마치 인간에게 위협을 당해본 적이 전혀 없어서 앞으로 무슨 일을 하려는지 지켜보려는 것처럼.

여자가 총을 쏘았다. 총성은 요란하게 메아리를 울렸고 총격의 반동에 여자의 어깨가 뒤로 밀려났다. 여자는 유연하고도 자신 있는 동작으로 총신의 걸쇠를 풀고 총구를 내렸다가, 할로우가 다시 건물을 내려오기 시작하자 두 번째 총알을 발사했다. 할로우는 거리로 내려와 저녁 식사 후 산책을 나온 사람처럼 태평하게 여자를 향해 걸어가기 시작했다.

카우걸은 제자리에 버티고 서서 재장전을 시작했다. 어쩌면 여자는 이제껏 움직이는 할로우를 본 적이 없었을 것이다. 어쩌면 자신이 어떤 놈을 상대하고 있는지 알지 못했을 것이다. 어쩌면 여자는 스스로 죽음을 원했을 것이다. 어쨌거나 나는 여자의 피를 손에 묻히고 싶지 않았다.

"야!" 내가 고함을 질렀다. "멍청아!"

할로우가 제자리에 얼어붙었다. 그제야 카우걸이 총을 쏘기 시작했다. 여자는 놀라운 속도로 방아쇠를 당긴 뒤 총신을 꺾었다 다시 조준하며 연속으로 여섯 발을 쏘았다.

그러고는 탄알이 떨어져 총격을 멈추었다. 지켜보고 있던 사람들 사이에는 앞으로 무슨 일이 벌어질지, 할로우가 쓰러져 죽을지 아닐지 확인하느라 모두 숨을 죽인 순간의 시간이 흘러갔다. 그러나 할로우는 죽기는커녕 스웨터에서 보풀을 떼듯, 너덜너덜한 손으로 가슴에 박힌 총알 여섯 발을 뽑아 내던졌다.

"하느님 맙소사." 장총을 내리며 카우걸이 말했다. "36구경 탄환이었는데."

총알은 할로우의 피부도 뚫지 못했다. 놈은 괴성을 지르며 다시 여자를 향해 움직였는데, 성가신 파리를 죽이겠다고 마음먹은 듯 이번엔 움직임이 좀 더 빨랐다. 카우걸은 처음으로 두려움을 내보이며 몇 걸음 뒷걸음질을 치더니, 새 총알을 꺼내려는 듯 한 손으로 주머니를 뒤졌다.

"쓸모없는 짓이에요, 멍청하긴!" 엠마가 소리치며 양손을 비비기 시작했다. "**도망쳐요!**"

엠마는 양 손바닥 사이에 큼지막한 불덩어리를 일으켜 열병의 시궁창 너머로 내던졌다. 할로우가 휘두르던 혀 세 가닥이 모두 여자에게 닿으려던 찰나 놈의 발 앞으로 불덩어리가 떨어졌고, 할로우는 죽은 듯 동작을 멈추었다.

"**훌륭한** 조준이었어." 내가 소리치자 엠마는 신이 나는 듯 불타는 손바닥으로 박수를 쳤다.

"이쪽이야!" 나는 할로우에게 양팔을 휘둘렀다. "와서 잡아보시지!"

할로우는 고개를 돌려 우리를 쳐다보았다. 카우걸은 자존심을 삼키고 달아났다. 나는 강물 너머에서 할로우에게 **혀를 삼켜라**라고 명령어를 소리쳤다. 페러그린 원장의 말대로 이 할로우가 정말로 열등하다면, 놈이 나를 산산조각 내려고 기를 쓰는 동안 굳이 가까이 다가가 놈의 정신을 굴복시키지 않더라도 먼 거리에서 통제력을 발휘할 수 있다는 희망을 품었다.

그런 행운은 없었다.

나를 알아본 할로우가 대기를 찢을 듯 소름 끼치는 괴성을 내지르며 죽은 말의 머리를 우리가 있는 방향으로 뱉어낸 순간 놈의 흥분을 느꼈을 뿐이었다. 말 대가리는 열병의 시궁창을 거의 넘어 날아오다 바닥으로 추락하며 더러운 강물로 우리에게 물벼락을 안겼다.

"말을 안 들어?" 엠마는 겁에 질린 티를 내지 않으려 애쓰며 물었다.

"아직은 안 되네. 아마 좀 더 가까이 가야 할 거야."

"아마?"

나는 할로우 언어로 **잠들어라, 누워!** 라고 소리쳤지만 할로우는 반응이 없었다. 놈은 열병의 시궁창을 넘어 우리에게 오는 가장 **빠른** 길을 찾아 주위를 살폈다.

"**진짜로** 좀 더 가까이 다가가야 해."

"그건 **안 돼**, 제이콥. 가까이 다가가기 전에 어떻게든 다른 방법을 동원해서 저놈의 힘을 빼겠다고 약속해줘."

놈은 우리가 먼저 움직이기를 기다리고 있었다. 그런데 지금 나는 너무 오래 미적거리고 있었고 그 사이 의구심이 파고들었다. 내가 이걸 해낼 수 있을까라는 의심. 이 할로우는 전혀 통제가 불가능할지도 모른다는 의심. 그러자 문득 놈과의 거리를 100미터 이내로 좁히고 싶지가 않아졌다.

"알겠어. 그건 최후의 수단으로 남겨둘게." 내가 엠마에게 약속했다.

우리는 열병의 시궁창 강둑을 따라 빠르게 달려갔다. 할로우는 쉽사리 우리와 속도를 맞춰 건너편에서 우리와 같은 방향으로 쏜살같이 따라왔다.

"놈은 강을 건너올 거야." 내가 말했다. "어디로든…… 개방된 곳에서 벗어나…… 시야를 가려야 하는데……."

엠마가 허물어져가는 공동주택을 가리켰다. "저 안으로 가자!" 건물은 바지선을 이어 만든 다리 바로 뒤쪽에 있었다. 할로우가 그 다리를 건너기 전에 당도하지 못한다면 우리의 진로가 막히는 셈이었다.

"우리가 일단 건물 안으로 들어가 놈을 유인하면 속도가 느려져서 브로닌이 움직일 시간을 줄 수 있을 거야, 그런 다음에 터널 입구로 이끌고 가자." 내가 말했다. "최대한 뜨겁게 손을 데워 가지고 곁에 있어줘."

"벌써 그러고 있어." 엠마가 장담하듯 손가락에서 뜨거운 화염이 치솟았다.

"최대한 빨리 달려야 해." 나는 헐떡거리며 당부했고 우리는 전력 질주를 시작했다.

할로우는 세 갈래 혀를 회전하듯 휘둘러 물위에 둥둥 떠 길을 막고 있는 배와 나무다리의 잔해를 헤치며 맹렬히 우리를 뒤쫓았다.

우리는 할로우가 첫 번째 배 위로 뛰어오른 순간 공동주택 현관에 당도했다. 나는 엠마를 먼저 안으로 들여보내며 할로우가 우리의 행방을 보았는지 확인했다. 의문의 여지는 없었다. 놈은 등불에 달려드는 나방처럼 우리를 향해 다가오고 있었다.

건물 실내는 벽이 무너지고 천장이 절반이나 뚫려 사람이 살 수 없을 만큼 처참한 폐허였다. 우리는 잔해 더미를 피하거나 건너뛰며 최대한 빨리 달렸다. 등 뒤에서 문이 활짝 열려 쾅 소리를 내며 문설주에서 뜯겨 나간 순간 할로우가 따라왔음을 알 수 있었다.

나는 돌아보지도 않았지만 굳이 그럴 필요도 없었다. 내면의 나침반이 마침내 부르르 떨며 살아나면서 이젠 놈의 존재가 느껴졌다. 이번 할로우와 어떻게든 연결되기까지는 평소보다 훨씬 오래 걸렸는데, 그 느낌 자체도 달랐을뿐더러 나침반 바늘이 좀 더 높은 주파수에서 떨리는 게 감지되었다. 하지만 그런 차이 분석은 나중에나 할 일이었다……. 우선 나중까지 살아남아야 하겠지만. 일단 현재로선 녀석이 전혀 열등한 할로우가 아니라는 생각이 들기 시작했다. 이 녀석은 무언가 새롭고 전보다 더 끔찍한 놈이었다. 내 힘으로 놈을 죽일 수 있기를, 그래서 친구들을 죽음의 덫으로 몰아넣는 상황은 아니길 빌었다.

그나마 우린 약간이나마 운의 도움을 받았다. 허물어져가는 공동주택의 상태 덕분에 아무거나 던져 할로우의 진로를 막을 만한 장애물이 주변에 널려 있었다. 달아나면서 우리는 육중한 옷장과 망가진 의자 더미를 쓰러뜨렸고, 얼마간은 놈의 속도가 줄어들었다. 출구 근처에서는 건물 잔해가 빽빽하게 쌓인 좁은 복도를 지나가야 했는데, 할로우 역시 몸이 홀쭉한 편이라 엠마나 내가 빠져나갈 수 있는 틈으로 진입은 가능했지만 날름대는 혀들이 무언가에 부딪치고 얽혀 조심씩 지체되는 바람에 우리는 건물 밖으로 빠져나가 골목으로 접어들어, 할로우보다 꽤나 앞서서 터널을 향해 달려갈 수 있었다.

터널은 내 키나 몸집보다 별로 크지 않았고 막다른 길의 벽을 향해 뚫려 있었다. 터널 안엔 조명이 없어서 그곳으로 다가가면서도 브로닌과 경비병들이 벌써 당도해 있는지 아닌지 알 수 없었지만, 부디 대기 중이기를 빌 뿐이었다.

"엠마……." 내가 말문을 열기도 전에 평소처럼 나보다 한 발

앞서 달려가던 엠마는 양손에 불꽃을 피워 올려 어둠을 밝혔다.

우리 뒤쪽 골목에서 괴성이 메아리치며 담장을 울렸다. 이젠 할로우도 건물을 빠져나온 상황이라 놈과 우리 사이엔 아무것도 장애물이 없었다.

우리는 터널로 뛰어들어 어둠 속으로 스며들었다. 터널 천장을 뚫고 자라난 나무뿌리가 우리 얼굴에 부딪쳤다. 터널 안쪽 더 깊은 곳에서 목소리가 울려 퍼졌다. "제이콥이니?"

브로닌이었다. 브로닌이 우리 앞에 있었다.

"우리야!" 엠마가 소리쳤다. "엠마랑 제이콥!"

약간 굽은 터널을 돌자 멀찍이 빛이 보였다. 빛을 등지고서 네 발을 지탱한 채 서 있는 그림자는 작살 대포였다. 터널 폭에 맞추느라 포신을 옆으로 돌려놓아야 했던 모양이었다.

우리 뒤쪽에선 할로우가 터널 입구에 당도했다. 터널의 모양이 줄어들어 초점을 맞추기라도 한 듯 놈의 존재가 좀 더 확연해졌다.

우리는 몸을 한껏 수그리고 달리느라 발이 걸려 비틀거리면서도 계속해서 달리는 수밖에 없었다. 감사하게도 마침내 터널 천장이 더 높아져 제대로 몸을 펴고 다리를 놀릴 수 있는 구간이 나타났다.

할로우가 만들어내는 꿍음이 사방으로 메아리쳤다. 우리는 감히 뒤돌아보지 못했다. 그저 달릴 뿐이었다.

나는 브로닌에게 서두르라고 소리쳤다. 브로닌과 경비병들은 대포를 갖고 씨름 중이었다. 우리가 그들과 합류했을 때에도 아직 터널 출구까지는 5, 6미터나 남아 있었다. 할로우는 중간 지점을 지나 빠르게 거리를 좁혀오고 있었다. 브로닌은 포구 쪽을 잡고 잡아당기는 중이고 경비병들은 포신을 밀고 있었는데, 계속 전진 중이기는 해도 별로 빠르질 못했다. 묵직한 포신 아래쪽이 자꾸 흙 속으로 파고들었다. 브로닌은 지쳐가고 있었다.

이 계획을 성공시키려면 어떻게든 내가 할로우의 속도를 늦출 방법을 찾아내야 했다. 나는 만일의 경우를 대비해 엠마에게 브로닌 곁에서 친구를 지키라고 말했다.

"내가 너랑 같이 가지 않으면 넌 어둠 속에서 놈을 볼 수가 없잖아!"

"**느낄** 수는 있으니까 아마 그걸로 충분할 거야." 할로개스트가 나를 사냥하는 데 눈이 필요 없다면, 나도 놈들을 사냥하는 데 눈은 필요 없을 것이다.

"어떻게 싸울 작정인데 그래?" 엠마가 묻고 있었지만 나는 제대로 귀를 기울이고 있지 않았다. 몸을 돌려 할로우를 향해 달려가려고 만반의 준비를 하려는 찰나, 누군가 **나를** 지나쳐 터널로 달려가는 게 느껴졌다.

"야!" 나는 고함을 질렀고 엠마는 불꽃을 피워 올렸지만 이미 지나간 다음이라, 우리 눈에 보인 건 달려가는 소녀의 뒷모습과 헝클어져 휘날리는 머리칼뿐이었다.

우리 뒤쪽에서 휴가 달려오다가 멈춰 서려고 팔을 풍차처럼 휘둘렀다. "피오나 봤어?" 숨을 헐떡이며 휴가 말했다. "너희를 도와주려고 몰래 빠져나왔는데 방금 전에 피오나가 냅다 뛰어가버렸어."

"맙소사, 그러다 죽으면 어쩌려고……." 내가 말했다.

나는 방향을 틀어 할로우를 향해 어둠 속으로 뛰어들었고 엠마와 휴도 내 뒤를 바짝 쫓았다. 엠마의 불꽃이 비추는 반경 너머로 시선을 보내며 나는 피오나의 이름을 외쳤다. 할로우를 볼 순 없었지만 우리와 간격이 빠르게 좁아지고 있다는 게 확연히 느껴졌다. 머리와 어깨를 더듬어대는 손가락처럼 천장에서 늘어진 빽빽한 나무뿌리를 헤치느라 나는 양손을 휘두르며 달려갔다. 바로 그때…….

모두의 귀에 비명이 들려왔다. 높고 예리한 여자 목소리였다. 잠시 뒤에 할로개스트의 외침이 이어졌다. 이내 엠마의 불꽃이 그들에게 닿으면서 처음엔 희미했던 모습이 우리가 다가갈수록 점점 확실해졌다.

할로우가 피오나를 통째로 삼키는 광경을 마주할 수도 있다고 생각했지만, 다행히도 그건 아니었다. 피오나와 할로우는 15미터쯤 거리를 둔 채 결투를 앞둔 사람들처럼 서로 마주보고 있었다. 피오나는 교향악의 첫 화음 연주를 앞둔 오케스트라 지휘자처럼 허공에 양손을 올린 채 두 발을 당당히 벌리고 서 있었다. 우리는 피오나 주변에 멈춰 섰다. 휴가 다친 곳이 없는지 피오나의 몸을 얼른 살펴보는 동안, 엠마는 할로우를 향해 화염에 휩싸인 양손을 휘두르며 경고하듯 몇 걸음 다가갔다. 할로우가 왜 움직임을 멈췄는지 영문도 모르겠고, 복잡하게 얽힌 나무뿌리가 드리운 그림자에 가려져 상황을 제대로 파악할 수 없었는데, 휴가 위험을 피해 아무리 뒤쪽으로 끌어내려고 해도 꼼짝도 하지 않고 있던 피오나는 아직 아무런 대답도 해주지 않았다.

할로우가 다시 괴성을 질렀으나 이번엔 낭패감에서 비롯된

울음처럼 들렸다. 엠마가 불꽃을 더 밝게 키웠다.

"휴, 기다려." 엠마가 눈을 가늘게 뜨고 어둠 속을 살피며 말했다. "피오나 좀 내버려둬!"

휴가 시키는 대로 하자 피오나는 양손을 들어 보이지 않는 사슬을 당기듯 허공에서 움직였다. 우리 주변의 모든 나무뿌리들이 휘말리다 딱 소리를 내며 단단히 얽혔다. 그제야 나는 피오나가 한 일이 무엇인지 알 수 있었다.

할로우는 수백 갈래 뻗어 내려온 나무뿌리에 단단히 묶여 있었다. 뿌리는 놈의 목을 휘감았을 뿐만 아니라 팔과 다리도 꼼짝 못하게 얽어맸고, 세 갈래의 혀는 최대한 길게 뽑힌 채로 묶여 있었다. 피오나가 주먹을 쥐며 양손을 넓게 벌리자, 할로우가 꽥꽥 소리를 낼 때까지 혀가 길게 뽑혀 나왔다.

"피오나, 넌 천재야. 기적을 일으켰네." 엠마가 소리쳤다.

"잘못하면 죽을 수도 있었어, 달링." 휴가 낮은 목소리로 말했다. 휴는 피오나를 껴안고 싶지만 혹시라도 집중력을 흩어뜨릴까 봐 자제하고 있는 표정이었다.

피오나는 휴 쪽으로 고개를 기울이며 무언가 속삭였다. 휴가 통역을 해주었다. "피오나 말로는 나무뿌리가 엄청 강하대. 제이콥이 원한다면 지금 당장이라도 놈을 산산조각 낼 수 있다는데?"

내가 대꾸했다. "놈을 그렇게 1분만 더 붙잡아줄 수 있겠어, 피오나?"

"네가 원한다면 하루 종일이라도 붙잡아줄 수 있대."

"좋아. 놈을 죽이기 전에, 뭔가 알아봐야 할 게 있어서 그래."

나는 늘어진 덩굴을 헤치며 조심스럽게 할로우에게 접근

했다.

"정신을 조종할 생각이야?" 엠마가 약간 거리를 두고 내 뒤를 따르며 물었다. "우리 편에서 싸울 수 있게 만들려고?"

나는 맹렬히 집중을 하고 있던 터라 대꾸하지 않았다. 새로운 종류의 할로우를 계속 대면해야 한다면, 안전하게 놈의 정신을 탐색할 기회를 그냥 지나칠 수가 없었다. 나는 할로우의 반응을 보려고 시험 삼아 할로우 언어를 몇 마디 중얼거리며 천천히 다가갔다. 조금이라도 놈을 얌전하게 만들어 생각을 엿볼 수 있다면, 어쩌면 우리가 앞으로 상대해야 할 적을 좀 더 잘 알 수 있을지 모른다.

이미 오래전에 익숙해진 썩은 양배추 냄새가 맹렬하게 밀려들었다. 적어도 그건 변하지 않았군.

할로우는 나무뿌리에 꽁꽁 묶인 채 혀로 내 목을 휘감아 죽이려고 기를 썼지만, 뿌리가 워낙 단단했다.

진정해. 내가 할로우 언어로 말했다. **몸부림치지 마라.**

전혀 효과가 없었다. 나는 또 한 번 같은 말을 반복하다가 **긴장 풀어,** 라는 식으로 내용을 바꿔 몇 마디 더 말을 걸었지만 전혀 반응이 없었다. 보통은 내가 할로개스트를 통제하려고 들면 놈들이 그걸 회피하려는 느낌이 감지되었다. 자물쇠를 따려고 핀을 꽂듯 놈의 뇌에 뚫린 열쇠 구멍을 살살 긁고 있는 것 같은 느낌이랄까. 영어를 사용하듯 선천적으로 할로우 언어를 할 줄 아는데도, 이 할로우의 반응으로 보아서는 내가 이디시어로 말을 걸었던 것일지도 모르겠다. 심지어는 상황이 더 안 좋았다. 할로우와 접촉해 통제하려 했던 나의 시도가 실패하자 놈은 오히려 더 기운을 차리는 것 같았다.

대체 무슨 일이지?

잠들어라, 나는 여전히 애를 써보았다. **잠들어.** 그러나 잠이 들기는커녕 놈은 온몸의 근육을 동시에 움직이며 칭칭 휘감고 있던 나무뿌리를 끊으려 힘을 주었다. 등 뒤에서 피오나의 신음이 들려왔다. 돌아보니 무거운 걸 들어 올리려는 듯 수그렸던 피오나가 허리를 펴더니 매듭을 묶듯 허공에 양손을 올리고 움직였다. 나무뿌리는 삐그덕 소리를 내며 새로이 단단히 묶였다.

피오나 덕분에 시간 여유가 좀 더 생겼다. 새로운 접근을 시도해볼 시간.

말로는 더는 소용없었다.

"가까이 갈 거야." 내가 큰 소리로 말했다. "꽉 잡고 있어!"

"그럴 필요까진 없잖아." 엠마는 이렇게 말했지만 결국 그 말은 나를 믿는다는 뜻인 듯했다. 나를 막으려고 하진 않았기 때문이었다. "**제발** 조심해."

할로우와는 여러 번 접한 적 있었지만 놈들에게 가까이 가는 건 여전히 꺼려졌고, 그건 내가 길들인 녀석들한테도 마찬가지였다. 길들이지 않은 할로우들은 맹렬한 미친개와 다름없어서, 사슬로 속박이 되어 있는 상태에서도 놈들의 필사적인 살해 욕구가 정전기처럼 허공을 찔러댔다. 그런 지경이니 내 뱃속이 어떨지는 말할 것도 없다. 이 정도로 가까이 다가가면 나침반 바늘은 대형 낫을 휘두르듯 마구 회전했다.

팔을 뻗으면 닿을 듯한 거리까지 다가가 멈춰 선 나는 눈물을 흘리고 있는 놈의 눈을 들여다보았다. 혀 세 가닥이 각기 다른 방향으로 한계까지 팽팽하게 잡아당겨진 탓에 턱을 있는 힘껏 벌린 채로 할로우는 헐떡거리며 밭은 숨을 내뱉고 있었다.

이 할로우는 확실히 달랐다. 모든 이들의 눈에 보일 뿐만 아니라 말도 다르게 사용했다. 놈이 나에게 일으킨 느낌도 달랐고, 묘하게도 톤이 약간 더 높은 음이었다. **풍기는 악취도** 달랐는데, 한여름 쓰레기 매립지에서 나는 자연스러운 악취가 아니라 화악약품과 표백제, 쥐약, 뭔가 더 고약한 냄새가 뒤섞여 있었다.

거리가 가까우면 혹시라도 정신을 파고들 수 있기를 바라며 나는 다시 말을 걸었다. **잠들어라, 이 개자식아, 잠들라고.** 놈이 대답을 하려 애쓰는 듯 목구멍 주변의 검은 피부 안쪽 근육이 불끈거리는 것이 보였다.

그러더니 이윽고 놈이 대꾸를 했다. 내 귀로 직접 들은 건지 머릿속으로 들은 건지 확실하진 않았지만, 낮고 쉰 목소리가 나에게 전달되었다. 처음엔 알아들을 수 없게 잇사이소리로 슉슉거리는 바람 소리만 길게 **즈즈즈즈즈** 이어지는 것 같더니 차츰 모음과 자음이 이어져 (**자아아아아아**) 마침내 뜻이 전달되었는데, 놈에게 입술이 없어서 **잠**이라고 완전히 소리를 내는 건 불가능했으므로 내 머릿속에서 낱말이 완성되었다.

놈은 잠이라고 나에게 말했다.

놈은 **말하기가** 가능했다.

자아아아아아, 그건 내 말을 따라 하는 웅얼거림에 불과했다. 그런데 왜 내 머리가 갑자기 묵직해지는 걸까……. 무릎에선 왜 힘이 빠져나가는지…….

아아아아아.

너 뭐야? 나는 말을 하려고 했지만 소리가 나오지 않았다. 너 나한테 무슨 짓을 하고 있는 거야?

자아아아아아암들어라.

문득 다리가 푹 꺾이는 게 느껴지면서 힘없이 쓰러지려던 찰나 미끈거리는 할로우의 목 근육이 꿈틀거리더니 입안에서 또 하나의 혀가, **네 번째** 혀가 튀어나와 내 몸뚱이가 쓰러지기 전에 채찍처럼 내 목을 휘감았다. 나는 숨도 쉬지 못한 채 발끝이 땅을 스치는 정도로 허공으로 들어 올려졌다.

엠마의 목소리가 들렸다. "제이콥? 무슨 일이야?" 하지만 대꾸를 하기엔 목이 너무 졸린 상태였고 파도처럼 밀려드는 졸음 때문에 팔다리엔 힘이 안 들어갔다. 나는 질식해 죽어가고 있었지만 친구들은 할로우의 혀가 점점 더 내 목을 조르고 있음을 보지 못했다. 급기야 나는 머리가 터져버릴 것만 같았다. 이제 유일한 희망은 나무뿌리와 서로 연결되어 한 몸처럼 엉킨 뿌리를 다스리고 있는 피오나가 촉감으로 심상치 않은 상황을 느끼고 알아차리는 것뿐이었다. 피오나가 할로우의 혀 세 가닥을 뿌리 세 줄기로 정확하게 옭아맨 것을 보면 달리 생각할 방도는 없었다. 그래서 말은 못해도 입을 벌리고 최대한 고개를 돌려 내 얼굴을 스치고 있던 실뿌리를 꽉 깨물었다.

피오나. 도와줘. 나는 입술과 혀를 움직여 뿌리에게 소리 없이 말을 전달했다.

"뭔가 이상해." 휴의 말소리가 들렸다. 휴의 목소리는 연결 상태가 좋지 못한 전화 통화처럼 들렸다.

엠마가 피워 올린 불꽃이 더욱 밝아졌다. 엠마가 다가오고 있었다.

"제이콥? 너 괜찮아? 대답 좀 해!"

나는 **뒤로 물러나** 있으라고 고함을 지르려고 필사적으로 애썼지만, 목구멍으로는 아무 말도 새어 나오지 않았다. 나의 침묵으로 충분한 대답이 되기를 빌었다.

그러자 혀가 나를 놓아주고는 목을 조였던 힘을 풀고 다른 곳을 향했다. 내가 땅바닥에 떨어진 순간 혀는 엠마를 향해 날아가 손목을 휘감고 불타오르는 손을 엠마의 얼굴로 가져갔지만, 엠마는 재빨리 방향을 틀어 손으로 놈의 혀를 후려쳤다. 할로우는 꽥 비명을 질렀다. 몸을 움직여 엠마를 도와주고 싶었지만 난 여전히 헐떡거리며 숨을 몰아쉬는 중이었다. 할로우가 나한테 무슨 짓을 했는지 몰라도 몸의 절반에 아직도 감각이 없었다.

엠마가 싸움을 이어가는 동안 피오나의 비명이 들렸다. 고통의 비명이 아니라 기합을 주는 것 같았는데, 날카로운 피오나의 외침이 터널을 가득 채우자 천장과 벽에 늘어져 있던 나무뿌리가 뻣뻣해졌다가 길이를 늘이더니 갑자기 다시 휘감기는 듯 우리 머리 위쪽 땅으로 파고들 듯이 압축되었다.

할로우를 속박하고 있던 나무뿌리 역시 단숨에 엄청난 힘을 가하며 수축했다.

놈이 울부짖었다. 따끔거리는 액체가 내 쪽으로 확 뿌려지는 걸 느끼며 재빨리 나는 그게 피라는 걸 알아차렸다.

나는 멍한 상태로 일어나 앉았다. 앞쪽 흙바닥에선 잘린 혀 세 가닥이 장어처럼 꿈틀거렸다. 네 번째 혀는 불에 타 쓸모가 없어졌다. 할로우는 사지가 찢겨 나간 상태였다.

그제야 친구들이 나를 에워쌌다. 휴, 브로닌, 엠마. 경비병들은 바로 뒤에 있었다. 기력을 모두 소진한 피오나가 바닥에 앉아 있었다. 엠마는 무사했다.

엠마가 내 옆에 쭈그려 앉았다. "넌 무슨 짓을 **하고 있었던 거야**? 그냥 죽여버릴 수도 있는 상황에서 왜 그런 위험을 감수했어?"

"최대한 많은 걸 알아내려면 연구가 필요했어." 나는 숨을 힘껏 들이마시는 사이사이 대꾸했다.

"그래서? 뭘 알아냈어?"

나는 힘없이 고개를 저었다. "뚫고 들어갈 수가 없었어."

방금 일어났던 일에 대해서는 이야기할 마음의 준비가 되지 않았다. 브로닌의 부축을 받아 가까스로 일어난 나는 방금 전력 질주를 마친 사람처럼 숨을 몰아쉬고 있는 피오나에게 다가갔다.

"네가 내 목숨을 구했어." 감사 인사로는 그리 적절하지 않은 말이었지만 내가 할 수 있는 표현은 그것뿐이었다.

피오나는 힘없이 웃으며 무언가 중얼거렸다.

"이제 서로 똑같아졌대." 휴가 말했다.

브로닌은 거듭 사과를 읊조렸다. "내가 작살 대포를 좀 더 빨리 제자리로 옮기기만 했더라면······." 나는 말을 자르며 브로닌은 잘못한 게 전혀 없을 뿐만 아니라 오히려 잘된 일이었다고 말했다. 브로닌과 경비병들이 곧장 할로우를 박살내버렸더라면 나는 놈의 네 번째 혀에 대해서 알아낼 기회가 없었을 것이다. 가장 무시무시한 놈의 새로운 진화에 대해서도······.

놈은 내 머릿속으로 침투했다.

더는 할로우의 존재가 느껴지지 않았다. 놈이 나에게 무슨 짓을 한 건지는 몰라도 그 효력은 할로우가 죽은 순간 사라졌다. 어쨌거나 그것은 염려스러운 발전이었기에, 무슨 일이 있었던 건지 좀 더 확인하기 전까지는 혼자만 알고 있을 작정이었다.

페러그린 원장이 터널 반대편에서 우리를 부르고 있었다. 경비병들은 어둠 속에 또 다른 적들이 숨어 있을 것을 두려워하여 원장이 우릴 뒤따라오지 못하도록 막았다. 그곳을 벗어나기 전 나는 허리를 굽혀 정원용 호스처럼 둥글게 말려 있던 잘린 혀를 하나를 집어 들어 어깨에 걸쳤다.

"**꼭** 그래야겠어?" 휴가 물었다.

"가져가야 연구를 하지."

"왜?" 엠마가 물었다. "놈과 같은 할로우가 더 있을 것 같아?"

"빌어먹을, **설마** 진짜 그럴까?" 브로닌이 말했다.

"안 그렇기를 바라야지." 내가 말했다.

그러나 내심 이번 할로우는 그저 시작에 불과할까 봐 염려스러웠다.

ʕ

페러그린 원장은 꽉 다문 턱을 위아래로 휙휙 움직이며 재빨리 우리 모습을 살폈다. "뼈 치료사한테 보여야 할 사람은 혹시 없니?"

우리는 그럴 필요 없다고 원장에게 말했다.

"그래도 너희 모두 검진은 받아보게 할 거다." 퉁명스럽게 페러그린이 대꾸했다.

페러그린 원장은 피오나와 휴가 명령을 어기고 집을 벗어난 것 때문에 화가 나 있었다. 할로우를 죽인 것으로 규칙을 어긴 잘못이 상쇄될 순 없었다. 게다가 이상한 종족 한 사람이 사망했고, 엄청난 혼란이 벌어졌으며, 악마의 영토에 사는 이상한 주민들은 새로이 겁에 질렸다. 불청객이 찾아오기 이전에도 이미 감당할 일이 넘쳐났던 임브린들은 이제 더욱 처리해야 할 일이 많아졌다.

걸어서 집으로 돌아가며 나는 페러그린 원장에게 이번에 만난 할로우에 대해서 알게 된 것을 설명했다. 내가 감지하기에 얼마나 더 어려워졌는지, 위치를 정확하게 잡아내는 데 시간이 얼마나 더 걸렸는지 털어놓았다. 미국인 여성이 쏜 총알이 할로우의 가슴팍을 맞히고서 어떻게 납작해졌는지, 그리고 할로우가 아무렇지도 않게 총알을 뽑아 내던진 것도 설명했다.

"카울이 할로우 피부를 갑옷처럼 만들 방법을 찾아냈겠지." 걱정으로 낯빛이 어두워지며 페러그린 원장이 말했다. "아까 그 녀석은 결국 열등한 종이 아니라 진화된 종이었던 모양이구나."

"그런데 왜 눈에 보이게 만들었을까요?" 브로닌이 물었다.

"사람들을 겁먹게 하려고." 페러그린 원장이 대꾸했다.

"원장님이 보시기엔 카울이 이런 놈들을 어디에 더 숨겨뒀을 것 같으세요?" 엠마가 물었다.

"숨겨뒀을 것 같지는 않구나." 페러그린 원장이 말했다. "카울이 이런 할로우를 일주일 전에 거느리고 있었다면, 그때 이미 우리와 싸우도록, 혹은 그레이브힐 전투 때 놈들을 보냈을 거야. 그래, 이 할로우는 새로 생긴 거야. 카울이 새로이 힘을 얻으면서 진화된 종의 할로우를 만들어낼 수 있게 된 것 같다."

"그렇다면 또 나타날 거라고 예상해야겠네요." 엠마가 낙담한 듯 말했다.

"맞아. 안타깝지만 그럴 거다."

나는 네 번째 혀에 대해서도 원장에게 털어놓았지만, 할로우가 나에게 영향력을 발휘했다는 최악의 부분에 대해서는 언급하지 않았다. 다른 사람에겐 굳이 알리고 싶지 않았다.

렌 원장이 보낸 심부름꾼 율리시스 크리출리가 집 앞 현관 계단에서 페러그린 원장을 기다리고 있었다. "임브린 세 분이 당도하셨습니다, 원장님. 공식적인 정족수가 충족되었어요. 지금 회의실에서 다들 원장님이 오시기를 기다리고 있습니다."

"고맙네, 나도 곧 합류할 거야." 페러그린 원장은 우릴 돌아보았다. "쓸데없이 입 아프게 집 밖으로 나오지 말라는 당부를 다시 하지는 않겠다만, 부디 악마의 영토를 벗어나지는 말거라. 제이콥, 너와 프라데시 양은 과거로 탐험할 준비를 해야 한다. 너희는 턴 원장의 루프로 찾아가는 적합한 루트가 확인되는 즉시 떠나야 할 테고, 그건 당장 언제가 될지 몰라."

대답을 기다리지도 않고 페러그린은 율리시스를 향해 손가락 하나를 까딱하더니 함께 위원회 회의실로 출발했다. 나머지 우리들은 몸을 씻고 친구들에게 겪은 일을 들려주러 집 안으로 들어갔다. 이야기를 풀어놓으며 나는 피오나의 영웅적인 행동을 강조하는 한편 나에 대한 지나친 염려와 관심을 피하려고 스스로 겪었던 위험은 슬쩍 넘어갔다. 쏟아지는 염려와 관심을 받으며 나는 괜찮으니 염려 말라고 안심시키는 건 상당히 기력이 소모되는 일이었다. 사실 나는 목이 얼얼하고 머리도 아픈 데다 약간 불안감에 휩싸여 있었다. 내가 진짜로 어떤 느낌인지 안다면 친구들이 초조해질 게 뻔했으므로, 그걸 감추느라 이미 바닥난 기운이 더 빠져나갔다.

누어는 내가 괜찮지 않다는 걸 눈치챘으면서도, 내가 말을 아끼는 경우 다그칠 때와 내버려둘 때를 본능적으로 알아차리는 듯했다. 그래서 내가 좀 누워야겠다고 말하자, 누어는 잠시 나를 꼭 껴안고 입술에 키스를 한 뒤 순순히 보내주었다.

위층으로 서둘러 올라가, 아직 내 침대를 따로 놓지 못 했으니 또다시 호러스의 잠자리를 빌려 몸을 눕혔지만 잠들 수가 없었다. 눈을 감을 때마다 할로우의 목소리가 다시 떠올랐다. 놈이 좀 더 긴 시간 나를 조종하려 들었다면 어떤 일이 벌어졌을까? 내가 내린 명령을 다시 나에게 되돌려주는 것 이상의 행동도 가능했을까? 새로운 할로우는 얼마나 높은 통제력을 갖추고 있을까? 칼을 들고 나에게 달려들었던 사시안 암살자가 떠올라 나는 몸을 떨었다.

새로운 종. 더 우월하고 더 치명적이며, 통제가 불가능한. 게다가 어찌된 영문인지 내가 할로우에게 발휘했던 위력을 다시 내게 되돌려주었다.

이번 할로우는 반드시 나를 죽이려고 이곳으로 보내진 게 아니라는 생각이 퍼뜩 들었다. 카울은 지금쯤 내가 할로개스트 한 마리는 감당할 수 있다는 걸 알게 되었을 것이다. 진화된 종이더라도 상관없이. 이건 경고였다.

지금 포기해라. 내가 할로우 군대를 보내기 전에.

단순한 추측이기는 하지만, 그게 사실이라고 해도 내가 할
수 있는 일은 아무것도 없었다. 유일한 방법은 모임 장소로 찾아
가 다른 여섯 명을 만나, 어떻게든 카울을 다시 지옥으로 보내는
것뿐이었다.

일곱 명이 문을 봉하리라.

머리는 점점 더 멍해졌지만 더는 거기 누워 있을 수가 없었
다. 나는 억지로 몸을 일으켰다.

제 11 장
chapter eleven

누어와 나는 그날 내내 임브린들이 긴급회의를 열고 있는 행정부 건물과 딧치하우스 사이를 초조하게 오가며 시간을 보냈다. 임브린들은 언제라도 악마의 영토 주변에 임시 방어망을 구축할 수 있도록 모여 있었고, 집에선 밀라드와 퍼플렉서스가 루프 지도를 식탁에 펼쳐놓고서 턴 원장의 루프 위치와 그곳으로 갈 수 있는 방법을 어떻게든 알아내려 골머리를 썩고 있었다.

짐을 싸라는 말을 들었지만, 어떤 종류의 영토로 여행하게 될지 모르는 상황에서 우리가 어떻게 짐을 쌌단 말인가? 집에 있는 동안 우리는 밀라드의 어깨 너머로 기웃대지 않으려고 나름 애를 썼지만 여러 번 실패했고 결국 퍼플렉서스는 유성 연필로 바닥에 선을 긋더니 그 안으로는 접근하지 말라고 말했다. 그 선을 넘는 것이 허락된 유일한 인물은 퍼플렉서스의 어린 조수 매튜였다. 그는 지도를 가리키기 위한 대나무 막대기를 들고 다니며 에스프레소 이외에 퍼플렉서스가 유일하게 입에 대는 음료인 누리끼리한 러시아산 차가 담긴 김 나는 주전자를 기울여 계속 스승님에게 차를 대접했다.

퍼플렉서스가 잦은 티타임을 또다시 즐기는 동안, 밀라드는 턴 원장의 루프까지 빠르고 안전한 루트를 짜는 것이 목표라고 설명해주었다. 빠르다는 건 하루나 이틀을 의미했는데, 이제껏 그들이 찾은 길은 몽골부터 위험천만한 1917년 프랑스까지 육로로 가야 해서 말과 낙타, 기차를 갈아타고 2주나 소요되는 방법이었다. 누어와 나를 포함해 또 누가 될지 모를 인물이 그 오랜 여정에서 살아남을 확률이 꽤 높다고 하더라도, 악마의 영토가 그토록 오랜 기간 카울과 적군의 포위를 견뎌낼 수 있을지는 회의적이었다. 그래서 두 지도 전문가는 고심을 거듭했고, 우리가 얼씬거리면 초조해지기만 한다면서 우리를 쫓아냈다.

악마의 영토 다른 곳에서는 샤론이 우리의 미약한 방어망을 강화하는 과정을 감독했다. 할로개스트의 침입으로 모든 주민들이 민병대로는 턱없이 부족하다는 걸 깨달은 데다가, 임브린들이 방어망을 구축하는 데 시간이 얼마나 더 걸릴지는 누구도 알지 못했다. 두 번째 작살 대포가 발견되어 두 대 다 루프 입구 근처에 배치되었다. 감방 주변에는 새롭게 철조망과 경비 초소가 세워졌고, 파킨스의 캘리포니오 일파가 자원해 인원이 턱없이 부족한 간수 대체 요원으로 이미 활약을 벌이며 지난 며칠간 수상쩍게도 조용한 와이트 죄수들을 감시했다.

새롭게 조직된 악마의 영토 방어군에 자원하려는 이상한 종족 수십 명이 슈렁큰헤드 바깥에 줄지어 서 있었는데 놀랍게도 많은 숫자의 미국인들도 합류했다. 전투 관련 능력이 있는 사람들은 루프 입구뿐만 아니라 (비록 팬루프티콘은 현재 공식적으로 전원이 꺼지고 문도 닫혀 있었지만) 벤담의 저택을 계속해서 순찰하며 감시했다. 개인이 소유했던 모든 망원경은 방어군을 위해 징발되어, 악마의 영토 곳곳에서 건물 지붕과 발코니에 자리를 잡은 보초들에게 지급되었다. 어둠 속에서도 잘 볼 수 있고 그 어떤 망원경보다도 시력이 좋은 레오노러 햄메이커는 창가에 앉아 본인이 견딜 수 있는 한 오래오래 돌풀 스트리트를 내다보았다.

개인적으로 총기를 가진 사람들은 모두들 항상 몸에 무기를 지니고 다녔다. 대다수 미국인들은 이미 그렇게 하고 있었으면서도 할로개스트의 공격 이후엔 더더욱 무기와 한 몸처럼 지냈고, 식사를 하거나 화장실을 갈 때도 총집을 풀지 않았다. 그날 오전엔 파킨스의 캘리포니오 일파 중 한 사람이 장전과 격발 준비를 마친 권총 두 자루를 무릎에 올려놓고 한 손엔 거대한 단도를 쥔 채 졸다가, 사실은 요란하게 코를 골며 잠을 자다가 발각되기도 했다.

샤론은 지원병들에게 목숨이 위태로울 수도 있다고 경고했지만, 바로 그날 아침 비극을 목도한 이후 현실을 모르고 환상에 사로잡힌 사람은 아무도 없었다. 주민들이 자원을 하든 안 하든 이미 그들의 목숨은 위태로웠다. 몇몇 사람들은 악마의 영토 방어에 나선 가장 어린 이상한 종족들의 참여를 단념시키려 했다. 하지만 그래클 원장의 극단 소속인 어린 소년이 술집 옆 기둥에 뛰어올라가, 카울이 우리 방어선을 뚫고 들어오면 어차피 우리 모두 죽은 목숨이라면서 미리 포기하고 패배를 맞이하느니 우리 루프를 지키려 목숨을 거는 것이 더 고귀한 일이라는 인상적인 연설을 펼쳐 엄청난 박수를 받았다.

라모스의 북부 일당은 전략적으로 루프 입구 주변에 자리를 잡았다. 레오의 졸개들은 스스로 겁쟁이임을 입증해 어디에서도 찾아볼 수 없었지만, 그 휘하에서 활약하던 세 파벌의 리더, 렉 도노반, 안젤리카, 도그페이스와 언터처블 패거리까지도 방어군에 입대하겠다고 줄을 섰다. 지원병의 줄에서 그들을 발견하고 내가 놀라자 그들은 이기심의 발로일 뿐이라고 어깨를 으쓱했지만, 나는 그들이 겉보기만큼 돈에 좌우되는 용병이 아니라고 생각하기 시작했다.

드디어 밤이 되기 직전 프란체스카의 목소리가 스피커에서 흘러나왔다. 방어망은 구축 준비를 마쳤으며, 방어망을 짜는데 참여하고 싶은 사람은 누구든 지금 당장 루프 입구로 나오라는 방송이었다.

루프 전체가 거리마다 사람들로 미어터졌다.

방어망은 퀼트라고 불렸는데, 임브린들은 모두 함께 방어망을 짜는 걸 지켜보며 그게 상상이 아닌 진짜란 걸 직접 목격하면 사람들 마음에 일말의 평화라도 심어줄 것이라고 생각했다.

우리는 열병의 시궁창이 어두운 터널 속으로 사라지는 강둑을 따라 루프 입구 근처로 모여들었다. 군중의 머리 위로 횃불과

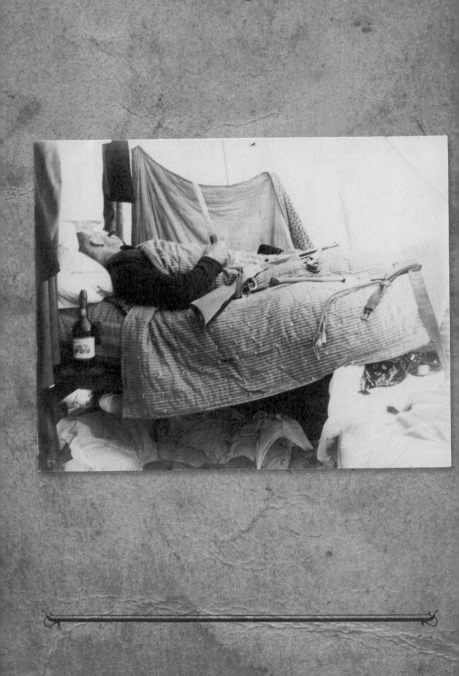

가스등 불빛이 일렁거렸다. 강물을 사이에 두고서 한쪽엔 백여 명의 구경꾼들이 자리를 잡았고, 그 반대편엔 손에 손을 잡은 열두 명의 임브린들이 원을 그리며 촘촘히 붙어 서 있었다. 친구들과 나도 함께 서 있었다. 경비병들은 다리 터널 위에서 사방을 주시했고, 누어와 나에게 배정된 두 경호원은 근처에 서서 위협의 기미가 있는지 사람들을 살폈다. 우리가 아무리 경호원들을 따돌려도 그들은 여전히 자신의 임무를 진지하게 수행했다.

열병의 시궁창 건너편에서 임브린들이 고대 이상한 언어로 노래를 부르며 원을 그린 채 서서히 걷기 시작했다.

"**저러다 사고로 쓰러지진 않으셔야 할 텐데.**" 군중 속에서 바로 옆에 서 있던 곱슬머리 예쁜 소녀에게 에녹이 속삭이자, 소녀가 너무 놀란 표정을 지었으므로 에녹이 얼른 농담이라고 다시 안심시켜줘야 했다.

호러스가 조용히 하라며 에녹에게 핀잔을 주었다. "지금은 농담이나 할 때가 아니야. 이게 먹히지 않으면 우린 전부 곤경에 빠진다고."

"지루한 게 더 심각한 거야. 가끔씩 내가 여기서 분위기를 띄워주지 않았더라면 사람들 모두 오래전에 스스로 목매달아 죽었을 거야."

호러스가 인상을 찌푸렸다. "네가 미래를 볼 수 있다면 그렇게 웃지는 못할 거다."

"둘 다 입 다물어." 밀라드의 나무람을 듣고서야 나는 근처에 그가 있었음을 깨달았다.

"넌 지도나 들여다보고 있어야 하는 거 아니야?" 에녹이 말했다.

"돌파구를 거의 찾은 것 같아. 게다가 이런 순간을 놓칠 수야 없지."

임브린들이 더 큰 소리로 노래를 부르며 더 빠르게 회전하자 긴 치맛자락이 바람에 펄럭거렸다. 그들이 만든 원의 중심에서 초록색 빛이 뿜어 나오기 시작했다. 군중 속에서 몇몇 사람들의 놀란 신음이 들려왔다.

임브린들은 더 크게 노래하고 더 빠르게 회전했다. 빛이 더욱 밝아졌다.

"나온다." 밀라드의 목소리가 들리자, 내 바로 옆에 있던 누어가 바싹 다가와 몸을 붙였다.

빛은 더욱더 밝아져 위쪽으로 확장되었다. 임브린들의 노래는 절정에 달해 높은음이 지속되더니 어느 순간 임브린들은 갑자기 천둥 치는 소리와 함께 새의 모습으로 변신해 허공으로 날아올랐다. 군중에서 동시에 탄성이 흘러나왔다. 임브린들은 이제 달리는 대신 하늘을 날면서 둥근 대열을 유지했고, 작열하는 초록색 빛과 함께 원의 지름이 점점 더 커졌다. 엿가락을 늘이듯 임브린들은 방어망을 짜고 있었다.

이윽고 애보셋 원장을 선두로 해서 페러그린 원장이 마지막으로 원형 대열을 이룬 채 임브린들은 하늘 높이 날아올랐고, 넓게 펼쳐진 초록색 빛무리가 뒤를 따랐다. 그들은 우리 머리 위 허공에서 고리 모양을 돌리다가 급강하해 다리 터널의 어둠 속으로 사라졌다. 초록색 빛무리도 그들을 따라 들어가 잠시 터널 안을 환하게 비추더니 임브린들과 함께 모습을 감추었다.

잠시 정적이 흘렀다. 5초간의 정적이 10초까지 이어졌다. 군중 사이에서 걱정 어린 웅성거림이 일었다. 임브린들은 어디로 간 걸까? 돌아올까? 끝난 건가?

그러자 어두운 지평선의 끄트머리에서 초록색 빛이 반짝거렸다. 빛무리는 반짝이는 담요처럼, 너무 밝은 오로라처럼 하늘을 뒤덮고서 스스로 늘어나기 시작하더니, 천체의 한쪽 귀퉁이에서 다른 끄트머리까지 활짝 펼쳐지며 그 사이로 정맥처럼 촘촘하게 새하얀 꼬마전구 같은 불빛이 반짝거렸다. 일단 하늘을 온통 뒤덮은 빛의 그물은 온갖 사물 위로 미묘한 초록색 빛을 뿜어댔고, 터널에선 기차가 다가오는 것 같은 소음이 들렸다.

몇 초 뒤 임브린들은 촘촘한 대형을 이루며 다시 터널을 빠져나왔고, 너무 밝아서 차마 쳐다볼 수 없는 초록색 빛 그물을 이끌고 나타났다. 빛은 터널로 스며들 뿐 더 멀리 퍼지지 않으며 내부에 반투명한 벽을 이루었다. 임브린들은 영광스러운 승리를 약속하듯 우리 머리 위에서 마지막으로 한 바퀴 더 회전한 뒤, 위원회가 있는 방향으로 날아가며 황홀하게 반짝거리는 초록색 빛의 그물이 온 하늘을 뒤덮을 때까지 길게 끌고 갔다.

흥분한 군중이 웅성거렸다.

"저런 건 난생 처음 봐." 에녹 옆에 서 있던 소녀가 말했다.

"우리 새 원장님들을 위해 만세 삼창하자!" 클레어가 주먹 쥔 손을 허공에 휘두르며 말했다. "늙은 악당 카울이 **저걸** 뚫으려고 애쓰는 걸 보고 싶어!"

"정말 인상적인 광경이었어!" 호러스도 환호했다.

"그냥 초록색 빛에 불과하던데." 에녹이 말했다.

"난 그저 효과가 있기를 바랄 뿐이야." 내가 말했다.

"분명 있을 거야." 클레어가 대꾸했다.

확성기를 든 경비병이 통금 시간 지났다며 우리를 다시 잠자리로 몰아내기 시작했다.

"네 생각은 어때?" 군중이 움직이기 시작하자 누어가 내게 물었다. "당분간 저걸로 안전할까?"

나는 우리 위에 드리워진 구름이 달빛 속에서 임브린들이 남기고 간 희미한 초록색 빛을 간직한 광경을 흘끗 쳐다보며, 과연 이 모든 과정의 얼마만큼이 보여주기 위한 쇼였을지 궁금했다. "당분간은 그러겠지. 영원하진 않겠지만."

우리가 채 15미터도 가기 전에 머리 위에서 무언가 정전기 같은 파열음이 터져 나왔다. 차분하게 발을 옮기던 사람들은 걸음을 멈추고 하늘을 올려다보았다. 푸른색으로 빛나는 거대한 얼굴이 우리를 굽어보고 있었다.

"아주 인상적이야, 꽤나 그럴싸한 볼거리였어, **대단히** 인상적이야!" 놈의 목소리가 왕왕 울렸다.

카울이, 아니 홀로그램으로 만들어진 그의 모습이 우리를 조롱하러 되돌아왔다. 타이밍이 아주 정확했다. 카울은 임브린들이 방금 우리 마음에 구축한 안정감을 곧장 파고들었다.

"저자는 우릴 해칠 수 없어요! 겁먹지 말아요!" 누군가 외쳤지만 이미 너무 늦어버렸고, 이번엔 우리 모두 빽빽한 강당에 갇혀 있는 것도 아니었다. 모두들 혼비백산 엄폐물을 찾아 앞다투어 달아났다. 놀라 흩어지던 사람들이 나를 누어에게 밀쳤고 우리 둘은 바닥에 쓰러졌다. 그러나 우리가 깔려 죽기 전에 브로닌이 어깨에 클레어와 올리브를 태운 채 우리를 일으켜주었다.

카울이 울부짖었다. "아, 내가 무얼 어떻게 해야 할까, 대체 무얼 어떻게 해야 할까? 날 들여보내줘, 들여보내달라고! 앞이 가로막혀 혼란스럽고 어쩔 줄을 모르겠어!"

일제히 총소리가 울려 퍼졌지만, 그건 카울의 환영에 미국인들이 총을 쏘아댄 것에 불과했다. 총알은 머리 위 허공의 초록색 빛무리에 박혀, 얼어붙은 벌 떼처럼 공중에 고정되었다. 군중은 사방팔방으로 달아나 근처 건물로 뛰어들기도 하고 악마의 영토 외곽을 향해 달려가고 있었다. 브로닌은 친구들을 이끌고 집을 향해 가려는 것 같았지만 카울의 비웃는 얼굴과 소름 끼치는 목소리는 우리가 가는 곳마다 따라다니며 출몰했다.

"물론 농담이야! 별로 대단치는 않겠지만 나는 도전을 즐기거든." 카울의 목소리는 바로 내 귓가에서 울리는 것 같았다. "친애하는 나의 여동생과 애송이들이 어떻게 나올지는 뻔하니까. 그나저나 우린 아직 너희를 만나러 온 게 아니야, 우린 지금 준비 중이거든. 갓 태어난 사지를 뻗어보는 중이지." 파란 정맥 같은 나뭇가지가 괴물처럼 하늘을 가로지르며 뻗어 나가더니 스파크를 튕기며 사라졌다.

"우리, 우리, 우리, 우리가 누구냐고 묻고 싶지? 너희도 알다시피 나에겐 친구들이 있어. 자, 지금 너희 루프 안에도 있는데 알아볼지 모르겠군!"

카울의 얼굴이 사라지고 그 자리엔 초록색 하늘을 배경으로 끔찍한 장면이 투사되었다. 내가 얼어붙은 채로 지켜보는 동안 브로닌은 어디론가 달려갔다. 괴 생명체 두 마리가 어느 집을 위협하고 아이들은 비명을 지르며 달아났다. 지붕엔 뱀장어 모양에 등엔 검은색 가죽 같은 날개가 돋아난 괴물이 올라 앉아 있었다. 놈은 집게발 같은 손으로 지붕을 뜯어 산산조각 낸 뒤 허공에 흩뿌렸다. 다른 괴물은 김을 뿜어대는 타르로 인간의 형체를 대충 만들어놓은 듯한 형태였다. 놈은 기둥에 묶여 있던 암소를 향해 비틀비틀 다가가 그대로 통과했고 암소는 단숨에 녹아 불타오르는 웅덩이가 되고 말았다. 뱀장어 머리를 한 괴물은 한쪽 무릎을 구부려 달아나던 아이 하나를 잡아 날개에 태운 뒤 계속해서 집을 파괴했다.

"저건 에그렛 원장님의 루프야!" 내 뒤에서 달려오며 엠마가 소리치는 게 들렸다.

파괴의 장면 위로 카울의 목소리가 울렸다. "난 이제 신이고 이 아이들이 나의 천사란다! 너희는 우릴 막아내지 못해. 당연히 우리 것을 너희가 빼앗지는 못할 거다! 원하기만 하면 너희에게도 엄청난 **재능**을 안겨줄 수도 있지! 너희의 가짜 어머니를 단념해라! 임브린들을 포기해! 너희의 존엄과 **자유**를 되찾아라!"

귀에 거슬리는 목소리로 카울이 열변을 토하자 하늘에 그의 얼굴의 다시 나타났다. "새 여인들이 오랜 세월 너희를 가둬두느라 이용했던 시간의 제약에서 벗어나 루프에서 놓여날 자유 말이다. 그래, 너희들도 대부분 알고 있겠지만 거긴 감옥, 감옥, 감옥이다. 아이들아, 나에게 합류하면 내가 너희를 자유롭게 할 것이다!"

협박과 약속, 교묘한 조작과 잘못된 정보, 전형적인 카울의 방식이었다.

마침내 그는 발산되는 파란 불빛 속으로 사라졌고 곧이어 무언가 눈송이처럼 떨어져 내렸다. 어딘가 새롭게 붕괴되었단 증거였다.

우리는 거의 집에 당도했다.

하늘에서 떨어져 내리는 것은 종이였고, 종이엔 무언가 인쇄되어 있었다.

딧치하우스의 현관에 다가가자 다른 친구들이 기다리고 있었다. 브로닌은 숨을 헐떡이며 어깨에 짊어지고 있던 우리를 내려주었다. 종잇조각이 땅바닥을 뒤덮기 시작했다.

"카울은 간 거야? 이젠 우리 안전해?" 클레어가 울먹였다.

"카울은 여기 온 적도 없어." 엠마가 말했다. "이번에도 그자가 자기 환영만 전송한 거야."

"카울이 여기 왔던 게 아니라면 어떻게 신문지를 비처럼 내리게 하지?"

"재와 뼈를 비처럼 뿌린 것과 같은 방식이겠지." 에녹이 말했다.

악마의 영토 곳곳에 설치된 확성기에서 떨리는 목소리가 흘러나왔다. "에스메랄다 애보셋 원장입니다. 모두들 침착하게 각자의 방으로 돌아가주십시오. 퀼트는 현재 완벽하게 작동 중이며 카울은 우리에게 들이닥칠 수 없습니다. 그자의 할로개스트도 마찬가지입니다. 카울은 단지 여러분에게 겁을 주려는 것뿐입니다." 무언가 긁히는 소리와 함께 잠시 불만스레 칭얼거리는 듯한 반응이 터져 나왔다. 그러자 애보셋 원장의 당황한 목소리가 다시 마이크를 울렸다. "떨어진 종잇조각에는 손도 대지 마십시오, 그건 놈들의 선전……."

퍽 전기가 나가는 소리가 들리고 스피커가 잠잠해졌다. 산들 바람이 불어 우리 발밑에 깔렸던 종이들이 휘날렸다.

"선전 다음에 뭐라는 거야?" 휴가 이렇게 말하며 허리를 굽혀 종이를 집어 들었다.

브로닌이 그것을 낚아챘다. "휴, 읽지 마." 그러나 휴는 브로닌의 손길을 피했다.

"선전 문구라고." 나도 한 장 집어 들며 말했다. "맙소사, 이것 좀 봐."

그것은 온전한 신문이었다. 내가 신문을 똑바로 펼치자 올리브와 누어가 쳐다보았다. 비명을 지르듯 큰 글씨로 새겨진 헤드라인엔 이렇게 적혀 있었다.

두 얼굴의 임브린, 파벌 우두머리들에게만 비밀리에 루프의 자유를 약속하다!

나는 고개를 들어 주변 거리에서 똑같은 신문을 읽고 있는 다른 이상한 종족을 쳐다보았다.

"기사가 더 있어." 엠마는 신문에 얼굴을 더 가까이 대며 말했다. 헤드라인 아래쪽엔 나름 기사라고 불릴 만한 이야기가 이어졌다.

"뭐라고 적혀 있어?" 브로닌이 겸연쩍은 표정으로 물었다. "난 읽는 게 좀 느려서."

엠마는 내용을 훑어본 뒤 요약해주었다. "이들의 주장으로는…… 아, 여기 있다……. 임브린들이 평화 협정에 서약하는 조건으로 라모스와 파킨스, 레오 버넘에게 루프에 대한 모든 자유를 주었다고 해. 그밖에 다른 사람에겐 허락되지 않는 권리를 오로지 그들에게만. 그러고는……." 엠마는 인상을 찌푸리며 머리를 흔들었다. "나머지 내용은 임브린들이 우리를 모두 비굴하게 루프에 가둬두려 한다며 그들이 얼마나 파렴치한 배신자인지 계속 떠들어대고 있어."

"원장님들이 정말로 그러실까?" 올리브가 물었다. 그런 생각만으로도 상처받은 표정이었다. "그럴 리가 없잖아, 안 그래?"

"당연히 아니지!" 클레어가 발끈해서 소리쳤다. "페러그린 원장님이 얼마 전에 시간에 대한 나머지 사람들의 반응을 안전하게 만들 방법을 아직 알아내지 못했다고 하셨잖아."

엠마는 화난 손길로 신문지를 꽁꽁 뭉쳐 던져버렸다. "다 거짓말이야. 기사 출처를 생각해봐."

"난 잘 모르겠어." 휴가 말했다. "어쩌다가 미국인들의 세 파벌이 갑자기 평화에 동의하고 그레이브힐에서도 우리를 도와주게 된 건지 좀 이상하잖아……."

"엄밀히 따져서 **갑자기**는 아니지." 호러스가 말했다. "몇 주 동안이나 협상을 하고 있었잖아."

누어가 덧붙였다. "원장님들이 레오가 나를 용서하도록 만든 것도 그래, 무슨 일인지는 몰라도 저들이 그렇게 모욕을 당하고도……."

"그건 이상한 게 아니라 자신들의 이익을 위한 거야." 엠마가 나섰다. "와이트들이 자기네 사람들에게도 위협이란 걸 깨닫고 그들을 물리치기 위해선 우리와 함께 협업할 필요를 느꼈겠지."

"합리적인 설명이야." 내가 말했다. "고개를 끄덕였다. "미국인 파벌들이 합리적인 행동을 하나라도 한 적이 있다면 나도 네 말에 동의하겠지만 글쎄."

"임브린들이 **실제로** 그런 제안을 했다고 한들 무슨 상관이야?" 에녹의 말에 우리가 그를 향해 돌아서자 에녹은 신문을 한 장 손에 들고 우리에게 걸어오고 있었다.

"그런 말은 임브린들이 **거짓말**을 했다는 뜻이니까 당연히 상관이 있지!" 올리브가 말했다. "루프에서 벗어날 자유를 원하는 사람들에게 항상 그건 불가능하다, 아직은 안전하지 못하다고 얘기했는데 그게 사실이 아닌 게 되잖아."

에녹은 어깨를 으쓱했다. "그래서 뭐? 우린 자유를 얻었고, 나한테 정말 중요한 건 그것뿐이야."

얼굴이 새빨갛게 된 클레어가 소리쳤다. "임브린들은! **거짓말**을! 하지 않아!"

"알겠어, 우리도 알아들었어, 근데 목소리를 높이는 건 효과적인 논쟁 방법이 아니야." 엠마가 말했다.

"**맞아! 맞다고!**"

현관문이 삐거덕 열리면서 잠옷 가운 차림으로 피오나가 모습을 드러냈다. 피오나는 나른한 미소를 지으며 우리에게 손을 흔들다가, 바닥에 나뒹구는 신문지와 하늘에 드리워진 낯선 초록색 빛무리를 쳐다보며 걱정스러운 표정을 지었다. 피오나는 얼마 전 할로개스트와 맞섰던 피로감에서 아직 회복 중이라 무슨 일이 있어도 계속 잠을 잤다.

"이미 자유를 누리고 있을 땐 그 의미가 뭔지 잊기 쉬운 법이지." 휴가 에녹을 쩨려보며 말했다. 휴는 현관 계단을 뛰어올라 피오나를 데리고 집 안으로 사라졌다.

"뜬금없이 쟤는 또 왜 저래?" 에녹이 말했다.

"우리 모두 자유를 얻은 건 아니란 거 잊었어? 피오나는 아직 루프에 매여 있잖아." 엠마가 말했다.

에녹이 얼굴을 찡그렸다. "맞다."

"하지만 임브린들이 미국인 파벌 우두머리들에게 루프의 자유를 줬다는 게 거짓말이 아닌지 알 방법도 없잖아?" 누어가 물었다.

"그건……." 나는 말문을 열었다가, 라모스가 이끄는 미국인 순찰대가 다가오는 걸 보고 입을 다물었다. 라모스는 몹시 화가 난 표정으로 구겨진 신문 뭉치를 손에 쥐고 있었다. 라모스의 코트에 숨어 있던 너구리 두어 마리가 우리 앞을 지나치며 맹렬히 우리를 노려보았다. 그들이 시야에서 멀어지자 내가 속삭였다. "**그건 저들이 아직 여기 있는 걸로 설명이 되잖아.**"

누어와 나에게 배정된 민병대원 두 사람이 성큼성큼 우리에게 다가왔다. "여기 있었구나." 키가 큰 쪽이 헉헉거리며 말했다. "제발 더는 우리를 따돌리고 다니지 말아라!"

"당장 각자의 방으로 돌아가라는 것이 임브린들의 지시다." 나머지 한 명이 말했다.

바로 그때 종이 한 장이 펄럭거리며 내 얼굴을 스치더니 주변에는 바람의 기미가 전혀 없는데도 돌풍에 밀린 것처럼 우리집 담벼락에 철썩 들러붙었다. 현상 수배 범죄 용의자를 줄지어세우듯 임브린 위원회 소속 원장들의 얼굴을 모두 새겨 넣고 그위에 유죄라는 도장을 찍은 전단이었다.

올리브가 말했다. "선전 문구가 또……."

"제발 입 다물어!" 엠마가 소리쳤다. 엠마는 전단을 찢어버리려고 다가갔지만 손이 닿기 전에 담벼락 위로 미끄러져 올라가더니, 또다시 낚아채려 하자 이번엔 옆으로 달아났다. 엠마는 펄쩍 몸을 날려 마침내 전단을 떼어낸 뒤 양손에 올려놓고 불을 붙였다. 그러나 엠마가 불에 탄 종이 재를 구겨 바닥에 던진 순간 똑같은 전단이 다섯 장 더 나타나 주변 담벼락에 날아가 붙었다.

엠마는 낭패감에 신음을 흘리며 민병대원들을 향해 돌아섰다. "우린 **다 같이** 모두 임브린들을 만나러 갈 거예요. 무슨 일인지 전 꼭 알아야겠어요."

제 12 장
chapter twelve

보 폭이 넓은 민병대원의 걸음을 따라 걷느라 우리가 바
삐 다리를 놀리는 동안 임브린들의 얼굴은 계속 우리
를 따라왔다. 마법 바람이 불기라도 한 듯 몇 초 간격으로 우리가
지나가는 길 근처의 담벼락이나 가로등 기둥에 또 다른 유죄 전
단이 날아와 붙었다. **유죄, 유죄, 유죄**, 라는 문구가 북소리처럼 울
렸다. 사방에서 벌어지고 있는 일이 내 눈에도 보였다. 전단이 거
리 곳곳의 사람들을 쫓아다니며 머리를 강타했다.

우리 친구들이 모두 온 건 아니었다. 클레어는 임브린들과
대립하는 것 같은 만남에 참여하기를 거부했다. 휴는 아직 집에서
휴식을 취하고 있는 피오나와 합류했다. 호러스는 오늘 하루 겪은
일만으로도 너무 피곤한 데다, 자기는 차라리 잠자리에 들어서 잠
깐이라도 눈을 붙이며 쓸모 있는 예지몽을 꾸는 것이 우리 명분
에 더 어울릴 것이라고 말했다.

행정부 건물에 당도하자 자갈이 깔린 앞뜰에는 소규모지만 요란한 사람들이 모여 있었다. 그들은 저마다 신문지를 흔들며 들여보내줄 것을 요구했고, 촘촘한 대열을 이룬 경비병들은 거대한 철문으로 군중이 들어오지 못하도록 막고 있었다. 그러나 경비병들이 나와 친구들은 곧장 들여보내주었다.

"이게 무슨 뜻인지 난 알아야겠어요!" 신문지를 휘두르며 한 여자가 소리쳤다. "이게 사실이라면 나는……."

"어쩌시려고요?" 엠마가 불붙은 손가락으로 그 여자의 코를 가리키며 물었다. "임브린들을 끌어내릴 건가요? 밖으로 나가서 카울에게 항복하게요?"

여자가 대꾸를 하기도 전에 얼굴이 시뻘겋게 달아오른 남자가 그 여자를 밀치고 앞으로 나섰다. "너!" 남자가 소리치자 귀에서 수증기가 슉 뿜어져 나왔다. "새들한테 가서 당장 이리로 나와 얘기 좀 하자고 해라. 우린 무슨 일이 벌어지고 있는지 알 자격이 있어."

에녹이 남자를 향해 돌아섰다. "임브린들은 카울한테서 우리를 지키려고 목숨을 걸고 애쓰고 계세요. 그게 지금 벌어지고 있는 일이죠!"

엠마가 놀라서 에녹을 쳐다보았다.

"길 가다 말고 일일이 성격 급한 주민들을 상대하는 건 관두자." 내가 이렇게 말한 뒤 두 사람을 철문이 있는 계단 쪽으로 밀어 올리자, 화답하듯 문이 요란한 소리를 내며 열렸다.

"더 큰 걱정거리는 아예 생각도 안 하나 봐요? 은혜도 모르는 멍청이들!" 에녹은 안으로 들어가기 직전 어깨 너머로 소리쳤다.

천둥소리를 내듯 문이 닫혔다. 에녹은 화가 나 손바닥으로 벽을 쾅쾅 두들겼다.

"웬일이야, 에녹. 사람들이 임브린들에 대해서 어떻게 생각하는지를 네가 신경 쓸 줄은 몰랐네." 엠마가 말했다.

"신경 안 써." 에녹은 당황해서 손을 문지르며 대꾸했다.

올리브가 씩 웃으며 말했다. "그러니까 임브린들에 대해서 네가 험담을 하는 건 괜찮지만 다른 사람들은 감히……."

"그 얘기는 하고 싶지 않아." 에녹은 투덜거리듯 말하며 대기 중이던 경비병을 따라갔다.

우리는 동굴 같은 로비를 지나갔다. 일하는 직원들은 두세 명뿐이고 모든 창구엔 셔터가 내려져 있었다. 임브린 위원회 회의실로 향하는 길고 어둑한 복도를 지나 아래층으로 내려가자 회의실 앞엔 또 다른 경비병 두 사람이 경호를 서고 있었다. 육중한 나무 문 위엔 정숙하시오! 라고 적힌 표지판이 붙어 있었다.

"둘은 통과." 경비병 중 하나가 누어와 나를 향해 고갯짓하며 말했다. "나머지는 안 돼."

"친구들이 안 된다면 나도 안 들어가요." 내가 말했다.

"그럼 다 못 들어간다."

"말도 안 되는 헛소리네." 에녹은 이렇게 말한 뒤 고래고래 고함을 질렀다. "**페러그린 원장님! 더는 못 참아요! 들여보내주세요!**"

경비병들이 에녹을 끌고 복도 반대편으로 가기 시작했고 에녹은 몸부림치며 욕설을 지껄였다. 그러자 회의실 문이 벌컥 열리며 페러그린 원장이 나타났다. "맙소사, 콜린스 씨, 그냥 다 들여보내게."

경비병은 당황한 표정이었다. "하지만 아까는 말씀이……."

"그건 신경 쓰지 말고 들여보내게! 오코너 군도 얌전히 행동한다고 약속한다면 들여보내주고."

에녹은 풀려나자마자 재빨리 있던 곳으로 돌아오며 구겨진 조끼를 바로잡고 경비병들에게 불경스러운 손짓을 해보였다. 경비병들의 표정으로 봐서는 지휘봉으로 에녹의 머리통을 부수는 장면을 상상하고 있는 것 같았다. 페러그린 원장은 우리 모두에게 조용히 해야 한다고 당부했고, 우리는 천장이 높은 회의실 안으로 원장을 따라 들어갔다.

길쭉한 회의 탁자가 꽉 찬 걸 보는 건 나도 처음이었다. 열두 명의 임브린들은 걱정에 휩싸여 회의에 집중한 자세로 모여 있었다. 쿠쿠 원장, 렌 원장, 바백스 원장, 블랙버드 원장을 비롯해 다른 원장들은 상급자들 앞이라 그런지 평소와 달리 조용했다. 애보셋 원장은 휠체어에 탄 채 회의 탁자 상석에 자리를 잡고 있었다. 애보셋 원장이 우리를 향해 손을 흔들었다. "포트먼 군, 프라데시 양, 어서 오너라. 이번 이야기는 두 사람도 상관이 있으니까, 아니지 곧 두 사람 이야기를 하려고 했단다."

페러그린 원장은 우리 등에 손을 대고 회의 탁자로 인도했다. 남는 의자가 없었으므로 우리는 서 있었다. 뭔가 발을 건드리는 느낌에 내려다보니 애디슨이 탁자 밑에 있었다. **안녕**, 내가 속삭여 인사를 보내자 애디슨도 입 모양으로 **반갑다**고 화답했다. 우리와 마찬가지로 애디슨도 회의에 참석할 지위는 되지 못 되지만, 렌 원장의 전속 보좌관으로서 적어도 탁자 아래에 있는 건 허락된 모양이었다.

회의실 구석에 자리를 잡은 엠마와 에녹은 들어올 때만 해도 미국인 파벌에 대한 사연을 알아보겠다는 생각 하나밖에 없었지만, 막상 수많은 임브린들이 진지한 회의를 열고 있는 것을 보니 당장 따지고 들 마음이 수그러들었다. 적어도 당분간은.

"알마의 피후견인들이 편안하게 자리를 잡았다면 다시 회의를 재개하시죠." 쿠쿠 원장이 호통치듯 말했다. 쿠쿠 원장은 소매 끝에 금장 띠가 둘러진 군복 스타일의 외투를 입고, 길다란 지휘봉 같은 것을 들고 있었는데 끝엔 빨간색 분필 조각이 붙어 있었다. 평상시엔 애보셋 원장이 회의를 주재했지만, 쿠쿠 원장이 전투 전략가로 위임된 듯했다. 쿠쿠 원장과 페러그린 원장의 시선은 반들반들한 회의 탁자 위에 놓인 거대한 런던 루프 지도에 고정되어 있었다.

"카울은 우리를 포위할 작정일 테고, 저는 그의 의도가 확실하다고 봅니다." 페러그린 원장의 말투는 심각했다.

쿠쿠 원장은 분필이 달린 지휘봉으로 악마의 영토를 톡톡 두들겼다. 지도의 중앙에 가까운 악마의 영토 주변엔 초록색 선으로 구불구불 경계선이 그려져 있었는데 대략적인 정사각형 모양이었다. 악마의 영토가 워낙 내 인생의 중심이 되었기 때문에 런던 대부분을 차지하고 있을 거라는 나의 상상과 달리, 너무 작고 하찮은 점에 불과한 현실을 목격하니 새삼 충격으로 다가왔다. "카울은 우선 스콰트니에 있는 플로버 원장의 루프를 차지했습니다." 쿠쿠 원장은 지휘봉 끝으로 지도 가장자리에 하얀색 소용돌이 표시가 있는 루프를 두들겼다. 그곳엔 이미 분필로 X표가 그려져 있었다. "그런 다음엔 방금 전에 우리 모두가 목격했던 대로 에그렛 원장의 루프도 차지했죠." 지휘봉이 도시를 멀리 가로질러 다른 루프로 향했고, 그곳에다 쿠쿠 원장은 분필로 X표를 그렸다. "런던에서 아직 제 기능을 하고 있는 곳은 우리 루프를 포함해서 겨우 세 군데뿐입니다……. 여기, 여기, 그리고 여기." 지휘봉은 악마의 영토 주변에 크게 원을 그리며 **탁— 탁— 탁** 소리를 냈다.

"제 생각엔 하루 안에 나머지도 점령할 거예요." 페러그린 원장이 말했다. "적어도 두 개는 넘어가겠죠." 페러그린이 쿠쿠 원장을 쳐다보자, 쿠쿠 원장이 엄숙한 얼굴로 고개를 끄덕였다.

"카울은 우리 전력에 틈새가 생기기를 기다릴 겁니다." 블랙버드 원장이 세 번째 눈을 굴리며 초조하게 말했다. "만일 한 군데라도 틈이 벌어진다면……."

"그럴 일은 없을 거예요!" 쿠쿠 원장이 지휘봉으로 어찌나 세게 지도를 내리쳤는지 분필 끄트머리가 날아가, 블랙버드 원장이 놀라 펄쩍 뛰었다. "우리 방어망은 버텨낼 겁니다. 팬루프티콘도 전원이 꺼져 있는 상태에선 침입 불가예요. 카울과 그 친구들은 원하는 만큼 우리를 포위할 순 있겠지만 문턱을 넘어서지 못합니다. 우린 위협에 넘어가지 않아요."

"글쎄요." 에녹이 하는 말이 들려왔다. "어떤 사람들은 벌써 위협에 넘어간 것 같던데요."

페러그린 원장의 시선이 칼날처럼 에녹을 향했다. "조용히 하라고 했지. 경비병들에게 지하실로 끌고 가라고 할까?"

에녹은 바닥을 향해 눈을 부라렸다.

회의실 뒤쪽에서 엠마가 말했다. "카울의 '친구들' 이야기가 나왔으니 말인데요, 카울이 에그렛 원장님의 루프로 들여보낸 그 괴물들은 뭐죠?"

이번엔 페러그린 원장의 찌푸린 얼굴이 엠마를 향했다.

"괜찮아, 알마." 애보셋 원장이 말했다. "네 아이들은 나머지 우리들과 마찬가지로 회의에 참여할 자격이 있다."

"정말로요?" 올리브가 눈을 휘둥그렇게 뜨며 물었다.

참으로 이례적인 일이군요." 어딘지 모르지만 최근에 날아온 임브린들 중 한 사람이 말했다. 내가 나중에 알게 된 그의 이름은 왁스윙 원장이었다.

"포트먼 군뿐만 아니라 알마의 아이들 모두에게 우리는 대단히 큰 빚을 졌습니다." 애보셋 원장이 말했다. "저들은 목소리를 높일 권리를 갖고 있지요."

친구들이 자부심으로 얼굴을 환히 빛내며 앞으로 나서 우리 뒤에 자리를 잡았다.

애보셋 원장이 설명했다. "네 질문에 대답을 하자면, 우린 그 괴 생명체가 진화된 상급 와이트라고 생각한단다. 혹은 예전 자아가 타락하여 괴물로 변한 형태거나."

"분명 그 놈들 중 하나는 퍼시벌 무르나우였어요." 블랙버드 원장이 몸서리를 치며 말했다. "슬라임 괴물 말입니다. 혼란 속에서도 저는 잠시 그자의 얼굴을 보았어요."

렌 원장이 말했다. "카울은 남아 있는 소수의 와이트들을 보내고 있고, 놈들의 힘은 카울 못지않게 강력합니다. 같은 수준은 아닐지 모르지만 엇비슷해요. 어찌된 일인지 몰라도 영혼의 도서관 에너지를 놈들에게 전한 겁니다."

"자신을 위해 신에 가까운 군대를 만들어내고 있어요" 쿠쿠 원장이 대꾸했다.

"나의 오라비는 신이 아닙니다." 페러그린 원장이 신랄하게
말했다.

"그런 괴물들이 더 나타날 겁니다." 애보셋 원장이 말했다.
"놈들은 카울의 선발대이자 돌격대 역할을 할 테고, 더불어 새로
운 종의 할로개스트도 더 숨겨두었을지 몰라요. 그 모든 힘을 갖
추고도 카울은 너무도 겁쟁이인 나머지 싸움의 최전선에 먼저 발
을 들이지 않고 있지요."

"카울 본인을 직접 본 사람은 아직 없죠?" 내가 물었다. "제
생각엔 카울이 진짜 모습을 드러낼 것 같지 않아요." 환영으로 나
타난 그의 모습은 너무 평범했고, 내 꿈에서나 V의 루프 회오리바
람 속에서 본 형태와 전혀 달랐다.

모잠비크에서 온 프리랜서 임브린으로, 회의 탁자의 맨 끝에
서 내내 조용히 앉아만 있던 머갠서(바다오리의 일종인 '비오리'라는
뜻-옮긴이) 원장이 의자를 밀치며 일어섰다. 머갠서 원장은 윤기
나는 검은 피부에 탁한 빨간색 머리를 하나로 당겨 묶은 모습이
다른 임브린들보다 훨씬 어려 보여, 나나 내 친구들보다 나이가
별로 많지 않은 것 같았다. "한 사람이 그자를 본 적이 있다고 해."
가볍고 단조로운 말투로 머갠서 원장이 말했다. "에머릭 달트윅이
라는 아이지. 오늘 새벽 플로버 원장의 루프 침공 때 용케 피해 탈
출했단다."

"그 아이와 얘기를 해볼 수 있을까요?" 내가 물었다.

"그 아이도 여기 와 있어." 임브린이 대답했다. "같이 와서 우
리에게 목격한 걸 들려달라고 부탁했거든. 그 아이를 들여보내도

될까요?"

"물론이지." 애보셋 원장이 말했다.

머갠서 원장은 문가에 서 있던 경비병들에게 신호를 보냈다. 그들은 밖으로 나갔다가 잠시 후 겁에 질려 웅크린 사내아이를 데리고 돌아왔다. 아이 얼굴엔 긁힌 상처가 가득했고 옷 역시 여기저기 찢어지고 더러웠다.

페러그린 원장이 회의 탁자에서 일어나 아이에게 다가가 살폈다. "왜 이 젊은이는 뼈 치료사의 치료를 받지 못했을까?"

"넘어지고 밟혀 다친 부상자들이 너무 많아서 라파엘이 바빴습니다." 경비병 하나가 대답했다.

"이 아이는 지옥을 겪고 왔네. 라파엘에게 당장 치료받도록 해주게."

"네, 알겠습니다."

"감사합니다, 원장님." 아이가 온순하게 대꾸했다.

"에머릭, 오늘 새벽에 네가 본 것을 어서 얘기해보렴."

아마도 강력한 임브린들이 너무 많고 부담스럽기 때문인지 아이는 더듬거리며 설명을 시작했다.

"우리는 카울에 대한 이야기만 들으면 된단다." 쿠쿠 원장이 말허리를 잘랐다. "그자가 어떻게 생겼는지, 그자가 무슨 짓을 했는지?"

"그게…… 카울은 아주…… **거대했어요.**"

"그리고? 또 뭘 봤니?"

"어……. 그자의 위쪽 절반은 인간처럼 보였어요. 사람이요. 하지만 아래쪽 절반은 나무 같았어요. 다리 대신 땅으로 파고드는 뿌리가 달린 나무둥치처럼요. 그런데 뿌리가 나무로 만들어진 게 아니었어요. 고기…… 로 만들어졌더라고요."

"**고기로 말이지.**" 애보셋 원장이 되풀이했다.

"썩은 고기요." 아이는 코를 찡그렸다. "그리고 카울이 손을 대는 모든 건……." 아이는 말을 멈추고 얼굴이 창백해졌다. "죽었어요." 아이가 몸서리를 쳤다. 그러고는 고개를 떨구었다. "그자가 랜더스 재퀴스를 건드리니까 랜더스가 썩은 것처럼 초록색과 검은색으로 변했어요. 그러고는 죽어버렸고요."

"**딱총나무로군.**" 블랙버드 원장이 속삭이는 소리가 들렸다.

"카울이 다른 사람들도 죽였니?" 페러그린 원장이 물었다.

"네. 그자와 그자의…… **부하들**이…… 제 친구들을 잡아갔어요. 그물에 담아서 끌고 갔어요." 사내아이는 심하게 덜덜 떨고 있었다. 애보셋 원장은 휠체어에서 어렵사리 일어나 절룩거리며 아이에게 다가가 자신의 숄을 아이 어깨에 덮어주었다. "뼈 치료사에게 데려가게." 경비병들에게 애보셋 원장이 말했다. "우릴 만나러 와주어서 고맙다."

아이는 고개를 끄덕인 뒤 경비병들을 따라 나가다가 문가에서 돌아섰다. 아이의 두 눈이 공포로 번득였다. "카울이 여긴 못 들어오겠죠, 네?"

"그래, 못 들어온단다." 쿠쿠 원장이 말했다. "우리가 들여보내지 않을 거야."

아이가 나가고 문이 닫힌 뒤 브로닌이 소리쳤다. "구조대를 꾸려야 해요! 카울이 잡아간 아이들을 모두 죽이기 전에 데려와야죠!"

"아니, 그럴 순 없다, 그래선 안 돼." 블랙버드 원장이 말했다. "그게 바로 카울이 원하는 거야. 그자는 그걸 숨어서 기다리다가……."

"맞는 말씀이지만, 시도는 해보는 게 우리의 의무겠죠." 페러그린 원장이 말했다.

"우린 구조대를 모집할 겁니다." 쿠쿠 원장이 애보셋 원장을 향해 고갯짓을 하며 말했다. 노쇠한 임브린은 프란체스카의 부축을 받아 다시 휠체어에 앉은 뒤 지친 표정을 지었다.

브로닌이 손을 번쩍 들었다. "제가 자원할게요!"

페러그린 원장은 브로닌의 팔을 부드럽게 잡아 내렸다. "정말 훌륭한 생각이다만 우린 좀 더 급박한 일에 네 도움이 필요할 거야."

"위기에 처한 세 루프에는 이미 대피 명령을 내려두었습니다." 쿠쿠 원장이 막대기로 또다시 **탁- 탁- 탁** 지도를 두들겼다. "하지만 사람들을 이리로 오게 할 순 없어요. 그들을 들여보내느라 방어망을 내렸다간 카울이 따라 들어올 수도 있으니까요. 그래서 템스 강 하류에서 은밀하게 밤을 보내도록 조처해두었습니다. 파울네스 섬에서 밤을 보낸 뒤엔 뭍으로 올라와 발라즈고어에 있는 은신처로 옮길 예정이에요."

"어째서 며칠 전에 대피시키지 않은 거죠?" 머갠서 원장이 물었다.

"어제 대피를 권했지만 모두들 떠나기를 거부했어요." 페러그린 원장이 대답했다. "자기들이 없는 사이에 루프가 붕괴될 것을 염려했기 때문이죠. 그리고 물론 카울의 갑작스러운 부활은 모두에게 경악할 일이었으니까요.”

누어의 어깨가 축 처지는 게 보였다.

“루프에서 탈출하느니 차라리 죽겠다고 하는 사람들은 가라 앉는 배와 운명을 함께하겠다는 유형의 사람들입니다.” 페러그린 원장이 말했다.

“그럼 그 아이들은요?” 올리브가 소심하게 물었다. “죽나요?”

“아니.” 쿠쿠 원장이 말했다. “카울이 아이들을 죽인다면 그자 에겐 죽은 아이들밖에 남지 않아. 지금처럼 인질로 잡고 있는 쪽 이 훨씬 더 유용하겠지.”

“저도 동감이에요.” 페러그린 원장이 말했다. “카울이 우리 지 위를 위태롭게 할 반란을 싹트게 하고 내부에서 우리를 무너뜨릴 수 있을 거라고 믿는 한, 아이들은 안전할 거예요. 이곳 악마의 영 토 주민들의 마음과 생각을 지배하려고 그자가 노력하는 한, 아이 들을 죽이지는 않을 겁니다. 자기 목적에 해가 될 뿐이니까요.”

“그래서 카울이 성공을 거두면요?” 호러스가 물었다.

“누군가 이미 제이콥과 누어를 죽이려고 했어요.” 엠마가 지 적했다.

“그건 정신 조종술이었다.” 렌 원장이 손을 뻗어 애디슨의 머 리를 긁으며 말했다. “그런 시도에 대한 안전장치는 고안해두었단 다. 조종당한 정신을 감지할 수 있는 이상한 종족 둘이 계속 감시 중이야.”

탁자 아래서 애디슨의 얼굴이 불쑥 올라왔다. “원장님들, 저 도 한마디 할게요. 카울의 악독한 웅변술만으로는 원장님들을 배 신하도록 설득하는 일이 절대 불가능할 겁니다. 루프의 자유에 대해서 가장 불만을 품은 선동가들도 우리가 원장님들께 얼마나 큰 빚을 지고 있는지는 알걸요. 여러분보다 카울의 지배가 더 낫다고 여기는 건 미친개들밖에 없어요."

렌 원장이 주머니에서 작은 간식을 꺼내 애디슨에게 먹여주었다. "고맙구나, 애디슨."

"악마의 영토가 겪었던 오염과 부패 속에서 와이트들이 득세하는 것이 어떤 의미인지 많은 이들이 직접 목격했습니다." 블랙버드 원장이 말했다. "노예제도, 약물 중독, 폭력. 몇 달 전 침략을 당하는 동안 우리 루프에서 자행된 무자비한 학대는 말할 것도 없겠지요."

"그래도 사람들의 충성심을 당연하게 생각해선 안 됩니다." 쿠쿠 원장이 말했다. "특히 카울의 쓰레기 같은 선전 문구가 악마의 영토 전체를 뒤덮은 지금은요."

그러자 마침내 엠마가 우리 모두 궁금하게 여기던 사실을 물었다. "그 얘기는 사실이 아니죠, 그렇죠?"

"뭐가? 우리가 미국인 우두머리들에게 비밀 거래를 제안했다는 거?"

"말도 안 되는 소리잖아." 올리브가 말했다. "엠마, 어떻게 감히 그런……."

"맞아, 부분적으로는 사실이란다." 페러그린 원장의 대꾸에 말문이 막힌 올리브의 입이 벌어졌다. "미국인들이 평화 협정에 서명하고 전쟁을 피하려면 우리로선 그게 유일한 방법이었단다. 세 사람이 모두 원했던 유일한 보상이 루프의 자유였어."

"하지만, 원장님." 올리브가 억지로 말을 이으려 헐떡거렸다.

"모두…… 모두에게 그건 불가능하다고…… 루프 재설정 반응은 아직 안전하지 않다고 말씀하셔놓고……."

페러그린 원장이 한 손을 들어 올리브의 말을 막았다. "안전하지 않아. 해결책의 실마리에 나름 가까워지기는 했지만 말이다."

"미국인들이 최근 악마의 영토에 계속 와 있는 이유도 그 때문이지." 렌 원장이 말했다. "루프 재설정을 기다리고 있는 거다."

"이틀에 한번 꼴로 내 집무실에 찾아와 대체 언제 준비가 되느냐고 내 모자가 펄럭거리도록 독촉을 해대고 있지." 애보셋 원장이 투덜거리듯 말했다.

"하지만, 하지만……." 올리브는 아랫입술을 바르르 떨며 말을 더듬었다. "어떻게 **그러실** 수가 있어요! 다른 사람한테는, 피오나한테도 아직 허락하지 않으셨으면서요!" 올리브는 너무 화가 난 나머지 무거운 구두를 신었는데도 둥둥 떠오르는 중이었으므로, 손닿지 않을 높이로 벗어나기 전에 브로닌이 얼른 발목을 잡아당겼다.

페러그린 원장은 상처받은 표정이었다. "올리브, 정말로 우리에 대한 신뢰가 그 정도밖에 안 되니? 그리 멀지 않은 시기에 그 일이 가능해지면, 우린 미국인 우두머리들의 시계를 재설정할 거다. 하지만 그들은 자기네만 그 혜택을 바라는 거야. 각자의 미국인 파벌과 부하들에게도 그 사실을 비밀로 해달라고 바라고 있지."

"**특히** 자기네 일당에겐 말이야." 쿠쿠 원장이 말했다.

"하지만 그건 절대 우리의 의도가 아니었다." 페러그린 원장이 말했다. "그런데 이제 카울이 그 비밀을 흘려버렸으니……." 페러그린은 양손을 활짝 펴고 음흉한 미소를 지었다.

"모두가 재설정을 받게 되나요?" 엠마가 물었다.

"모두가." 페러그린 원장이 말했다. "당연히 피오나도 포함해서야."

"준비가 되는 대로 곧." 애보셋 원장이 덧붙였다.

올리브는 안도감에 거의 쓰러질 듯했다. "아, 정말 다행이에요."

"보편적인 루프의 자유가 일으킬 혼란이 저는 여전히 걱정스럽습니다." 블랙버드 원장이 소심하게 말했다. "우리 아이들은 대다수 현재에 대해서 전혀 모르고 있는데……."

"며칠 전만 해도 저 역시 원장님의 걱정에 공감하는 편이었어요." 페러그린 원장이 말했다. "하지만 그 사이 상황이 극적으로 바뀌었잖아요, 안 그런가요? 악마의 영토에서 갑자기 피신해야 한다면……."

쿠쿠 원장은 막대기로 탁자를 두들겼다. "그런 일은 없을 겁니다."

페러그린 원장이 끈질기게 말했다. "네, 하지만 만일의 경우 **그래야** 한다면, 우리 아이들은 거대한 세계로 뿔뿔이 흩어져 아마도 오랜 시간 숨어서 지내야 할 겁니다. 나이 먹는 것에 대한 공포 때문에 루프로만 피신할 수밖에 없다면 카울이 찾아낼 거예요. 인정사정없는 나의 오라비에게 죽임을 당하거나 노예가 되는 것보다는 준비가 되지 않았더라도 아이들이 현재의 세상에 숨어들기를 바랍니다."

그 부분에 대해서는 아무도 반박할 수 없을 것 같았다.

"원장님들 중에서 누구든 바깥 세상에 대해서 사람들에게 미리 얘기해주시는 게 낫겠네요." 호루스가 말했다. "되게 짜증 난다고요."

복도에서 요란한 외침과 함께 몸싸움을 하는 듯한 소리가 들리더니, 회의실에 있는 사람들 누구도 반응을 보이기 전에 문이 벌컥 열렸다. 라모스가 파킨스와 함께 부하들 몇 명을 이끌고 들이닥쳤다. 레오의 졸개들 넷이 민병대원을 바닥에 짓누르고 있었다. 나와 친구들은 싸움에 대비해 방향을 틀었지만 미국인들은 우리 앞에서 걸음을 멈추었다.

"비밀을 다 터뜨렸더군, 이 거짓말쟁이 새대가리들!" 파킨스가 휠체어에 앉은 채로 고함을 지르고는 바닥에 구겨진 종이를 내던졌다.

페러그린 원장이 그들을 향해 한 걸음 나가 팔짱을 꼈다. "우리가 폭로한 게 아닙니다. 카울이 계약에 대해서 어떻게 알았는지는 우리도 몰라요. 우리가 아는 건 '비밀을 터뜨린' 쪽이 당신네 사람들 중 하나라는 것뿐이죠……."

"놈들은 그것에 대해서 하나도 몰라!" 라모스가 소리쳤다.

"이런다고 뭐가 달라질 거라고 생각했다면 어림없는 착각이야." 파킨스가 말했다. "당신들은 우리 계약의 조건을 지켜야 해."

"신사 여러분." 애보셋 원장이 경고하는 듯한 어조로 말했다. "조건 없이 다른 모든 이들과 함께 여러분의 시계를 재설정받든지, 말든지 그건 자유입니다."

"그렇다면 계약은 무효야." 라모스가 소리쳤다. "그런 건 절대로 준비될 리 없으니까. 당신들은 계속 우리를 속여왔던 거야."

"사실은 해결책에 아주 가까이 접근한 상황입니다." 렌 원장이 조금 전 페러그린 원장의 말을 그대로 전했다.

"또 거짓말을 하는군." 파킨스가 으르렁거렸다.

"우리 없이 카울과 어디 한번 잘 싸워보셔." 라모스가 말했다. "우린 부하들을 데리고 집으로 갈 테니까."

"어떻게 집에 가겠다는 건지 모르겠군요." 페러그린 원장이 말했다. "팬루프티콘은 추후 공지가 있을 때까지 폐쇄되어 있습니다."

라모스의 코트에서 흥분한 너구리들이 튀어나와 씩씩거렸고, 그의 얼굴은 자주색으로 돌변했다. "우릴 위해 개방하시지. **지금. 당장.**"

"민간항공기로 갈 수도 있겠네요." 쿠쿠 원장이 스스럼없는 대화를 나누듯 페러그린 원장에게 말했다. "여기서 히스로 공항까지 얼마나 멀죠? 택시로 한 시간 반이면 되지 않나?"

라모스와 파킨스는 화가 머리끝까지 났지만, 그들에겐 임브린을 위협할 만한 것이 아무것도 남아 있지 않았다. "우리와 철천지원수가 되겠다는 말이로군!" 침을 튀기며 라모스가 말했다.

그러나 미국인의 부하들은 점점 혼란스럽고 어리둥절한 표정을 지었다. 머리부터 발끝까지 데님으로 휘감은 깡마른 카우보이가 구겨진 종이를 펼쳐 들고 말했다. "대장, 우리만 빼고 시간을 재설정하려던 거 맞아요?"

"누가 감히 그걸 집으래?" 파킨스가 윽박질렀다.

"나도 좀 볼까?" 곰 가죽을 입은 사내가 데님을 입은 남자에게 물었다.

"읽는 건 집어치우고 뭐라도 좀 부숴!" 라모스가 소리쳤다.

곰 가죽 사내가 시키는 대로 작은 탁자의 다리를 걷어찼다.

"짜증 부리는 건 그쯤 해두시죠!" 쿠쿠 원장이 소리치자 민병대원 여섯 명이 더 회의실로 뛰어들어 미국인들을 포위했다. "밖으로 모시고 나가요. 혹시 가는 길에 뭔가를 부수거나 누구든 위협한다면, 감방에 가둬요."

"빌어먹을 손 저리 치우지 못해!" 파킨스가 민병대원의 손을 피해 몸부림을 치며 고함쳤다. "갈 거야. 너희도 따라와라."

"이걸로 끝낼 생각 하지 말라고!" 밖으로 이끌려 나가며 라모스가 소리쳤다.

페러그린 원장은 머리를 흔들었다. "참으로 실망스러운 좀생이들이네요."

미국인들의 외침이 복도에 메아리치는 소리를 들으며 나는 저들 없이 우리끼리만 싸운다면 상황이 얼마나 더 심각해질까 궁금했다. 그러나 그들의 목소리가 사라지고 내 생각의 꼬리가 더 이어지기도 전에 퍼플렉서스의 조수인 매튜가 헐떡거리며 방으로 뛰어들었다.

"원장님들!" 그가 소리쳤다. "좋은 소식입니다!" 매튜는 숨이 차 앞으로 몸을 수그렸다.

무슨 소식인지 매튜가 입을 열기도 전에 밀라드가 파란색 로브 자락을 휘날리며 둘둘 만 지도를 옆구리에 낀 채 회의실로 들이닥쳤다.

"퍼플렉서스가 루트를 찾았어요." 밀라드가 선언하듯 말했다.

"빠르긴 한데 엄청 괴로운 길이에요. 퍼플렉서스가 직접 설명드릴 거예요."

역사상 가장 유명한 시간 지도 전문가가 밀라드의 뒤에서 다급히 등장했다. 더 많은 지도 뭉치를 양팔로 가득 껴안고서 이탈리아어를 중얼거리는 퍼플렉서스 본인이었다. "**살루티 시뇨레**(Saluti signore, '인사 올립니다, 여러분'의 뜻–옮긴이)." 임브린들에게 허리를 숙이며 그가 말했다.

그의 손에서 흘러내리는 종이 뭉치를 잡느라 프란체스카가 뒤에 바짝 따라붙었다. 탑처럼 쌓인 지도 뭉치가 쓰러지려 하자 그는 바닥에 떨어뜨리기 전에 얼른 회의 탁자에 지도를 쏟아놓았다.

"**미 스쿠시**." 퍼플렉서스는 지도를 다시 잘 쌓으며 사과하더니 형식적으로 나에게도 고개를 끄덕여 인사를 건넸지만, 그가 늘 쓰고 다니는 작고 동그란 선글라스 때문에 그의 눈은 볼 수 없었다.

퍼플렉서스와 밀라드는 임브린들이 보고 있던 런던 지도 위에 유럽 지도를 함께 펼쳤다.

"턴 원장님의 루프가 모임 장소인 건 확실합니다." 퍼플렉서스가 외국어 억양이 강한 영어로 바꾸어 설명을 시작했다. 그는 뭔가를 찾는 사람처럼 말하며 주머니를 톡톡 쳤다. "그곳은 제1차 세계대전 중 딱 3년간만 존재하기 때문에, 시간을 **몰토, 몰토 피콜로**(Molto, molto piccolo, '매우, 매우 빠르게'의 뜻–옮긴이)로 건너뛰어 접근하기도…… 찾기도 아주 어렵습니다."

"턴 원장님의 루프는 백 년 전에 붕괴되었어요." 밀라드가 말했다. "그래서 거길 들어가려면 원장님의 루프와 동시대에 존재했으면서 오늘날까지 현존하는 루프를 찾아야 하죠. 하지만 그렇게 오래된 루프는 귀해서 거의 남아 있지 않아요."

"이상한 종족에게는 끔찍한 시기였단다." 주로 누어와 나를 위해 페러그린 원장이 설명했다. "전쟁이 유럽을 갈가리 찢어놓았고, 그 시기 몇 년 전부터 우리를 향한 할로우의 사냥이 시작되었기 때문이지. 우리가 상대하는 적을 이해하고 그걸 막아내는 최선의 방법을 알게 되기까지 시간이 좀 걸렸단다."

"긴 얘기를 짧게 줄이면, 아직 작동할 만한 루프는 셋뿐이에요." 밀라드가 말했다.

"뭐 필요한 게 있나요?" 렌 원장이 여전히 주머니를 뒤지고 있는 퍼플렉서스에게 물었다.

"에스프레소를 담은 약병이 있었는데요."

창백한 그의 이마로 땀 한 방울이 흘러내렸다.

애보셋 원장이 손가락을 튕겨 소리를 냈다. "누가 저 사람에게 진한 커피 좀 가져다 주게." 경비병 한 사람이 경례를 한 뒤 방을 빠져나갔다.

"우린 전쟁 지역을 가로지를 필요가 없는 루트를 찾을 수 있을 거라고 생각했어요." 밀라드가 설명을 이어갔다. "적어도 격전지는 피해 가도록 말이죠."

"후보 1번은 몽골에 있습니다." 퍼플렉서스는 쿠쿠 원장의 분필 막대기로 지도를 가리키기 전에 두툼한 코트 소매로 얼굴을 훔치며 말했다. "논의했다시피, 안전하지만 꽤 멀리 돌아가는 길이죠. 프랑스에 있는 턴 원장의 루프까지 당도하려면 2주간의 여행이 필요합니다."

"우리에겐 시간 여유가 없네." 애보셋 원장이 말했다.

퍼플렉서스가 막대기를 남서쪽으로 옮겼다. "두 번째 후보지는 1918년 아드리아해에 있습니다. 훨씬 더 가깝죠." 막대기 끝은 이탈리아와 그리스 사이의 어느 섬에 멈추었다. "하지만 거긴 **라자레토**…… 격리된 섬이에요."

"경비가 삼엄할 뿐만 아니라, 스페인 독감이 창궐한 곳이기도 하거든요." 밀라드가 말했다. "전염병에 걸려서 죽을 위험에 빠뜨릴 수도 없지만, 그 부분에 대해선 안전을 보장한다고 해도 여정에 닷새나 걸려서 결과적으로 위험을 감수할 가치가 없어요."

경비병이 작은 컵을 양손에 들고 나타났다. "에스프레소입니다." 경비병이 커피 잔을 퍼플렉서스에게 건네자, 그는 고마워하며 단 두 모금 만에 잔을 비웠다.

"아아아." 퍼플렉서스가 감탄사를 내뱉자 그의 입에서 수증기가 새어 나왔다. "저처럼 나이가 들면, 커피는 사실상 목숨을 지탱해주는 유일한 방편이지요."

"그래서 세 번째 루프는?" 가슴속에서 조바심이 치밀어 내가 물었다.

"훨씬 더 가까워." 밀라드가 말했다. "사실상 턴 원장님의 루프 바로 위라고 할 수 있지. 16킬로미터밖에 안 떨어져 있으니까."

"그런데 함정이 있겠지." 누어가 추측했다.

"그야 항상 있지." 내가 중얼거렸다.

"턴 원장님의 루프는 격전지의 한쪽 옆에 있고, 호크스빌 원장님이 관리하시는 1918년경의 이 루프는 그 반대편에 있어." 밀라드는 프랑스 북부의 어느 루프를 가리켰다. "바닷길은 불가능해. 전함들로 가로막혀 있고 잠수함도 순찰 중인 데다, 어차피 시간이 너무 오래 걸려. 최상의 루트는 전선을 가로질러 곧장 육로로 가는 건데, 하필 20세기 최악의 격전지야."

정적이 수 초간 이어지자, 누어는 회의실의 전원이 자신을 쳐다보고 있다는 걸 깨달았다. 누어의 몸이 경직되었다. "왜요? 저 마음 안 바뀌었어요."

에녹이 누어를 향해 몸을 기울였다. "참호에서 벌어지는 전쟁이야. 총알, 폭탄, 독가스, 전염병. 거기서 살아남으려면 기적이 필요할 거야."

누어는 약간 모자란 놈이라는 듯 에녹을 쳐다보았다. "그렇다면 기적을 만들어야겠네." 그러고는 임브린들을 돌아보았다. "선택의 여지가 있는 것도 아니잖아요. 맞죠?"

임브린들은 고개를 끄덕였다.

그제야 비로소 나는 누어 프라데시를 남은 평생 알고 지내고 싶다는 확신이 들었다. 결과적으로 그 삶이 짧든 길든 상관없었다. 그러자 새로운 생각이 떠오르며 싸늘한 공포가 파도처럼 내 심장을 스쳐갔다.

"너랑 단둘이 얘기 좀 하고 싶어." 내가 말했다.

"할 얘기 없어." 누어는 이렇게 말했지만 내 설득에 어쩔 수 없이 회의 탁자에서 둘만 멀리 벗어났다.

"넌 이 일 하지 않아도 돼." 내가 속삭였다.

"아니, **너야말로.** 하지만 난 해야 돼. 내가 그 괴물을 세상에 내놓았어."

"그렇지 않아……."

"이 문제로 다시 말다툼하지 말자. 여기서 카울을 원래 있던 곳으로 돌려보낼 수 있는 사람은 나뿐이야. 선택의 여지가 없어. 어쨌거나 나에겐 없어. 그러다 죽게 된다면 죽는 거야. 하지만 넌 가지 않아도 돼. 사실 난 네가 살면 좋겠어. 이건 **내가** 벌인 일이야. 내 싸움이라고."

누어 혼자 이번 일을 하게 내버려둔다는 생각만으로도 내 안에 반감이 가득 치밀었다. "네가 나 없이 혼자 가는 일은 없어."

"나도 그래." 브로닌이 우리를 향해 다가서며 말했다.

엠마가 그 옆으로 합류했다. "나도 마찬가지야."

"너무 위험해." 누어가 말했다. "너희들은 굳이……."

"지도에 대한 내 지식 없이는 너희들 150미터도 못 가." 탁자 주변에서 우리를 향해 파란색 로브 자락을 펄럭이며 밀라드가 말했다. "이건 내가 찾은 루트야, 방향을 찾는 걸 도와주려면 내가 있어야 해."

애디슨이 렌 원장의 옆자리를 떠나 당당하게 우리를 향해 행진했다. "나는 일생 대부분을 동물원 루프에서 살았어. 턴 원장님의 루프를 찾는 데 도움을 줄 사람이 있다면 그건 바로 나야."

에녹은 초조한 듯 한숨을 쉬며 말했다. "나도 바람에 휩쓸리기나 하면서 여기에 남진 않겠어. 그럼 **너무** 따분할 거야."

"음, 너희 **모두** 간다면……." 올리브가 말문을 열었지만, 우리 중 대다수가 동시에 "안 돼!"라고 소리쳤으므로 올리브는 문장을 끝맺지 못했다.

올리브는 상처받은 표정이었다.

"미안해, 올리브." 엠마가 말했다. "큰 아이들만 가야 해."

임브린들은 자랑스러움과 공포가 뒤섞인 오묘한 표정으로 우리를 지켜보고 있었다. 페러그린 원장이 가장 자랑스러워 하는 표정이었지만, 낯빛은 침대 시트처럼 창백했다.

"알마, 너도 허락할 거니?" 애보셋 원장이 물었다.

대답 대신 페러그린 원장은 고개만 끄덕였다.

제 13 장
chapter thirteen

우리는 그날 밤에 곧장 불과 몇 시간 뒤에 떠나기로 결정
되었다. 낭비할 시간이 없었다. 시간이 흐를수록 카울
은 점점 더 강해질 테고, 틀림없이 착착 준비하고 있을 그의 공격
을 우리가 막아낼 가능성은 점점 줄어들고 있었다. 쿠쿠 원장과
렌 원장, 페러그린 원장은 위원회 회의실을 빠져나와 의상부로 향
하는 우리와 함께 아래층까지 동행했다. 옷걸이 행거가 빽빽하게
들어 차 있는 방에서 의상부 책임자인 가스통이 우리에게 각각
어울릴 만한 시대 의상을 골라주었는데, 하나같이 전쟁터에서 땅
색깔과 잘 구분되지 않을 만한 갈색과 초록색 옷이었다. 호크스빌
원장의 루프 근처에 주둔해 있을 영국군과 프랑스군은 물론이고,
최전선을 넘은 뒤엔 독일군에게도 최대한 눈에 띄지 않기를 바란
선택이었다.

각자 옷을 입어보는 동안 우리는 탈의실 주변에 모여 있었고

임브린들은 우리가 시간대를 넘어가면 어떤 일이 벌어질지 이야기해주었다. 임브린들은 애써 초조함을 감추려 했지만, 페러그린 원장은 틀어 올린 머리에 꽂은 핀을 계속 어루만지며 긴장감을 드러냈고, 쿠쿠 원장은 탁탁 발을 구르는 중이었으며, 렌 원장은 이례적으로 말수가 줄어들어 더 티가 났다. 사실상 그들이 우리에게 해줄 수 있는 말은 별로 없었다. 호크스빌 원장이 무사한지는 그들도 알지 못했기 때문이다. 하지만 쿠쿠 원장은 호크스빌 원장의 도움이 없더라도 어떤 상황에서든 꼭 최전선을 넘어가 턴 원장의 루프로 들어가는 입구를 찾아야 한다고 몇 번이나 되풀이해 당부했다.

"전쟁 이후 반세기 동안 그곳 루프를 제대로 유지하고 있었으니, 호크스빌 원장이 분명 안전한 길을 알고 있을 거다." 페러그린 원장이 말했다.

그러나 페러그린의 말투는 확신보다 희망에 더 가까웠고, 겨우 몇 분 전까지만 해도 호크스빌 원장에 대해선 전혀 들어본 적도 없다는 사실로 미루어 보아, 이상한 사람이거나 전혀 협조적이지 않을 수도 있겠다는 생각이 들었다.

"이건 아니지, 가스통, 전부 틀렸어." 쿠쿠 원장이 내 옷차림을 보며 콧잔등을 찌푸리더니 짜증스레 말했다. "재킷 때문에 너무 군인처럼 보이잖아."

나는 재킷을 벗었고 가스통은 행거 사이로 다시 사라졌다.

"나도 같이 갈 수 있다면 좋겠구나." 쿠쿠 원장이 말했다. "프랑스 북부 출신이라 너희가 가려는 지역에 대해서 상당히 잘 알거든. 전쟁 중은 아니었지만 그래도……."

"나도 마음 같아선 양 날개를 너희에게 딸려 보내고 싶다." 페러그린 원장이 괴로운 듯 말했다. "하지만 임브린 열두 명이 모두 악마의 영토에 머물지 않으면 퀼트의 보호막이 약해질 거야."

"저희 걱정은 하지 마세요, 원장님. 눈 깜짝할 새에 돌아올 테니까요." 브로닌이 이렇게 말하고는 미소를 지었다.

페러그린 원장도 억지로 미소로 화답했다.

여행을 떠나기 전에 짐을 싸고 잠시라도 쉬려고 우리는 임브린들과 헤어져 덧치하우스로 향했는데, 행정부 건물을 나서려면 문밖에서 초조하게 기다리던 군중 사이를 뚫고 지나가야 했다. 우리 뒤쪽에서 프란체스카가 확성기에 대고 임브린들이 곧 연설을 할 것이라고 공표했다. 찻잔 속의 폭풍 같은 이 분위기는 곧 가라앉겠지만, 미국인들이 제공했던 추가 병력과 전투 지원도 마찬가지로 사라지게 될 것이다. 내 짐작대로라면 미국인들은 우두머리를 따라 떠나갈 게 틀림없었다. 그렇기 때문에 더욱더 카울이 임브린들이 만든 방어망을 돌파할 방법을 찾아내기 전에 우리가 꼭 막아야 했다.

집으로 돌아와 우리가 맡은 새 임무를 알려주자 클레어는 울기 시작했다. 피오나와 휴는 엄숙한 얼굴로 행운을 빌어주었다. "원장님들이 우리들 중에서 몇 명은 함께 딸려 보내실 거란 거 잘 알아." 피오나를 위해 통역하듯 휴가 말했다. 피오나는 임브린들과 함께 악마의 영토를 지켜야 하는 이곳이 자신의 자리라고 여겼고, 당연히 휴도 피오나의 곁을 떠날 리 없었다. 피오나가 우리와 동행하겠다고 나섰더라도, 휴는 올해 이미 한 번 일생의 사랑을 잃었다가 되찾았던 아픔이 있었기에 피오나를 말렸을 거라고 나는 확신했다. 무엇보다도 20세기 최악의 전쟁터인 그곳 참호에서 피오나의 안전을 위험에 빠뜨리는 건 생각만으로도 너무 끔찍했다. 그렇다고 악마의 영토에 남아 있다고 해서 안전이 보장되는 것도 아니었다. 이곳도 안전과는 거리가 멀었다.

마지막으로 찾아간 친구는 호러스였다. 호러스는 침대에 걸터앉아 비몽사몽 헤매며 혼잣말을 중얼중얼 속삭이고 있었다. 우리가 잠을 깨우자 호러스는 소스라치게 놀라 정신을 차리며 카울의 환영 전송을 막는 방법을 발견한 것 같다고 주절주절 떠들기 시작했다.

"카울의 환영 전송 방식은 내 예지몽이 작동하는 것과 정신적인 파장이 같아, 그 말은 곧 눈이 아니라 마음으로 보이는 단체 환각에 가깝다는 뜻이지……." 호러스는 갑자기 말을 멈추더니 우리를 보며 눈을 껌벅거렸다. "뭐야, 너희가 단체로 내 방에는 웬일이야?"

엠마가 설명하려 했지만 호러스가 재빨리 말문을 막았다. "됐어, 얘기할 필요 없어, 나도 꿈에서 봤어." 호러스는 손가락을 튕기며 눈을 감고 말했다. "프랑스. 원장님은…… 크레인스빌. 아니다, 호크스빌. 사방에 죽음이 깔렸고 공기가 무거워." 그가 눈을 떴다. "좋아. 나도 갈 거야."

엠마가 나섰다. "음, 호러스, 말은 고맙지만……."

"넌 그냥 우리한테 방탄 스웨터나 떠주지 그래?" 에녹이 말했다.

"그건 못된 말이야." 밀라드가 필요하다는 책을 커다랗고 납작한 트렁크에 챙겨 넣던 브로닌이 말했다. "호러스는 우리랑 수

많은 전투를 겪었어. 그렇지 않아?"

"난 전쟁과 싸움을 혐오하지만 그래도 갈 거야. 너희에겐 내가 필요할 거야. 이유는 아직 확실히 모르겠지만, 내 뜨개질 실력 때문만은 아니야." 그러고는 호러스도 짐을 싸려고 배낭을 찾아 주변을 둘러보기 시작했다.

우린 또다시 아직도 호러스를 과소평가하고 있었다.

누어는 위원회 회의실을 나온 이후 줄곧 내 눈길을 피하고 있었다. 이 일에 나설 필요가 없다는 말을 내가 백 번째로 되풀이하는 게 듣기 싫기 때문인 것 같았다. 하지만 지금은 나도 그 단계는 지난 상태였다. 누어는 이 모든 임무에서 유일하게 대체할 수 없는 인물이었다. 임브린들이 만든 보호막은 실패할 수도 있고 악마의 영토가 무너질 수도 있지만, 누어가 다른 여섯 명을 찾는다면 모든 걸 다시 되돌릴 기회가 있었다. 하지만 내가 굳이 그 말을 상기해줄 필요는 없다. 누어가 압박감을 감당하는 방식은 그 문제에 대해서 많이 생각하지 않는 것인 듯했다. 그냥 가서, 그냥 해치우자. 그러므로 나도 누어가 가는 걸 내버려두고 그 애가 하는 일을 돕고, 한동안 누어가 내 눈을 피해도 그러려니 했다.

퍼플렉서스와 밀라드는 지도를 도로 딧치하우스로 가져와 식탁에 펼쳐놓고는 마지막으로 한 번 더 루트를 연구하고 있었다. 지도 낱장을 재킷과 바지 허리띠 여기저기에 꽂고 있는 퍼플렉서스는 절반쯤 새로 보이기도 했는데, 식탁 위엔 빈 에스프레소 잔이 뒹굴었다. 우린 두 사람이 방해 없이 일하도록 내버려두었다.

불안한 시간이 한 시간쯤 흐른 뒤 페러그린 원장이 애보셋 원장의 휠체어를 밀며 돌아왔다. 두 사람은 누어와 호러스, 나를 응접실로 불러 대화를 나누었다. 벽난로에 불을 붙여놓았으므로 애보셋 원장은 그 옆으로 자리를 잡았는데, 피로한 듯 머리를 쿠션에 기대고 있었지만 눈빛은 또렷했다. V의 시신은 아직 어두운 창가 이동식 테이블에 놓여 있었으되, 지금은 그래도 얼음을 채운 관에 들어 있는 상태였다. 이런 식으로 V를 방치하는 건 못할 짓으로 느껴졌지만, 너무 많은 혼란이 벌어졌고 장례식을 할 시간도 없었다. 혹시라도 V에게 질문을 더 해봐야 할 만일의 사태를 대비하여 임브린들이 시신을 가까이 두고 싶어 하는 거라는 의심이 들었다.

페러그린 원장은 우리더러 바닥에 놓인 방석에 앉으라고 청했다. 탁탁 소리를 내며 타고 있는 벽난로 불빛을 역광으로 받으며 페러그린 원장이 입을 열었다. "마지막으로 몇 가지 주의 사항이 있다. 팬루프티콘은 너희가 건너갈 수 있을 정도로만 아주 잠깐 재가동할 거야. 너희가 도착하기 전에 호크스빌 원장에게 미리 연락을 하는 건 중간에 가로채기 당할 염려가 있어서 불가능하다. 그래서 그 임브린의 루프에 들어가면 너희가 원장을 찾아야 해."

"댁에 계시면 좋겠네요." 내가 말했다.

"계셔." 호러스가 대꾸했다. 우린 어떻게 아냐고 호러스에게 물을 필요가 없었다.

"팬루프티콘을 재가동하는 건 위험하지 않을까요?" 엠마가 물었다.

페러그린 원장이 고개를 끄덕였다. "맞아, 하지만 면밀히 계산한 결과 겨우 30초 정도는 감수해야 한다고 결정했다."

"제가 다른 여섯 명을 찾게 되면 어떻게 해야 하는지 아직도 아는 사람이 없나요?" 누어가 물었다.

애보셋 원장이 애써 몸을 똑바로 세웠다. "프란체스카와 우리 번역가들이 『경외성경』에서 그 부분에 대해서 뭔가 새로운 걸 발견하기를 바랐는데 안타깝게 되었다. 우리는 일곱 명이 어떻게 문을 봉인한다는 것인지 확인하지 못했다만, 누군지 몰라도 너를 그곳으로 부른 사람은, 여섯 군데로 전화를 건 사람은 아마 알지 않을까."

"맙소사, 꼭 그러길 바라요." 호러스가 말했다.

"우린 곧 너희를 모두 팬루프티콘으로 데려갈 거야." 페러그린 원장이 말했다. "악마의 영토에 있는 다른 주민들은 누구도 너희가 하려는 일을 몰라야 한다. 너희의 임무에 대한 이야기가 카울이나 와이트들에게 전달될 수도 있는 위험은 피해야 하니까 말이다. 우리가 감방에 아직 가둬둔 와이트들이 카울과 정신적으로 연결되어 있는지 아닌지도 알 방법이 없다. 카울이 알아낸다면 분명 너희를 따라갈 거야. 그래서 우린 너희를 한 사람씩 수하물 상자에 넣어서 팬루프티콘으로 몰래 들여갈 예정이다."

"뭐라고요?" 호러스가 말했다.

페러그린 원장은 호러스의 말을 무시했다. "일단 1918년으로 건너가고 나면 너희는 나나 이 루프와 연결될 방법이 없을 테고, 그럴 시도도 해서는 안 된다. 다시 한 번 말하지만 적에게 알려지면 위험이 너무 크다. 너희는 연락이 끊긴 상태에서 전적으로 너희끼리 행동해야 한다." 짧게 설명하는 동안 대부분 벽난로를 마주하고 있던 페러그린 원장은 이제 돌아서서 우리를 바라보았다. 거의 울기 직전이었다. "너희를 다시 볼 수 없다면……."

호러스가 펄쩍 튀어 일어나 원장을 끌어안았다. "보게 되실 거예요, 원장님. 보게 될 거예요."

"말만 그렇게 하는 거니, 섬너슨 군?"

"아니에요. 전 알아요." 호러스가 말했다. 사실이든 아니든, 그건 우리 모두가 꼭 들어야 할 말이었다.

ʕ

두 임브린과 호러스를 따라 주방으로 나가려는데 누어가 내 소매를 잡았다. "잠깐만." 누어는 창문과 그 아래 어둠 속에 얼음을 채운 관이 놓여 있는 방향을 돌아보았다.

나는 돌연 수치심의 파도에 휩싸였다. "저분은 최대한 빨리 매장하게 될 거야."

"그 문제가 아니야." 누어가 말했다. "가기 전에 엄마랑 다시 한번 이야기를 해보고 싶어."

"네 말을 못 들으실 거야."

누어는 양팔로 자기 몸을 껴안았다. "알아. 하지만 그래도 해보고 싶어."

나는 심호흡을 하며 문득 허공에 떠도는 희미한 포름알데히드 냄새를 의식했다. 나도 할아버지를 떠나보냈지만, 누어의 감정이 무엇인지 완벽하게 이해할 순 없으리라는 것도 의식되었다. 겨우 이제 막 다시 만났던 사랑하는 사람을 잃다니.

누어는 내 손을 잡았다. "같이 있어줄래?"

"좋아. 네가 원한다면." 우리는 V가 누워 있는 곳으로 방을 가로질러 갔다.

누어는 얼음을 채운 관 옆에 무릎을 꿇었다. 나는 누어의 공간을 침범하지 않으면서 응원을 해줄 수 있을 정도로 가까이 다가갔다.

"엄마, 이제 전 떠나야 해요. 페니를 찾으러 갈 거예요. 언제 다시 돌아올지는 모르겠어요⋯⋯." 누어는 손가락으로 얼음을 헤치고 들어가 새파랗게 죽어 차가워진 V의 손을 잡고 주무르며 말을 걸었다. 나는 누어가 **사랑해요**, 그리고 **미안해요**라고 말했다고 생각했지만, 너무 사적인 대화 같아서, 그리고 마음이 아파서 듣지 않으려고 애를 썼다.

그러자 얼음이 움직였고 누어는 소스라치게 놀랐다. V의 손가락이 누어의 손을 잡았다. 망자의 가슴속 어딘가에서 시인의 심장에서 나온 피가 아직도 약간은 돌고 있던 모양이었다.

V의 입술이 벌어졌다. 사포로 나무를 문지르는 것 같은 소음이 흘러나왔다.

누어는 더 가까이 몸을 기울였다. "엄마?"

V의 입이 움직이며 목구멍이 떨렸다. 나는 V가 **나도 사랑한다**고 말해주기를 바랐다. 혹은 차라리 **네 잘못이 아니야**, 라고 하면 더 좋겠고.

그런 말 대신 V가 말했다. "허레이쇼⋯⋯."

누어는 긴장해서 더욱 가까이 몸을 수그렸다. "뭐라고 하셨어요?"

관 안에서 얼음이 들썩였다. V는 일어나서 앉으려고 했지만 그럴 수가 없자 다시 가라앉았다. 눈은 꼭 감은 채였다. 불확실한 발음으로 질질 끄는 말이 거친 호흡과 함께 새어 나와 거의 알아들을 수 있을 정도였다. V가 말했다. "허레이쇼. 그 녀석은…… 우리의 마지막 동료였다. 그리고 한때는…… 카울의…… 오른팔이었지. 그 녀석을 찾아라……."

V의 입에서 힘이 빠져나갔다. 움켜쥐고 있던 손도 벌어져 누어의 손을 놓았다.

그렇게 V는 다시 세상을 떠났다.

방금 일어난 일을 다른 친구들에게 이야기하려고 주방으로 달려가자, 싱크대 옆에서 이야기를 나누고 있던 호러스와 에녹을 제외하고 모두들 2층에 올라간 상태였다. 얼룩진 앞치마를 입고 고기용 식칼을 손에 쥔 에녹은 조리대 위에 한가득 놓인 닭들을 절단하던 중이었는데 심장을 확보하기 위함인 듯했다.

"응, 가끔은 그런 일이 있어." 우리가 전한 소식에 그는 어깨를 으쓱하며 대수롭지 않다는 반응을 보였다. "심실이나 심방에 부활 에너지가 소량이라도 남아 있을 땐 망자가 잠깐 깨어나기도 해……. 하지만 너한테 신음 소리 이상으로 뭔가 말을 했다는 건 대단히 인상적이야. 너한테 정말로 말을 하고 싶으셨나 봐. 망자가 스스로 일어나려면 엄청난 노력이 필요하거든."

누어는 입을 꾹 다물었다. "'허레이쇼'에 대해 말씀하셨어."

"또 셰익스피어 타령이야?" 호러스가 말했다.

"아니야." 내가 대답했다. "내 생각엔 H의 할로개스트를 말씀하신 것 같아. 그 허레이쇼 말이야. 허레이쇼가 카울이랑 예전에 가까웠다면서 우리더러 꼭 찾아야 한다고 하셨어."

"찾아서 뭘 어쩌라고?" 호러스가 물었다.

"거기까진 엄마가 말씀해주실 기회가 없었어." 누어가 말했다. "네가 엄마를 다시 깨울 수 있다면 내가 물어볼게."

"그건 도와줄 수 없어. 망자를 아무 때나 한 번씩 되살릴 수는 없어, 그리고 매번 시도할 때마다 부활의 질도 나빠진다고."

"아." 누어는 피곤한지 손으로 눈을 비볐다.

"미안해, 누어." 에녹은 식칼을 도마에 찍은 뒤 양손을 앞치마에 문질러 닦았다. "그리고 어차피 그런 건 별로 중요하지 않아. 부활 이후에 다시 깨어나 한 말은 99퍼센트 헛소리거든. 꿈처럼 말이야. 기분 나쁘게 듣지는 마, 호러스."

호러스가 에녹에게 등을 돌렸다. "기분 상했어!"

"뭔가 의미가 있는 말 같아." 내가 말했다. "나도 허레이쇼에 대해서 궁금해 하던 참이야. 우리한테 지도 조각과 단서를 주고는 H의 집 창문으로 뛰어내렸잖아. 어디로 갔을까?"

"난 전혀 관심 없어." 누어의 싸늘한 말투에 나는 깜짝 놀랐다. "그 멍청한 지도만 아니었더라면 우린 V를 절대 못 찾았을 테고, 아직 살아 계실 거야."

"꼭 그렇지는 않을걸. 무르나우는 V가 어디에 있는지 알고 있었어. 아마 결국엔 그자가 직접 나서서 우리를 그곳으로 이끌었을 거야. 그리고 H와 허레이쇼는 좋은 의도였어. 둘 다 너를 보호하려고 했잖아. 그들은 V의 심장이 무르나우의 쇼핑 목록에 있다는 걸 확실히 모르고 있었어."

"그랬겠다." 누어가 마지못해 인정했다. "그러니까 넌 허레이쇼가 아직 살아 있다고 생각한다는 거지? H의 그 오래된 할로개스트가 아직도 어딘가에 돌아다니고 있다고?"

"가능성이 있어." 내가 말했다. "하지만 이제는 와이트가 됐어. 평생 길들인 할로우로 봉사했으니 휴가를 떠난 걸지도 모른다는 생각이 들어. 하지만 아무도 모를 일이지."

"내가 이야기를 나눠보고 싶은 사람이 누구인지 알아?" 에녹이 말했다. 그가 식칼을 내리치자 닭 머리가 싱크대로 미끄러져 들어갔다. "마이런 벤담이야."

그의 이름이 언급되자마자, 전신에 이상한 냉기가 흘렀다.

"우리가 꿈을 꾸는 한, 나는 예수님이랑 마하트마 간디와 이야기를 나눠보고 싶어." 호러스가 말했다.

"나는 한 번 만난 적 있어." 에녹이 말했다.

"누구? 예수님을?"

"간디지, 이 멍청아. 삼십 대 때 런던 이스트엔드에 온 적 있어. 착한 청년이더라. 하지만 벤담을 만나고 싶다는 건 진심이야. 벤담의 시신을 찾을 수 있다면 내가 깨워서 말을 걸어볼 수 있잖아. 그 사람은 카울에 대해서 쓸 만한 정보를 좀 갖고 있을 거야."

"벤담은 카울과 **함께** 영혼의 도서관에서 파멸했어, 기억 안 나?" 호러스가 말했다. "가져올 시신이 없다고. 아무튼 우리가 알아볼 만한 몸은 없다는 거지. 내가 마지막으로 봤을 때 벤담은 거대한 모기 같은 생명체로 변해 있었어."

에녹은 또다시 식칼을 휘둘렀다. 피가 천장으로 튀었다. "그 사람한테 딱 어울리는 껍데기네."

위층으로 올라가려는 찰나, 창밖에서 고함 소리가 들려왔다. 창문으로 고개를 내밀어 보니 골목에서 밀라드와 브로닌이 클라우스와 말다툼을 벌이고 있었다. 나는 좁은 창문으로 몸을 구겨 넣어 최대한 빠르게 빠져나간 다음 예전에 밀라드가 보여준 방법대로 비계를 따라 아래로 내려갔다.

"무슨 일이야?" 내가 친구들에게 달려가며 물었다.

고함을 지르느라 얼굴이 시뻘겋게 변한 클라우스는 어깨에 큼지막하고 올이 굵은 삼베 자루를 둘러매고 있었다. 밀라드의 얼굴은 보이지 않았지만 거친 숨을 몰아쉬는 중이었고, 브로닌은 무슨 일인지는 전혀 모르는 표정이면서도 필요하다면 무조건 밀라드를 보호할 준비가 되어 있었다.

밀라드는 목소리를 낮추면서도 여전히 절반은 고함을 치듯 씩씩거리며 대꾸했다. "**대체** 무슨 일이냐면 말이지, 이 불한당 같은 노인이 부탁한 뼈와 약병까지 전부 다 구해다 줬는데도……."

"그랬어?" 내가 물었다. "언제?"

"내가 그동안 뚫어놓은 어둠의 경로를 통해서라고만 해두자고. 그런데 이제 와서 너도 아는 바로 그걸 내놓지 못하겠다잖아!"

내가 말문을 열었다. "네 말은 그러니까 그……."

"쉿!" 밀라드가 내 말허리를 잘랐다. "입 밖에 내 말하지 마."

"그걸 못 돌려주는 건 빌어먹을 그 물건이 **폭발했기 때문이라니까!**" 클라우스는 목소리를 낮추려는 노력도 없이 버럭 소리쳤다. "새끼손가락이 잘려 나갈 뻔했단 말이다!" 노인은 증거로 붕대를 감은 오른손을 들어 올렸다. "제대로 작동이 안 될 수도 있다고 말했고, 실제로 그랬어!"

"그럼 그렇다는 걸 입증해보세요, 터져버린 부품 조각이라도 돌려달라고요." 밀라드가 말했다.

"전부 타버려 파란색 잿더미만 남아서 그럴 수가 없다고."

밀라드는 어처구니없다는 듯 코웃음을 쳤다. "헛소리 마세요! 난 못 믿겠어요. 작동이 되니까 혼자 몰래 쓰려고 숨겨놨겠죠."

"감히 그런 말을 하다니 한 대 맞아야겠구나!" 클라우스의 눈길이 주먹을 치켜든 브로닌에게 향했다. "하지만 그러는 대신에 난 화해의 선물을 가져왔다. 네가 아는 그것만큼 좋은 물건은 아니지만, 적절한 상황에서는 이것도 너희 목숨을 구할 수 있을 거야."

"얼렁뚱땅 떠넘기는 대용품은 받지 않겠어요."

"일단 제발 좀 보기나 해라." 클라우스는 자루를 바닥에 내려놓고 입구를 묶었던 밧줄을 풀었다. 자루가 바닥으로 흘러내리자 50, 60센티미터 높이의 네모난 목조 시계가 드러났다.

"그건······?"

"맞아. 뼈 시계다."

나는 좀 더 유심히 살펴보았다. 시계 앞면은 얇게 늘여서 무두질한 갈색 피부 같았고, 바늘은 길고 섬세하게 생긴 뼈로 만들어져 있었다.

"이걸 왜 넘기려는 거죠? 할아버지 조상의 유품으로 만든 거라면서요."

"글쎄다, 내가 이 모든 거래에 그만큼 진심이라는 뜻이겠지."
클라우스가 말했다. "물론 이건 너희가 여행을 떠나는 동안 임시
로 빌려주는 것뿐이니 나중에 나에게 돌려줘야 한다."

"그런 말은 또 어떻게 들었어요?" 브로닌이 물었다.

클라우스는 씩 웃었다. "악마의 영토에서 비밀은 얼마 오래
가질 않거든."

"그걸로 뭘 할 수 있는데요?" 화제를 다시 시계로 되돌리며
내가 물었다.

"속삭임을 들을 수 있게 도와주지."

"무슨 속삭임이요?" 브로닌이 물었다.

"속임수에 넘어가지 마." 밀라드가 말했지만 브로닌은 쉿, 하
며 친구의 말문을 막았다.

"누구든 방금 죽은 사람의 속삭임이란다." 클라우스가 말했
다. "심장과 뇌는 영혼을 단념한 뒤에도 유령 자체는 여전히 몸에
머물러 있거든. 그런데 유령의 속삭임은 인간의 정신이 알아차리
기엔 너무 빠르고 귀로 듣기에도 너무 나직하기 때문에, 세상을
느리게 만들어서 **진짜로 가까이 가서** 듣기 전에는 알아들을 수가
없……."

"그게 우리한테 무슨 소용이 있겠어요?" 밀라드가 짜증스레
말했다.

"뼈 시계가 바로 세상을 느리게 돌아가게 만드는 장치이고,
그렇게 느려져야 너희가 속삭임을 들을 수 있게 된다니까. 모든
게 달팽이가 기어가는 것처럼 변해. 유령의 속삭임을 듣는 것 이
외에도 이게 쓸모가 얼마나 많다고. 본체를 약지 열쇠로 열어서,

엄지 열쇠로 시계태엽을 감은 다음에 검지로 중심 스프링을 돌리는 거야." 클라우스는 주머니에서 열쇠고리를 하나 꺼내 내밀었다. 고리는 쇠였지만 매달려 있는 열쇠는 모두 인골이었다.

밀라드가 열쇠고리를 낚아챘다. "이걸로는 할아버지도 아는 그거에 대한 보상이 안 돼요." 내키지 않는 듯 밀라드가 말했다. "혹시라도 할아버지가 그걸 쓰려는 낌새를 들켰다간 **내가 동족을 배반한 배신자다,** 라고 말하기도 전에 붙잡혀서 감방에 처박히게 될 줄 아세요." 밀라드는 뼈 시계 옆에 무릎을 꿇고서 조각으로 장식된 상부를 손으로 쓰다듬더니 한숨을 쉬었다. "그리고, 음, 고마워요." 나직이 그가 말했다.

클라우스는 고개를 끄덕였다. "그걸 쓸 일이 절대로 없으면 좋겠구나." 노인은 주머니에서 휴대용 술병을 꺼냈다. "모두에게 행운을 빈다." 그는 이렇게 말한 뒤 술을 마셨다.

꿍

우리가 비계를 절반쯤 올라갔을 때 아래쪽에서 외침이 들려왔다. "너희들 대체 뭐하는 짓이냐? 거기서 내려와!"

아래를 내려보니 렉 도노반과 도그페이스가 눈을 부라리며 골목에서 우리를 올려다보고 있었다. 렉이 나를 알아보았는지 눈을 가늘게 뜨며 말했다. "포트먼, 너였냐?"

"거기서 뭐하는 거야?" 도그페이스가 물었다.

"목소리 낮춰요!" 밀라드가 핀잔을 주었다.

"우린 여기 살아요." 내가 말했다.

"그런데 왜 침입자처럼 숨어드는 거지?" 도그페이스가 비웃으며 말했다.

"아무도 모르게 들어가려는 거예요." 브로닌이 말했다. "이유는 알 것 없고요."

"그러는 **댁들**은 여기서 뭐하는 거죠?" 내가 그들에게 물었다. "파킨스와 라모스 일당을 따라서 모두 떠난 줄 알았는데요."

도그페이스는 땅바닥에 침을 뱉었다. "비겁한 배신자들은 지옥에나 가라고 해."

"우리는 여기 남아서 결국 명예를 아는 유일한 이상한 종족들과 운명을 같이 하기로 했다, 그게 바로 너희지." 렉이 말했다. "고맙다는 말은 됐고, 신의 가호를 빌자."

그들은 가던 길을 계속해서 갔고 우리는 다시 집으로 기어 올라갔다.

"저 사람들을 우리가 잘못 판단했나 보네." 내가 말했다.

"그건 두고 봐야겠지." 밀라드가 대꾸했다.

우리는 빠져나갈 때 사용했던 창문으로 다시 집 안으로 들어갔다. 안에 있던 친구들은 아무도 고함을 못 들은 것 같았으므로 우리는 굳이 말해주지 않기로 결정했다. 브로닌은 밀라드의 책과 지도가 들어 있는 대형 트렁크에 뼈 시계를 끼워 넣고는, 뚱뚱한 대형 배낭처럼 등에 짊어질 수 있도록 외부에 밧줄을 감았다. 브로닌이 마침 밧줄을 다 묶었을 즈음, 아래층에서 소란이 일어 부리나케 우리도 내려가 보니 열두 명의 임브린들이 주방에 모여 건초와 닭 깃털 사이에서 우리 친구들과 이야기를 나누고 있었다.

거의 떠날 시간이 다 되어 우리를 배웅하러 온 것이었다. 몇

몇 임브린들은 부적으로 깃털을 나눠주었으므로 우리는 주머니에 집어넣거나 시대에 어울리는 구식 배낭의 쇠고리에 끼워 넣었다. 호러스는 이상한 양털로 짠 방탄 스웨터를 나눠주었다. 방탄 스웨터는 없어서는 안 될 물건이었다. 입으면 따끔따끔하기는 하지만 현 시점에서 방탄 스웨터 없이 위험한 여정을 떠난다는 건 벌거벗고 길을 나서는 것처럼 느껴질 것이다.

드디어 헤어짐의 순간이 다가왔으므로 우리는 페러그린 원장을 따라 집을 나선 뒤 다시 골목으로 들어갔다. 클라우스는 가고 없는 대신, 그곳엔 대형 화물 박스 여섯 개가 우릴 기다리고 있었다. 내가 들어갈 박스는 두 사람이 들어가도 충분할 정도였는데, 누어는 이미 혼자서 작은 박스에 들어가버렸으므로 내 옆엔 엠마가 쭈그려 앉았다. 우리는 무릎을 가슴에 꼭 껴안은 등을 박스 벽에 대고 어깨가 닿을 만큼 가까이 자리를 잡고 앉았다. 호러스는 카울의 환영 전송을 막을 방법에 대한 자신의 새로운 이론을 임브린들에게 설명하고 있었다. 스피커를 통해서 특정 주파수를 흘려보내면 어떤 음이 최면을 방해하는 경향이 있을 거라는 이야기였는데, 그때 박스 뚜껑이 우리 머리 위로 닫히면서 호러스의 목소리가 멀어졌다.

엠마와 나는 박스가 마차에 실리자 서로 몸을 부딪히며 흔들거렸다.

"상황이 이 정도로 나빠질 거라는 생각해본 적 있어?" 마차가 악마의 영토의 울퉁불퉁한 도로를 따라 굴러가면서 이가 맞부딪히는 걸 느끼며 내가 물었다.

"카울이 부활해서 우리를 뒤쫓는 상황 말이야? 게다가 영혼의 도서관이 지닌 모든 힘이 그자의 손아귀에 들어가고?"

"맞아. 그런 생각."

엠마의 어깨가 위로 솟았다 내려오는 게 느껴졌다. "진심을 듣고 싶어? 나는 이 정도로 **괜찮을** 거라고는 생각해본 적 없어."

나는 엠마의 말을 내가 잘못 들었다고 생각했다.

"모든 고비마다 할로우들이 우리를 사냥하려고 뒤쫓던 때와 별로 다를 것도 없어." 엠마가 계속해서 말을 이어갔다. "그게 오랜 세월 우리의 현실이었지. 네가 나타나기 전까지 우리는 적들을 막을 방법이 없었어. 우리는 갇혀 살았고 무기력했지. 그래서 한편으로는 별로 변한 게 없다는 느낌이 들기도 해. 적어도 지금은 수십 개의 다른 루프에 흩어져 있는 대신에 이렇게 모두 함께 있잖아. 그리고 더는 무기력하지도 않아. 우리한텐 네가 있고, 누어가 있어. 우리한텐 기회가 있다고."

무한한 자부심이 풍선처럼 차오르는 것이 느껴졌지만 이내 풍선에 구멍을 내는 바늘처럼 날카로운 두려움이 뒤따랐다.

"일이 잘 안 풀릴 수도 있어." 내가 말했다. "실패할 수도 있다고."

"위대한 시도는 뭐든 다 그래." 엠마가 말했다. "그래도 시도하다 죽는 게 낫잖아. 시시하게 사라지느니 활활 타버리는 게 더 나아."

"헤이 헤이, 마이 마이(Hey hey, my my)네." 내가 말했다.

"뭐가 네 거(your)라고?"

"닐 영(Neil Young)." 내가 말했다. "활활 타버리는 게 더 나아(Better to burn out)'……. 내 방에서 너한테 음반도 틀어줬잖아."

"기억나. 우리 춤도 췄었지."

엠마가 나에게 몸을 기대자 어깨에 와닿는 엠마의 머리칼이 느껴졌다. 나도 엠마에게 살짝, 아주 잠깐 동안만 몸을 기댔다. 그냥 친구로서. 아직 엠마를 사랑하긴 했지만 그건 희미하고 애매한 애정이었다. 멀리서 누군가 바이올린을 연주했다. 단 하룻저녁이라도 사람들은 단두대 칼날이 머리 위에 매달려 있다는 걸, 문 앞에 늑대가 도사리고 있다는 걸 잊으려 애를 쓰고 있었다.

엠마가 나직이 말했다. "그래서 후회돼?"

"뭐가?" 나는 호흡을 멈췄다.

"네가 내린 결정. 네 가족보다 이곳을, 우리 세계를 선택한 걸 말이야. 성적과 여학생 문제로 고민하는 평범한 아이로 다시 되돌아갈 수 있다면……."

"돌아가지 않을 거야. 난 그 어느 것도 후회하지 않아. 단 1초도."

그러고 나서야 나는 그 문제를 제대로 생각해보았다. 이런 일이 전혀 일어나지 않았다면 지금쯤 내가 무얼 하고 있을지 상상해보려고 했다. 섬에 간 적이 없다면, 엠마나 다른 아이들도 결코 만난 적이 없다면. 그러나 상상이 되질 않았다. 나는 너무 멀리 왔고 너무 많은 걸 바꿔놓았다. 나는 전혀 다른 종류의 사람으로 진화했다.

그러나 후회되는 것이 한 가지 있었다.

"우리가 만나지 않았더라면 모든 사람들을 위해서 더 나았을지도 모르지." 내가 말했다.

"대체 그게 무슨 뜻이야?" 상처받은 듯이 엠마가 말했다.

"왜?"

"그럼 이 모든 상황도 벌어지지 않았을 거 아냐. 악마의 영토에서 벌어진 전투에 내가 뛰어들지도 않았을 테고, 그 말은 곧 카울이 나를 영혼의 도서관으로 끌고 들어가는 일도 절대 없었으리라는 의미니까 내가 카울에게 영혼 단지를 주는 일도 없었겠지."

"바보 같은 소리 좀 그만해."

"사실이잖아. 카울은 도서관의 힘을 원했지만, 내가 아니었으면 절대 그걸 손에 넣지 못했을 거야."

"그런 식으로 생각하면 안 돼. 스스로 미치게 만드는 길이야."

"그러기엔 너무 늦었어." 내가 말했다.

"아무튼 네가 아니었으면 카울은 저가 원하는 걸 손에 넣기 위해서 그렇게 끔찍한 힘을 다 갖출 필요도 절대 없었을 거야. 그자는 겨우 루프에 침입할 수 있는 할로우를 개발했을 뿐이었어, 기억 안 나? 우리가 모두 죽거나 포로로 잡힐 때까지 카울은 할로우를 한 마리씩 차례로 침투시켰겠지. 죽었다가 살아나서 반쪽짜리 지옥 괴물로 돌아와, 결국 똑같이 원점에서 시작하는 건 분명 카울 본인도 선호하지 않았을 거야. 그런데 네가 대담하고 용감하게 막 밀어붙이니까 카울도 쫄았던 거지. 너희 현대인들의 속어를 좀 빌려봤어."

바퀴가 도로의 깊이 팬 구멍에 빠졌는지 두개골 안에서 뇌가 후려쳐지는 느낌이 들면서 예리하게 반박하려던 나의 주장은 돌연 힘을 잃었다. "응, 그런 것도 같네……."

"그리고 네가 아니었더라면 우린 모두 여전히 루프에 갇혀서 계속 나이를 확 먹게 될지 모를 위험에 빠져 있었을 거야. 하룻밤

새 머리가 새하얗게 세어버리거나, 루프 밖에서 장을 보다가 먼지 주머니로 돌변할 걱정이 없어졌다는 게 얼마나 위안이 되는지 말로는 설명이 안 돼."

"그건 내가 한 게 아니야. 임브린들이 하신 일이지. 그리고 벤담이······."

"하지만 그건 다 너 **때문**이었잖아. 네가 아니었으면 우린 그게 가능하다는 것조차 몰랐을 거야. 게다가 네 덕분에 머잖아 언젠가는 악마의 영토 주민들 모두가 루프에서 자유로워질 거야. 꼭 그렇게 되길 바라."

마차가 갑자기 멈췄다.

"마음의 준비 됐어?" 화제를 바꾸게 되어 고마워하며 내가 물었다.

"진지하게 하는 말이야, 제이콥. 제발 내 말 새겨들어. 너는 지금껏 우릴 돕기만 했어. 넌 오랜 세월 버텨온 우리한테 생겨난 최고의 선물이었어."

수백 가지 다른 감정이 느껴졌지만 어느 것 하나도 말로 설명할 자신이 없었다. 3주 전만 해도 이런 상황에서 난 엠마에게 키스를 했을 것이다. 그러는 대신 나는 어둠 속에서 엠마의 손을 찾아 꼭 쥐었다. "고마워. 후회는 도로 주워 담을게. 칭찬은 받아들이고." 내가 말했다.

"**잘했어.**" 엠마가 속삭이며 내 손을 마주 쥐었다.

그러자 박스 뚜껑이 삐그덕 열렸다. 페러그린 원장의 얼굴이 나타나며 우리를 내려다보는 순간 나는 잡았던 손을 풀었다.

"저런, 제이콥. 얼굴이 빨갛구나."

나는 벌떡 일어나 최대한 빨리 화물 상자에서 빠져나왔다.

ༀ

우리는 짐마차가 드나드는 뒷골목 입구로 벤담의 저택에 숨어들었다. 오는 길에 사람들의 호기심 어린 시선을 많이 끌지 않기 위해서 도착이 많이 늦어진 상황이었다. 브로닌은 벽이 돌로 된 작은 지하실에 나무 상자가 당도할 때마다 쇠 지렛대로 뚜껑을 열어주었다. 그 광경을 보니 옛날이야기 속 뱀파이어들이 태양을 피해 스스로 푹신한 관에 누워 이곳저곳으로 옮겨 다니는 방식이 떠올랐다.

우리를 배웅하러 나온 사람은 페러그린 원장과 렌 원장, 쿠쿠 원장뿐이었다. 애디슨을 포함해서 모두 여덟 명이었다. 나무박스 안에 갇히는 걸 단호하게 거부했던 애디슨은 사령관처럼 주변을 걸어다녔다. 우리가 모두 빠져나와 쭈그리고 있던 팔다리를 펴자 두툼한 양모에 호러스의 스웨터를 덧댄 낡은 외투가 지급되었는데, 나는 보기만 해도 금세 숨이 막힐 것 같아 염려스러웠다. 호크스빌 원장의 루프는 현재 11월 중순이라 각별히 따뜻하게 입어야 한다고 밀라드가 설명했다.

각자 배낭도 건네받았다. 내 몫의 배낭을 짊어지자 무게가 상당했다. 임브린들은 우리가 턴 원장의 루프를 아무 문제없이 찾을 거라고 거듭 설명했지만, 배낭에 꾸려진 짐은 다른 이야기를 하고 있었다. 온열 담요, 통조림 식품, 얼음 깨는 송곳, 망원경, 구급약품.

"혹시 지연되는 경우를 대비한 거란다." 렌 원장이 말했다.

"또는 호크스빌 원장을 찾는 데 어려움을 겪을 수도 있겠지." 쿠쿠 원장이 덧붙였다.

누어는 자기 배낭을 뒤적였다. "무기는 없네요."

"혹시라도 군인들과 마주치는 경우에 무기는 의심을 살 뿐이다." 쿠쿠 원장이 말했다. "그들이 너희를 적군으로 여기는 경우엔 포로수용소에 갇히거나 더 끔찍한 일을 당할 수도 있어."

전혀 위로가 되지 않는 그런 신나는 생각들을 하며 우리는 팬루프티콘의 하층부로 계단을 올라갔다. 건물이 그렇게 텅 빈 광경은 거의 본 적이 없었다. 평소 같으면 수십 명의 사람들이 바삐 오가며, 출입국 관리인들이 여권에 도장을 찍거나 서류를 검토하고, 샤론은 구석구석 돌아다니며 모든 일이 순조롭게 진행되는지 감독했을 것이다. 벤담을 만나기도 전에 엠마와 내가 우연히 이 복도로 숨어들어 팬루프티콘을 처음 봤을 때가 떠올랐다. 지금은 그때보다도 더 조용했다. 카펫 위로 휘몰아쳐 들어온 눈보라도 없고, 사막 루프로 통하는 문설주 주변에 쌓인 모래 더미도 없었다. 바람 소리나 파도 소리가 일으킨 메아리도 들리지 않았다. 문마다 죽은 듯이 텅 비어 있었다. 작동을 멈춘 채. 적어도 지금은 그랬다.

임브린들은 우리를 이끌고 복도를 거의 끝까지 걸어간 다음에 모퉁이를 돌아 더 비좁은 복도로 접어들더니 막다른 벽에 난 문 앞으로 다가갔다. 페인트가 떨어져 나가고 있는 문에는 프랑스, 1918년 11월이라는 명패가 달려 있었다. 샤론이 문틀에 미묘하게 빗금 표시를 남겨두는 습관이 있었기 때문에, 때로는 문설주를 살펴보기만 해도 특정 루프의 출입문이 얼마나 자주, 그리고 얼마나 최근에 사용되었는지 알 수가 있었다.

이 문에는 표시가 전혀 없었다. 오랜 세월 사용된 적 없는 문이었다. 임브린들이 악마의 영토를 다스린 뒤로는 확실히 사용되지 않은 듯했다.

"모두 외투 착용해라!" 페러그린 원장이 말했다.

우리는 긴 양모 외투를 걸치고 종아리 중간까지 올라오는 낡은 부츠를 신었다. 애디슨이 입을 외투까지 준비되어 있었는데, 초록색으로 작게 숫자가 적히고 반소매에다 가장자리에 인조털이 달린 그 옷은 렌 원장이 입혀주었다. 밀라드는 벌거벗은 채로 다니면 얼어 죽을 테지만 미라가 옷을 걸치고 돌아다니는 것처럼 보이면 너무 시선을 끌 것을 염려해 목도리와 귀마개가 달린 모자, 장갑을 착용하고 언제라도 재빨리 눈을 가릴 수 있도록 진한 색깔 렌즈를 낀 고글을 목에 걸었다.

"저쪽엔 **극한**의 추위가 몰아치고 있으면 좋겠네요. 쪄 죽을 것 같아요." 밀라드가 말했다.

"너 되게 근사하다." 호러스가 밀라드에게 말했다. "극지 탐험가 같아."

"어떤 극지 탐험가? 길을 잃고 동료를 잡아먹어야 했던 사람?" 밀라드는 목도리를 풀고 손부채질을 했다. "호크스빌 원장님이 우리를 기다리고 있다는 거 **확실해?**"

"꿈에서 봤어. 지금도 루프 입구에서 그리 멀지 않은 집 안에 계셔. 원장님을 찾는 데 별 어려움은 없을 거야."

렌 원장은 팬루프티콘이 재가동된 시점부터 우리가 루프에 들어가고 문이 닫힐 때까지 시간 여유가 30초밖에 없다고 강조했다. 설비를 중단시켜놓은 건물 지하에서 샤론이 신호를 기다리고 있었다.

"준비됐니?" 페러그린 원장이 물었다.

"전 준비됐어요." 누어가 대답하자 줄지어 선 우리들도 모두 차례로 준비되었다고 대답했다.

"그럼 됐다."

우리는 기다렸다. 창밖으로 시선을 돌리자 노란색 하늘 너머 초록색으로 반짝이는 퀼트가 보였다. 연로하신 애보셋 원장님이 떠오르면서 임브린들 모두 얼마나 지쳐 있을까 하는 생각이 들었다. 우리가 성공을 거둘 때까지 그들은 잠들 수도 없을 것이다. 안 그러면 우리를 적으로부터 지켜주고 있는 저 초록색 방패막이 깨져버릴 테니까.

바닥이 덜컹거리기 시작했다. 벽에 줄지어 걸려 있는 촛불 모양의 전등이 깜박거렸다. 순간적으로 지진인가 싶었으나 우리 앞에 있는 문과 복도로 난 모든 문 밑으로 수증기 같은 것이 슉 새 어나오며 에그타이머가 완료를 알리는 것처럼 **띵!** 소리가 희미하게 들렸다.

팬루프티콘이 다시 가동되었다.

페러그린 원장과 렌 원장은 서로 초조한 시선을 주고받더니, 페러그린 원장이 프랑스, 1918년 11월이라고 적힌 문의 손잡이를 돌렸다. 바람에 문이 안쪽으로 휙 밀려들어가면서 페러그린 원장의 손에서 빠져나간 손잡이가 안쪽 벽에 꽝 소리를 내며 부딪쳤다. 페러그린 원장은 깜짝 놀라 뒷걸음질을 쳤다.

내가 안쪽을 살펴보았다. 별다를 것 없는 팬루프티콘의 방이었다. 절대로 눕고 싶은 마음이 들지 않는 침대와 옷장, 협탁, 사라지고 없는 네 번째 벽의 언저리까지 깔려 있는 개양귀비 꽃무늬 카펫. 그 너머로는 눈이 덮인 숲의 풍경이 아지랑이처럼 구현되고 있었다. 엠마가 문을 향해 걸어가기 시작하자 페러그린 원장이 팔을 붙잡아 멈춰 세웠다.

"기다려라. 아직 다 생겨나지 않았어." 원장이 말했다.

우리는 숲이 생겨나는 걸 지켜보았다. 풍경이 선명해지면서 아른거림이 멈추자, 숲이 창문으로 내다보는 것처럼 현실감 있게 펼쳐졌다.

"행운을 빈다, 애들아." 페러그린 원장이 말했다. "부디 조상님들이 너희를 굽어 살펴주시기를."

붕괴하는 악마의 영토 1

초판 1쇄 펴낸날 2023년 11월 15일

지은이 랜섬 릭스
옮긴이 변용란
펴낸이 김영정

펴낸곳 폴라북스
등록번호 제22-3044호
주소 06532 서울시 서초구 신반포로 321(잠원동, 미래엔)
전화 02-2017-0280
팩스 02-516-5433
홈페이지 www.hdmh.co.kr

ISBN 979-11-88547-29-6 04840
        979-11-88547-31-9 04840(세트)

* 폴라북스는 (주)현대문학의 새로운 종합출판 브랜드입니다.
* 파본은 구입처에서 교환해드립니다.
* 책값은 뒤표지에 있습니다.